艺术沉思录

崔自默 著

清华大学出版社

北京

图书在版编目(CIP)数据

艺术沉思录 / 崔自默著 . -- 北京 : 清华大学出版社， 2021.4 (2022.7重印)

ISBN 978-7-302-47703-7

Ⅰ . ①艺… Ⅱ . ①崔… Ⅲ . ①随笔 – 作品集 – 中国 – 当代 Ⅳ . ① I267.1

中国版本图书馆 CIP 数据核字 (2017) 第 162193 号

责任编辑：张立红

封面设计：李　沐

版式设计：梁　洁

责任校对：赵伟玉

责任印制：杨　艳

出版发行：清华大学出版社

网　　　址：http://www.tup.com.cn，http://www.wqbook.com

地　　　址：北京清华大学学研大厦 A 座　　　邮　　编：100084

社 总 机：010-83470000　　　邮　　购：010-62786544

投稿与读者服务：010-62776969，c-service@tup.tsinghua.edu.cn

质 量 反 馈：010-62772015，zhiliang@tup.tsinghua.edu.cn

印 装 者：北京博海升彩色印刷有限公司

经　　销：全国新华书店

开　　本：170mm×240mm　　　印　　张：19.75　　　字　　数：422 千字

版　　次：2021 年 6 月第 1 版　　　印　　次：2022 年 7 月第 3 次印刷

定　　价：158.00 元

产品编号：071282-01

作 | 者 | 简 | 介

　　崔自默，理工科学士、硕士，艺术史学博士，中国艺术研究院艺术创作中心专职创作员，当代"新国学"运动的主要倡导者与践行者。主张"艺术之精神，科学之思想""爱心是新文化""慈善是新生活"，发明"默纸"，倡导"慢步主义""仁爱主义"。其创作包括书法、篆刻、国画、油画、瓷器、雕塑、漫画、摄影等。主要著作有《为道日损》《章草艺术》《艺文十说》《莲界》《心鉴》《心裁》《视觉场》《我非我集》《八大山人全集》《花有花期》《默语默画》《默禅》《我们是一群智慧的鱼》《得意忘象》等。

大艺术是一生忠贞不渝的追求，是整个生命的寄托。

目录

Contents

大艺术
是生命的
寄托

非有天马行空似的大精神，即无大艺术的产生。

——鲁迅

艺术的使命在于用感性的艺术形象去显现真实。

——黑格尔

篇一

芥子纳须弥，在简单之中，就有无比丰富的生活。

靠情趣和爱好完成的多是小艺术。大艺术是一生忠贞不渝的追求，是整个生命的寄托。

疲累欲死时，才可能开悟。不把艺术当艺术，而把艺术当生命，他人何可及之？

"我什么也不怕，大不了一死"，说这话容易，难的是舍弃一己私念，奉献自己，成就社会人群的彻底幸福。人的价值所在，是由大众衡量的。

你认为没用的东西，也许只是对你没用。

有些东西虽然属于自己，却是为别人使用而准备的，比如才能。

人生百年，须笑三万六千场。快乐地过每一天，就是幸福的一生。

人没有绝对发财的日子。满足的时候才是发财的时候。

目的—墓地，人生是一段旅行，竟是这样一个结局，岂不让人幡然猛醒，而又黯然莫名？

下棋是个人的事，旁人偶尔支着，只是一两步，不能替你下。路是自己走的。棋子—下棋者—观棋者，参与愈远，自由愈大。有道者云"人生如棋局，不着一子是高人"，其趣安在？

"薄酒可与忘忧，丑妇可与白头。徐行不必驷马，称身不必狐裘。"说这话的先贤，不仅仅需要阿Q式的精神胜利法！

成事的人都不糊涂，即便显得糊涂也要具体看对什么人、什么事。

"大智若愚"是说大智者往往表现若愚，而其又每每为真愚者所骗，则不为常人知其底细；至于若愚而实奸诈者，径直无敌于天下，可叹。

人大多看表面浮华处，没人研究你的丰富细节，除了偷学者与对手。愚者千虑亦必有一得，倘若道听途说则更加糊涂，反不如抱残守缺，一以贯之。

追求所谓的丰富，那是无极限的，而你只拥有有限的生命，还是回归本体的平常态吧。过于丰富反而令人生畏甚或生厌。

卓越者的生活，其实与凡俗人的生活一样普通。普通，便是原汁原味，更贴近生活，触摸到个人生存的真谛。

要承认没有什么可称作大事，还要承认大事与小事是相对的。大事、小事之判，在乎心态，在乎其人也。大人物干的是大事，小人物干的是小事。好事坏事，亦然。

只想着做大事，却未必能做成大事。更糟糕的是，就在这个想着的过程中，你有可能失去平静的生活。

不麻烦的事情不能算是事情。禅语所在，是道理，道理最难。

不想留遗憾，也许就留下永远的遗憾。

不妨把"你不如何如何就不能成大事"换成"你想成大事就要如何如何"或者"古往今来能成就大事业的一般都是如何如何的"，总之，让人好接受。麻醉药和止痛药膏的作用即如此，让人麻痹，放弃警惕，然后再见机行事。"缓解"，就是别仓促下手，要慢慢来，水到渠成，循序渐进。

没有了痛苦，敢运动了，自然会血脉疏通，恢复正常，麻醉的作用之大由此可见。

鬼才相信大师。"鬼才"怎么理解？此才非彼才。

无人看好的人往往能做出无人能及的事情。

天才是孤独的、执着的。天才的浪漫，以牺牲为代价。天才不为普通人理解，甚至被曲解或误解。天才是上苍的安排。一切的发生都是自然的游戏。

天才与病人，一墙之隔，是近邻。达利说："我与疯子的唯一区别是，我不是疯子。"疯子的话可信，也不可信。

畸人或许能与其所感知的世界进行交流，他人则以为精神病或癫狂痴傻之人，究竟莫名其妙。

精神病、装疯卖傻，应该符合目的性，产生价值。同样的表演，在舞台上就足够艺术，在私底下就十分可笑。滑稽、幽默与无趣、无聊，是相对的。时间、地点、人物，都是需要考虑的条件。

真傻与装傻的区别：真傻不知而言，装傻知而不言。

艺术创作与研究，不涉及命理之学就很难成为至论，此非为轻浮之人所言，实符合科学统计规律，有待未来人类去探索。

崔自默

把别人早就说俗了的东西以另一种新的方式再翻炒一遍，需要独特的表达与陈述手段，也需要人认可。

靠才气，可以达到一定高度；但要臻达最高境界，需要心智与命力。

创作的欲望，靠烟和酒之类来刺激，是浅层次的。精神的原动力与内激力，才是巨大而深远的。

故事家、小说家、作家，是有层次差别的。故事家讲故事只需要情节吸引人；小说家讲故事有了语言的技巧；作家需要提炼、抽象、象征、夸张、典型，需要思想和精神的贯彻。

大师满街走，就没有大师了。大师，也有量级差别。

大家都进入电梯，但各按各的键，进入不同的楼层，这就是彼此的差别，是无须也不能统一起来的。

有差别是可以的，但可怕的是失去这种次第。

大师的艺术，自成体系而又具有极强的笼罩性，后来的画家很难超越他的符号范畴。

要了解一个艺术家的作品，最直接、最有效的办法是了解其人。

万物一齐，众生平等。机会相当，是自然法则，不刻意区分。天雨润万物，不会择地而落，及其既落，亦不计后果。法雨公平，它不选择大树与小草，雨量没有区别。

崔自默 绘

问："老师，怎样才能进入纯艺术状态呢？"

答："不是精神病，何必要做精神病人的事情呢？"

问："老师，我看您不是很正常吗？"

答："正常与否不仅仅在行为，主要是想法。"

什么叫"会说话"呢？

脚下的水土环境对树木最重要。我们生活在汉语环境中，能把汉语学得出神入化，也许比学好英语更有用处。"会说话"，什么是"会"呢？

凡人物之内质殊异者，必有光华发越于外。能看透是聪明，不说破是智慧。

中国文字具有通神的魔力。

言可以兴邦，靠笔杆子可以打天下。能掌握语言的技巧，光靠说即可成就大事业。

语言不仅是声音、符号，而且是交流的必备工具，是人生游戏规则的一部分。

乡音不改，不代表朴素。以前的人物操着老家口音说话，很自然，大众也愿意接受。现代人除非你特别厉害，有极为独到之处。否则说一口家乡话，引来的往往是"拉黑"或"屏蔽"。

我什么时候才可以随意地说家乡话？别人爱懂不懂，"不要紧"。

高人驯服语言，俗人成了语言的奴隶。说错了话，可以用"是这样吗？"来反问，并用"我就不这么认为"来否定。

文字巴比塔，言不尽意。"好啊""不容易""真是的"，这些词很有用。不说不行，多说无益。

言不逮意，言不尽意，不交流即有误解的可能，继续交流就有加深误解的可能。

语言是至难的。说话时所用语言的好坏，影响人的命运。至于科学的语言，比如化学方程式，以及数学和物理公式的演化，完全是抽象的思维，却暗地里关系到自然的物质世界的原理。爱因斯坦说他的实验室是"字纸篓"，他在头脑和纸上进行他的理想实验。

"排行榜""白皮书""词典""年鉴"等"作结论"的书籍好卖，因为读者有依赖工具书的心理和惯性。

聪明人喜欢倾听。自己说话时要有主意，不要随意插入一些不相关的东西，除非是故意搅局或涂抹混淆语言之不当处，宛如素描的修正笔触。

要注意听别人讲，不要只注意自己讲。有时，听清楚比说清楚更重要。

宁跟聪明人打架，不跟糊涂人说话。

"信而进谏"，说明进谏需要条件，否则不仅不被采纳，还反遭其乱。曹振镛的"多磕头，少说话"之方，亦实况耳。

很多玩古董的人说话养成了结巴习惯，原来是为了争取时间，看客人的脸色。

文化博大精深，却互相攻击，倒不如学会说三句话：对不起，原谅我，谢谢你。历史悠久不如简单而客套的生活用语对生活起作用，如此，越是努力奋斗的人群，不和谐因素就越变本加厉。

【柠思想】

崔自默 绘

"我这人不会说客气话"，这不只是一句寒暄客套话，而是预设的前提。

"巧言令色，鲜矣仁"符合统计学。最好的是既会说又会做的人（诚实、大方而有能力、可靠），其次是不会说只会做的人（有城府、圆滑），再次是会说不会做的人（虚荣、愚蠢），最后是既不会说又不会做的人（自私、百无一用）。

"我要是干，比他强多了"，这样的话对方也会说。不要觉得自己最能干，只是很多更能干的人暂时没有参与竞争罢了。

"我还没研究过"，如此批评语句，类似缓兵之计，介乎主观与客观之间，很科学。

不客气、无礼数以显示关系亲近或抬高自己，是愚蠢之表现。炫耀吹嘘，一损俱损。

心有眼见。

上瞰下了如指掌，下仰上一头雾水。你自个儿尽管瞎琢磨，但别人不跟你商量，因为你的意见没有参考意义。朋友失言或有内情委曲，不可强索、致人难堪。情理参半不能一律，完美最难。

美丑雅俗是相对的，都有价值。提高人气，才可能令更好的文化艺术以及国学思想深入人心。适应以征服，贴近大众，是提高影响力和关注力的一个规则。

美丑同根。美丑之判，不是冰炭，而是隔壁。

美与恶，一线之隔、一念之差。始如沐春风，只因陌生、和气、客气。一旦了解，蛛丝马迹察觉异常，于是干裂秋风，冷若冰霜，话不投机，视同陌路。审美过程盖皆若此，非一方无情，奈何另一方无趣耳。

凡人常有烦人之行为，因其不能思出人表。

美学，有时会成为媚俗之学。通俗不等于媚俗。

书店，也许是一个容易寻找雅致人群的地方。可是令人担忧的是，靠外表怎么能看透一个人的内心世界呢？

读书需要体量：宽度、深度、高度，社会、历史、人生。高明的艺术如诗词，往往出新意于法度之中。

阅读欣赏先入为主，而失序、恶心的印象记忆最深刻。认识水准不断改变、修正、完善。先求平正—务追险绝—复归平正，这条审美趣味的演化过程，也似人生心态的轨道。何谓如愿？生理衰老与心理成熟，相互伴随，彼此怂恿，最后定格。固执，是主观性格，也是客观框定。

股票风险在于大家"心齐"——都想赚钱。审美心态有个性，审美标准则需要科学、客观、包容。盛气凌人，寸步不让，似乎强势却显心理弱势。气息雍容华贵是福报。即便轻描淡写，知音也会按图索骥；倘若外行，视而不见。

艺术三昧，人生如此。科学思想，想象余地。一叶知秋，孰能全之？黑白胜彩，色空真谛。审美志趣，在经验力。

审美是精神消费，需要主动。念力执着于实事则无不利。"信不足则多言"：别人信念不足就多给他讲讲，自己因为不自信才话多，苦口婆心、为所难为是佛圣。医不叩门，道不轻传，法不妄泄，识不炫人，威不示人，理不喻人，何以法布施？真理既是针砭普遍人性，更是自省自责。

心有眼见。景物不存在于眼中，而生发于心里。审美境界的高低，取决于内心的品位次第。

不求不予，不饿不施。

大多时候面对普通俗众，不能只关注"绝对值"。所谓正能量、积极意义，就是从正向切入，虽然说"正向"也属于一个概念。

艺术作品，应该注意意识形态的问题，要宣传精神文明，要有积极向上的态度，而不能刻意地暴露阴暗面，从消极的角度切入，那不是美育，而是丑育，贻害甚大，流毒甚远。

言行要分场合，实事求是也要具体分析。玩命追求纯粹真实或较真绝对真理，就很愚蠢，往往要献身。虽然牺牲属于浪漫，但在台下做看客是否简单一些呢？

恍惚兮有物有象。不纠缠，宁可冷漠离群。愚而诈者偷学，潜水骑墙，见风使舵。观机逗教，卦不二卜，因时而化，不法常可。算卦抽签屡屡不一，但不否认因果命运。谁不服气，试试庙宇胡来、佛头着粪，有何结果？

世间事物，有数存焉。数，就是规律。数之所以被神秘化，就是因为它很难，它本身有时也的确复杂，宛如圆的周长计算公式 $C=2\pi r$ ——周长等于两个半径（即直径）与圆周率的积。圆周率，就是一个神奇的数。

有开始就有结束。任何运动，包括人类的命运，都是朝结束的方向前进的。

敢为天下先、当仁不让、纯粹的文人，少之又少。

很多文人满口之乎者也，清高虚伪得厉害，古典那一套玩得也确实很地道，但不关乎社会，是自私的。一

艺

术

沉

思

录

崔自默 绘

旦遇到社会问题，溜得贼快，或者干脆退隐山林。

真正的战斗力不需要酒精刺激。本质上纯粹的文人，他的血是热的，有着一身真真正正的傲骨，宁为玉碎不为瓦全。他甚至会"无情"地抛开一家老小，为整个人类牺牲自己。

仁者近勇，仁者无忧。大丈夫当独挺如寒柯，风骨凛凛。

对无能者下手，确乎有点残酷，不仁亦不忍，但孔夫子有"当仁不让"之教诲，思来实在尴尬无措。当仁不让，是自知者的自信和责任。当仁不让，则不能多忍，否则，使之落于不当之所，亦沦为不义矣。

"当仁不让"，要现实、辩证、客观、科学地对待。有时，让，反而是自私；不让，则是大公无私，是仁义，是为了大家的利益不受损害。试想，君子一让，小人却乘机占了先，以后的日子里，大众的利益蒙受损失，方知当初的一让乃罪过。

艺术沉思录

众人追逐时尚，尤其是有层次之人追逐时尚，似盲目荒唐，当有借势起哄、看热闹之心理。譬如进歌厅者，其狂态并非因为舞台表演者之高明而感染使然，而是借此场地发泄胸中平日不能发泄之情绪，亦所谓"借题发挥"而已。在此地之疯狂表现，只是偶然之表演，是自感而非他感。借别人家哭出自己家眼泪，就是这种情况。

小品巨作、杰作、精品、经典当然有别，确定标准不同。"生书熟戏"，经典可以反复欣赏，好看不仅在情节悬念。苟无深意寄托，依赖形式颠倒反复咯吱人，则诚如钱钟书所说，"读之欲开口笑，复即张口哈欠"。

市场型经济区别于科技型经济。没有纯艺术，没有纯市场，天下没有纯粹之物。

敢于"木秀于林"，要有承担的道德。天下的殿堂需要大木之材，敢为天下先，是士者之责任感使然。

崔自默

"始作俑者，其无后乎？"《论语》里孔子的人本、人文、人性之思想，表现在很多侧面和细节。造成牺牲，即便有冠冕堂皇的说辞，也是不仁义的一面。

没有传承而独辟蹊径，获得认可是最大的障碍。

人的认识是以传统的概念和集体的记忆为基础的。

贵在坚持。坚持，就是品牌，一以贯之，也是中国传统文化艺术思想的精髓。"苟日新，日日新，又日新"，坚持每一天，就是一生。

在特殊的地理环境中，生存的物质条件使很多观念发生变异。文化观念的转变决定很多物质的价值，进而改变一个地域人们的生存状态。

中国乃至世界厚葬习俗使得很多精美宝物得以存留。地上文物看陕西，地下文物看河南。楚文化之源在西川，是安阳与湖北的交界地。鲁文化之源在济源，济源即山东济水之源。河南人更应该利用地缘优势，在中原文化的传承上有所作为，树立得天独厚的君子风范。

文物需要精品，以稀为贵。文化，也需要多出精品，减少"文化垃圾"。文化普及量大，才有影响力，是另一个问题。

精神生活的丰富，可以离开物质富裕这一基础，是让文人训传甚至人格分裂的一大原因。事实上，历史上出现的一些文人以及艺术家，都是有相当的物质基础或者人生阅历的。家庭的渊源及背景，是最好的营养。所谓见识，不是孤陋寡闻者能想象的。石涛、八大山人、曹雪芹，都如此。文化艺术是高消费，是精神的形而上的高尚品位。

所有曾经的"胡来"，坚持下去，就可能是未来的经典。

学生遇到好老师不易。好老师的队伍的形成与发挥作用，需要一段时间。教育之于个人以及社会的作用巨大，而有资格的教师更需要高尚的品格和一流的资质。老师遇到好学生更难，因为需要传承、助力、光大。

事物因果有序，前后倒置进行推理，结论会很荒唐。批评须辩证，合作必相互。矛盾是人为假设，门当户对才好。与高手对垒交战，水平自然提高。树虽无双足，传承由根由籽，人所弗能。简单之人渴望作品复杂，是苛求。

从艺，讲究传承、家法，虽不能成一代宗师，也可延续，毕竟能开宗立派的大师是少数。

师承关系很重要。学生选老师相对容易，而老师选学生则难。没有好的学生，艺术难以流传。

随时写玩意，积累多了，就"吓唬"人，因为脑袋里的东西，只有表露出来，人家才看得见。一般人是用眼睛看的，不是用意和法来感受的。著作等身，假经万卷，不如真言一句。

"悔其少作"是艺术家前进路上的必然现象，所以才要不留劣迹在人间，废画三千，自己销毁不满意的作品。不断熟练、完善，是精品产生的必由之径。

"默纸"有残缺美。撕画碎片嵌入纸浆中，有行为艺术与装置艺术特征。碎片乃不全之全。忽感梦境重游、似曾相识、恍如亲历，大脑自动拼接储存的场景与图像，其中有些只是源于阅读想象。我们对宇宙的认识都是碎片。

"艺术研究科学化"质疑学术体制的腐败与浮夸。为学术而学术，重复浪费。专著和论文只为评职称和工作量，无聊！"默纸"就是对这种原始倒退的文明范式的"反动"。

真伪与好坏，是鉴定中出现的两个问题。在收藏时，应该以真而好的精品为主，否则即便绝对真，是看着画的，也是应酬的小品之作，一出门就成了假的，因为大家不会看好，收藏这样的东西将来也没有好前景。

努力说服别人，是不自信的表现。

自信与执着，看发生在谁身上。执着从自信中来，自信的人注定要疲累自己。自信的人要以自己的成就说服人，证明自己是正确的，为此，他更要付出劳动和代价。

崔自默　绘

不自信者无以成事，太自信者往往坏事。

一个人的最大优点是自信，最大缺点也可能是自信。自信是通向成功的道路，也是走向失败的理由。

自信，而不能自大。自信，就是确切地认识自己和别人；自大，就是无知于自己，也无知于别人。

"无商不奸"，是对商人的蔑视，是小道。商人不能蔑视自己，要有自觉和自信。钱不是骗来的，要有服务意识和精神追求。

自觉者自信，自信者他信——非唯善根，乃有因果。自信每每存在于他信，例如交通状况，是集体秩序使然。

穷学文，富习武。见文谈武，见武谈文，乃文武之道，机锋所在。

行为之道，在于保险；宁肯偏左，无伤大体；倘若移右，反落话柄。

"予岂好辩哉？不得已也。"孟子都需要跟人辩论，都很难说服别人，何况我等一般人？

让别人服气，有必要吗？把自己的快乐和感受系于他人，是不自信。

馒头要给饥饿之人。

良言苦口亦不可妄赐。《淮南子》中说"林中不卖薪"。锦上添花者众，雪中送炭者稀。机不可失，不常见。

两胁插刀的小义气，无多用处。不要期求一只蚂蚁能为你奉献什么，一颗豆子也许就是它的全部家产，它会为之而玩命的。

无事真贵，身安道隆。必要与需求，是交际基础。

所有细根联系主干，但细根之间相去甚远，互不"买账"。

自树根到树叶，路线奇多；自树叶到树根，取径明确。

我无言、无诺，故无所谓信与不信。承诺之苦，知者知之。何况孔孟圣贤不甚主张言必信，行必果，认为那是小人小义。

不讲信用之人，会特别要挟别人讲信用。君子被小人算计，此为一隅。

做事要留有余地。余，就是富裕而不窘迫。

旁观者清，但似乎人都不愿做局外人，都愿意搀和。

穷人好利，富人好名，亦各取所需而已。

自己是自己的知音。

要学会欣赏，高山面前，仰止可矣，何必比肩？重要的是自己认识自己、认可自己，认识到自己的命运，认可自己的价值。至于别人，即便再大范围、再大力度的褒贬，没有什么意义。

"摔琴"终归还是不自信的表现。一定要寻找知音吗？自己不是知音吗？需要征服与欣慰的，不是自己吗？每个故事都可被另外解读。

大象即万象，万象即无象，无象即常象，常象即幻象，幻象即大象。"痴人说禅更似禅"。

《诗经》中云："知我者谓我心忧，不知我者谓我何求？"然则扪心自问："我心忧者何？我心求者何？既未知忧何、求何，则我之忧、我之求为子虚乌有，他人怎可揣测？"

心有所见，识有所变；内澄三定，四方皆净。

今夕何夕，有月如斯。如斯皎洁，亮眸如伊。伊人一顾，引余好思。我思所游，孰可知之？

信是银瓶秋水满，当知圣域素心长。

巧遇知音的运气，宛如摸彩票得大奖，没人阻拦你。

知音需要层次和条件对等，不仅仅是精神的。有实力的知音是艺术的贵人，

实力就是购买力、影响力、传播力。

为何"曲高和寡"？爬喜马拉雅山者可能多吗？北京香山游客摩肩接踵，是因地理位置好，出行方便。

你清楚自己高明，客观上你也确实高明，别人不知道，或者故意装糊涂以藐视你，你又如何？正知、正见、正信、正行，真正的知音是自己。可是，不能社会化的东西，有没有用处呢？所谓"用处"，究竟是主观还是客观？是为自己还是为社会？

"一个人喝酒才有意思，两个人就多。"这话听似奇怪，实际有境界。

一个人的复杂性，尤其是一个独特的有多方面才华的性情中人，是不易为人所全面认识的。别说是认识别人，谁又能认清自己？

人生就是一场戏。上台，粉墨登场，不管是什么角色，也不管是喜是悲，总有结尾下台的时候，卸去戏装，回到现实生活。同样，戏台下的观众，与演员俯仰，最后散场出得门来，也要回到真实的生活中。自己的真实体会，只有自己才清楚。

别人不回答或者听不懂你的话时，你可以说："我要摔琴了。"没有知音，不复鼓琴。留之何用？石上一抡。把快乐寄托于他人，不靠谱。

在荒诞中，也许可以透露人生、人性的真谛，但需要知音。主观与客观的协和，感受是否能一致，不可预料。

《易经》中云："声气相求"。以论平常事物，心中所知愈多，则随时寓目者皆可与交流，其知音必不寡矣。心齐、声气相求，是为知音。别把知音当知音，可以促发思进；别把非知音当非知音，就增加了欣喜，宛如对牛弹琴，其乐何如？

心鉴，远胜于耳鉴。

"心鉴"是鉴赏与收藏的高要求，听自己的，不听别人的，更不听钱的，有自己的审美判断和价值标准。一般人只能"耳鉴"，随大流、跟风，拿艺术品当股票，承担风险。风险存在是因为大家都想赚钱，互相嘀咕。

有心可鉴，其意当足。打通各家学说的藩篱，需要心性和体力。

《论语》中讲"君子思不出其位"，能确切地判断自己的位置，很需要智力。能做什么、不能做什么，能做到什么、不能做到什么，知之可以减少矛盾，提高办事效率。答应什么、不答应什么，也要确切地判断，才能有效率地做人、做事，做好人、做好事。

抛弃自我惯性，个性服从普遍性。味道可主观描述，但不能完全客观传达。充饥与品尝，境界甚殊。爱屋及乌，爱吾及微，观察其所关注、转发与评论，旁敲侧击。艺术知音一如所谓"爱"，是持续信念，包含在认同选择与放弃的整个审美过程中。"你往前冲吧，我等着为你胜利鼓掌"，何等荒唐！

思及鉴定一事，以后当立明确之规矩：过眼必收费，赝品少收，真迹则多收。

早年外国人从中国买走很多文物，近年中国经济进步，很多文物又流回国内。字画古玩，是一个独特的经营范围，真假鉴赏是一个大问题。很多专家学者只是纸上谈兵，屡屡受骗，乃实战经验不足。

文物之真伪断定，向来不易说清楚，因为难以用一定的客观之规来衡量，其中人的主观因素很严重。很多名作既然认定是真迹，就不必再讨论了，因为即便讨论也没有更改结论的可能。此理通于其他。历史就是这么传承下来的，也是这么写成的。

鉴定权威机构到底还包含人的因素，不能客观。所以，不同机构、不同专家采取加权平均数的方法，也许可以使结果相对准确、可信。

认识为动态，知识变常识。万法唯识，艺术哲学本非枯燥理论，而是审美经验。经验有直接与间接之分，有个性与普遍之异，更有深浅渐次之别。经验有缘由，结论非偶然。艺术贵曲，不能直说时只能暗示、猜测、会意，苟非知音，误解难免。信息对位，审美到位；阴差阳错，自然选择。

书画的鉴定，最高层次在于望气，如诊病状，需要经验与悟性，不到其层次者难以明白。

文物鉴定界有两类人：一类是聪明的人，记忆力好，如夏鼐；一类是刻苦的人，如吴晗。鉴定家都有局限与专长。鉴定重在观气韵、神采。对真与伪的判断，靠的是学养、见识、理解。没有自己的艺术实践，不能领会笔墨的实际要诀，纸上谈兵的鉴定家不可信。

玩物，只在于其乐趣，而不在于其价值，乃高境界。

收藏之乐趣虽无大差异，但的确有高低次第之别。

正因为古董有真假，有投资的风险，才有刺激，激发兴趣。爱到极致，才会入门，摸到窍门。

喜欢、收藏、投资、升值，是艺术品所必然涉及的几个因素，因人而异，态度须端正。

很多酷爱书画收藏的人，不是行家，怕买假上当，于是舍不得花大价钱买字画，买的多是不值钱的低劣赝品。今天几百，明天几千，长期下来花在买字画上的钱，总额也是很大的数字，倒不如一次花个大价钱，买上一件值得收藏的精品。

中国书画的收藏有两大危机：一是流通量大；二是赝品多，真假难辨。

眼力、魄力、财力，是收藏必备的三个条件。收藏

崔自默 绘

与投资，有《史记·货殖列传》中所谓"多财善贾"之必然。

"倒家不如藏家。"收藏能看出人的性格。若不是真爱，只是做投资、投机，见小利则出手，最后，莫不如真正的藏家获利多。

收藏需要远见和实力，总会觉得手里的钱不够用，在后悔声中一而再、再而三地失去收藏的好时机。

收藏的潜力，在于培植新的消费者。市场是塑造出来的。

收藏家没有你的作品，怎么会关心你的市场情况呢？消费行为具有一定的冲动性。

画家的命运，与其爱好者、收藏者的命运相关联。

对于中国书画收藏而言，国内市场比其他任何地方都大，群众基础好，所以，不会突然出现上升或滑坡。

藏宝于民与藏宝于国孰胜？尺有所短，寸有所长，愚蠢之行在于"一刀切"。

物与人之关系，得之失之，全在机缘也。只是喜欢，不为增值倒卖，才是真正的收藏。

借用启功先生的诗句，"莫名其妙从前事，聊胜于无现在身"，或者"稀里糊涂从前事，莫名其妙现在身"，亦合适。天下宝物，有其缘分，颇堪忧愁，不入行家之手珍藏之，将不知何等遭遇。

讲收藏首先要解决心态问题。不为倒卖获利，始见精神。

评价、品鉴必需标准。鉴赏力除了资料积累、知识学习和历史参照，第一手为直接经验。提高眼力靠读书获取较慢，从市场磨炼最便捷，交学费难免。倒家不如藏家。好作品是硬通货，可遇不可求。人与物皆有缘分和福报因素在。艺术家之伪善恶劣者"有悔少作"，故善鉴者遗形貌而察神髓。

身心所栖泊者，书卷、画卷耳。

在黑暗的地方，不要依靠眼睛，否则最有可能误判。依靠了靠不住的东西，正如踏上朽木之桥。

别出心裁，不是不要出心裁，而是必须有心力的作用。"别"字是"另"之意，旁边有个立刀旁。别开生面，另辟蹊径，创新靠"心裁"，即心的判断。"判"和"创"，两字都是立刀旁。"心裁"，是要捕捉最美好的瞬间。摄影、雕塑、绘画等都如此，取其精华，弃其糟粕，把多余的时间和空间尽量去掉。

我有"九心格":诚心、虚心、净心,安心、用心、放心,心鉴、心裁、心生,这是国学儒、道、佛三家之精要,问学境界之次第,批评标准和创作方法之诸端。

研究生论文的选题,别人没有关注过的内容不是显学,所以容易搜集资料并完成,也能做到独到;但也正因为大家不曾关注,就不见得有特别重要的意义。反之,如果选择大家都熟悉的显学来研究,还想要独出心裁,就需要学术架构的独特眼光以及学术研究的方法。

"心裁",打破传统的视觉习惯,没有观赏方向与大小的框定。心中有剪刀,变废为宝,精益求精,裁取最精彩的局部。心有眼,巨宝妙藏皆自然打开,自由选用。

每见世人处好境而郁郁寡欢,悔吝忧戚,是不明知足之理。若杞人忧天,未食其报而已受其苦,实为可怜。平日所谓无事生非、常戚戚然者,亦多由此。

常人梦梦,每逢拂意之事,则以为自家独遭,终日戚戚,不知古来先贤命运之多舛者百倍于己。若多读书,则涣然冰释。

来回辩证,结果要看谁是裁判员了。在最后的裁判上,没有主观,也没有客观。心即法,心即物。

"诗意的裁判",把感性与理性结合起来,可以说是妙用,也可以说是无当。理论的价值,在反复的辩证中成立,正如烧饼在翻转中成熟,当然不能最后烧焦了。

删繁就简、开门见山、直奔主题,也许会更容易吸引人,画面亦然。

不要总想着玩"擦边球",一旦习惯了,不留神就要出圈,很危险。

概念与认识,大致是大脑的电信号,是感觉,不是真实的。

人总感觉有些光景似曾见过或经历过,其实很多只是在电视里、图书里见到,便存储在脑子里了;或者径直是曾经想象或梦见的景象,现在经由眼前所见而被触发,自然挂钩。

有有根据而不正确的,有无根据而正确的。有古法未必全遵,无古法不妨独创。

"发乎情,止乎礼",《诗经》里的这句真妙。主观行为是必然的,客观拘束是必要的。

放弃更多的奢侈欲望，放弃更多的无畏冒险。不睡不梦，不梦怎有噩梦？这不全是因噎废食。

你去拜访人，到人家门口时发现地上有一个烟头，因为你抽烟，所以你担心人家出来送你时发现它，会以为是你没有规矩随便扔下的，于是你只好弯腰把它捡起来，用纸包好，委屈地放进自己的口袋。

似乎是资源竞争、信仰斗争，其实是语言战争，都是为了一个由语言概念组成的"感觉"。资源、发展、危机、利益、生活、文化、经济以及人生价值、社会认可、文化精神等，都是大脑的感觉。

人都自信，所以听到有道理的、高明的、劝诫性的言语，不是先自喜悦，而是往往评价说"这人好为人师"。

他吃着自己的饭，花着自己的力气，把自己的学问无私地传授给别人，生怕拿不出所有绝活来让别人服气，别人还未必服气，于是他不断变着花样，旁征博引地让别人信服。启发了别人，别人明白了，不见得买他的好。别人当时嘴上不服，后来也不见得记起他的苦口婆心、谆谆教诲，如此看来，他不傻吗？受了他的这种启蒙，别的天才不知哪一天就忽然心里豁亮，甚至还有了超越，如此看来，他真是善人了。反之，一味谦虚、毫无奉献精神、一点也不愿意骄傲的人，才是最自私的。

审美关键是心态。心是性情、智慧、认识、根据、标准、尺度、理由、立场、角度。心态带有主观性，很难客观。审美也需要"同情心"，设身处地，物我统一，或曰主客"两忘"。解析心态，从欣赏言语之意开始。意为心音，意在言外，何况言不由衷？痴人说梦，因言失人。

理论家的眼高手低是正常的，但不见得是正确的。

理论家和批评家，需要有实践经验才能确切、到位，否则只是想当然。

"初生牛犊不怕虎，长出犄角反怕狼。"成熟了，就懂得应该有所畏惧了。老而弥坚，还不忘大公，敢于了断生死，担当道义，那是多么浪漫的侠义精神啊！"风萧萧兮易水寒，壮士一去兮不复还"，燕赵慷慨悲歌之士今不存了，为什么呢？

别太积极地替人指路，否则他没成功，会埋怨你。

一般陈述易，确切思想才是力量。语言交流的关注点在于受众的接受，而不是自我表达的愉悦。

保持快乐和健康，就是出息。

艺

术

沉

思

录

好心情是自己给的，信然。即便被误解，也要快乐。

希望得到快乐，希望永远快乐，是健康之思的出发点。

人要本事大，脾气却小，这样自己身心健康，别人也快乐。

极尽疲累时养神便是神闲气定，威神灵性超越形式和内容之外。人间好事未必人人用得，不识风味则寡趣。

人生是一个短暂而复杂之旅，必然留下无奈。在这个生老病死的过程中，如何使之焕发精彩，是一个需要创造力的艺术化过程。艺术家不管优秀与否，无论他的作为究竟有无意义，他必须热爱艺术，并因此从中得到快乐，否则就一定有愧于自己。

二十多岁，你太年轻，自己不行，别人也不重视你；三十岁到四十岁，人生道路基本定型，有出息的也该露头了；四十岁到五十岁，是很要紧的十年，只有继续努力，才可以把与你同等优秀的一批人甩在后面；五十岁到六十岁，基本是享受收获的季节，身体必须注意，但前些年劳累时留下的后遗症也显了出来；六十岁到八十岁，不要再傻干，基本以维护健康为主，很多人都走了，只要你能坚持下去，你不想出来都不行；八十岁以后，你到哪里出现都受人尊重；假如能耗到九十岁以上，就是人瑞，怎么说怎么是，谁都愿意找你，是当之无愧的大师。

"痛快"——痛与快是并存的，越是快乐的事情，越是容易与痛苦联系起来知道了各种人世人生的东西之后，就会感悟到只有高兴与健康才是真实的，而这两样又偏偏是短暂的。在这茫无际涯的时间与空间中，每个人都像一只蚂蚁，哪里能如一颗流星那样曾经存在过？

登山特累，但看到山顶上已有很多人在歇息，乃知自己不及很多平常人。头脑

崔自默 绘

上或可超越一般人，但在身体、性命上自己却与一般人无异。所以健康问题值得重视。

人生如戏，何必那么认真？

历史就是一堆故事，故事总得有反面角色。

以宽慰之心、感激之心或同情之心待人待事，皆可随意、释怀。人生如戏耳，认真则尤无意思。真假好坏却只在心中，无挂碍则无丝毫波澜，一切如意，轻松自在。

人生如戏，故事编造得好，就是情节好，是演技发挥的基础。

可以不必登台演出，但不可以不在台下看戏。

人生如戏，不论角色如何，只是演出的需要。其实，大家只是分工不同，都是走过场。

人生如戏，本无所谓真假，只要演出水平，演好自己的角色就行了，不要演砸了。

人生如戏，每个人都要承担自己的社会角色，为实际生存而进行着表演，其难度与精致要远远胜过在舞台上的演出，因为舞台上仅仅是一种职业的、艺术性的简单需求。

珠非珠，玉非玉。事大小，因人觑。可忽离，亦可聚。一纸何？如戏剧。

演技，就是能力。完成到位的艺术关系，很难。

视错觉是幸运，答非所问亦技巧。

批评倾向难免。心无挂碍，泥沙俱下，此客观云者；大公无私，心安理得，情绪主观体会而已。完美包括秘密。缘分有所不得已，精神与物质。"尤其"二字比"又岂"孰胜？积极而不失平常心者殊胜。却悟何？曰悟性。性非色，实心生。似瞬间，当下重；非俗见，亦永恒。

在生死的两极，很多东西不值得认真，即便你认为有价值的思考，也会阻挡你走向快乐前程的步伐。这是一种智慧，也是一种类似麻木的所谓的愚行，它们之间的距离是那么小，就与男女本性有所差别但实质上都是人一样。

奇怪而可气的事情天天发生，你大可不必太认真，自有道理存在，自有规矩去管束它。

崔自默 绘

当然，有特别胡来而安全的，也有不胡来而出事的，那也不是你能理解和管理的。

科学家的最高境界靠灵感，艺术大师的最好作品靠逻辑。

艺术与科学相得益彰。文科多感性思维，理科多逻辑思维。

经得起反复实验，就是科学；经得起历史考验，就是经典。

艺术，是艺术家的艺术；数学，是数学家的数学。

文明的发展，包括科技的进步和文化艺术的变迁。科学技术在一直进步着，而文化艺术却未必这样。

科学家是不是科学地活着？艺术家是不是艺术地活着？

你的耳朵不可太简单，否则听到的是机械的音符，而不是悦耳的音乐。

科学理性需要灌入传统概念。所谓大，是思想、标准、秩序。答案都在问题里。起初自己真诚受累，后来他人真诚拖累。

敬业乐群——这种精神，新时代尤其需要。

艺术与科学，不一不异。

眼、耳、鼻、舌、身、意，层次区别开来，非共同性也显示出来了。眼睛的视觉欣赏，是最基本、最浅层次的。耳，更高一些，它的感情具有世界的共通性。意，是最高级的。

艺术区别于科技的一个本性在于，艺术是个体劳动，而科技往往是社会的集体协作。

谈人文精神的古典主义复兴，只是一种理想，时光不会倒流。一个时代有一个时代的人文精神实质和表现形式。如果一定要提倡说"人文精神的古典主义复兴"，那么，表现形式就值得思考，否则就是口头的理论，而不是现实的需求。

没有现实意义的行为，是荒唐的，如游戏。首先需要清楚"古典主义"是什么。我们继承好的，把它变为符合新时代要求的东西，就是"复兴"。这里的"复兴"或者用"复归"，其意义绝对不是时间和空间的趋近，而是精神上的改造，向一个全新的、完美的境界趋近。

人文精神的"古典主义复兴"能否给科学带来正面影响，谁也说不清楚，因为那是未来的事情。但有一点需要抱乐观的态度，就是在精神上完善、完美了，会或多或少地影响实际行为，尤其是这种有意识的举措落实到群体中时，其意义就大了。

谈艺术与科学的融合，初衷不是坏事，也许就是一种理想的假设。用科学和艺术来划分人类文明有缺陷，因为有的知识既是科学也是艺术，而有的知识则两者都不是。把它们融合起来，目的在于彼此吸收对方健康的因子，使各自完善，或者形成一个新的文明学科，更利于人类、集体的和谐生存。具体一点，"以人为本"是两者相结合的最可爱也最可信的思想。人应该知道自己喜欢什么、希望怎样，否则就是盲目行动、南辕北辙。

生活中有很多细节还远不够完美，科学和艺术完全有这个能力令它完美，但是科学家大都因为不同的理由而好高骛远地开始干别的事情了，不怎么可爱了。艺术讲求纯真，艺术追求美，是首要的，但走向了更深层的或者说更复杂的哲学领地，艺术就蒙上了一层面纱，人难以看见它的容貌，也不可爱了。当然，可爱与不可爱的判断仍然是一个问题。

不管是科学还是艺术，只要危害他人与集体的利益，就要受到束缚。

作者会在不知不觉中进步，或者徘徊，其关键就在于艺术之外的因素发生了作用。阴差阳错，将错就错，往往能有所成就。

"不一不异"很高明。譬如一个东西，它本来就是一体的，人为地把它区分成几个部分之后再谈其融合。研究科学和艺术的关系，问题也在这里。

艺术的发展史与科学技术的发明，都是否定之否定的。1900 年，普朗克发表的能量公式 $E=hv$（E 为能量，h 为普朗克常数，v 为波频）与 1905 年爱因斯坦发表的能量公式 $E=mc^2$（E 为能量，m 为质量，c 为光速），揭示了一个自然界发生着的关联的故事。

科学，讲究细分、对应。

学科分得越细，就越科学。

不懂科学分类的学者、不知分析与综合方法的学者，其学问与学术难免要打折扣。

如果实现两个集合内元素的一一对应，就没有问题了。药与病的对应，应是如此，需要无限细分，一一对应。

一把钥匙开一把锁。没有编号地胡乱配对，效率、效果往往很差。

开锁何不寻钥匙？笼统很难定案，从具体分析找出路。继续细化，问题迭出。

书法是美术学的一部分，美术学包括国画、篆刻、版画、油画、剪纸、装置、雕塑等。美术又是艺术学的一部分，艺术学包括美学、戏剧、影视、摄影、舞蹈、音乐、曲艺、建筑等。艺术学又是社会科学的一部分，社会科学包括哲学、文学、史学以及与儒学、道学、释学等相交叉着的心理学、社会学、伦理学、人类学等很多更细致的学科。社会科学又只是人类知识的一部分，人类知识则包括自然科学和社会科学以及一些交叉的科目。依此站在宏阔的人类文明的坐标上全面地看，书法是小道，然虽是小道也有可观者焉。小中见大，但小不是大。

崔自默 绘

科学与人文，不能代表人类知识的全部，有的既非科学又非人文，有的既是科学又是人文，如此才合理。

艺术解决了自身的问题后，再考虑对科学的影响，否则就会更多地表现为"交叉感染"，而不是有益的影响。艺术讲究个性的张扬，如果用于科学，当然也无法全部用上，就使科学变得更复杂难辨了。

人文学科所认为的哲思学问，往往只是自然科学（理科和工科）的逻辑推理而已。

能在拘束中正常行走，
在解除拘束后才更能享受到自由的欢畅。

偶见刻扇骨精品汇集，在有限的空间内布置物象部件，因地制宜，游刃有余，构图法颇独特，可参入画。民间刻家在设计阴阳刀法时，要预料到拓片的效果，

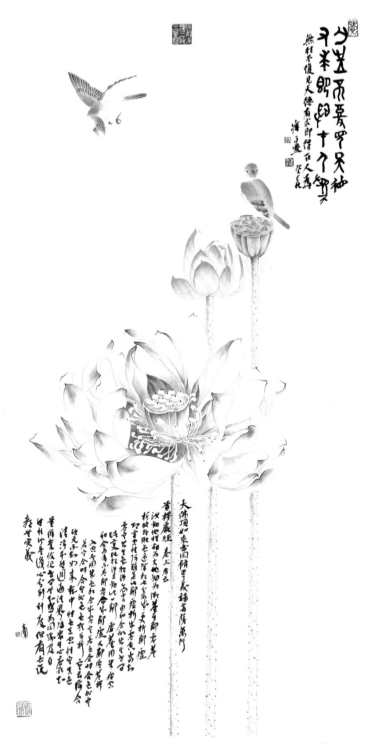

崔自默 绘

值得借鉴。其刀法精湛绝伦、不可思议，能微雕临摹《石鼓》及钟鼎、甲骨书法，妙到毫巅，极有书法味，于两枚上翻刻《石鼓》全文，一日四五字，历时半载而成。

今有电脑自动雕刻，效率高，也精细，只是人工性差了。艺术性就是人工性，就应该有双手劳动参与吗？

要实现艺术创新之目的，需要两个最起码的条件：一、对艺术审美有基本正确的认识；二、超越寻常的高超创作技巧。没有这两个条件的画家，只能两手空空地徒劳着，谈吐故纳新、承前启后、开宗立派不太可能。

能够游刃于有余之间，是庄子《养生主》里论述庖丁解牛的本领，也是比喻人如何自由地行走在社会夹缝中的道术。

真理是一个无限趋近的过程。

真理、真实，都是概念，看如何理解。科学的定义与验证，大致是权威的。

真理是朴素的，朴素到几乎无用，否则不是真理。

艺术种类有别而异曲同工。大气磅礴，具体而微，宛如音乐连绵，节奏铺陈。有个性，不和谐。不会玩与太会玩，半斤八两。真理排斥一切，也包容一切。

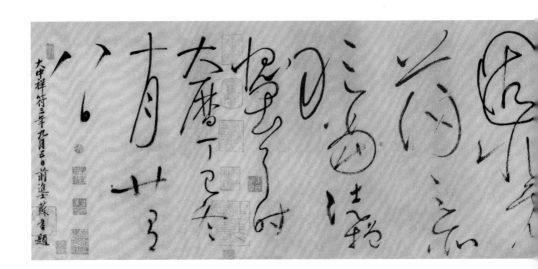

平常、非常：平常则一般人或可有之，非常则一般人绝不能之。

"满城贴告示，还有不识字的"，企图让某种思维即便是真理性的好东西深入所有人的内心，根本就是妄想。

对于一个概念的定义，恒等式模式的解释，虽然没有意义，但最准确；而其他解释，即便内涵和外延都可能很丰富，但永远也不会最准确。

有意义的解释或定义，却未必准确；而"最准确"的解释和定义，却没有意义，这很有趣味。

"打破砂锅问到底"，不值得称赞。"问到底"，究竟又能怎地？很多事情没有答案，还白白打破砂锅。

完全不做无意义的事不可能，于是要设法调节无益时间与有效劳动的比例关系。

承认不行不损失，极度张扬却增加风险。

我性子急，脾气不好，说话不中听，请原谅。我很困难，自顾不暇，自度不及，请理解。

直心是道场。直心为德。有时候，与其憋着，不如直接说出来，就放下了，孽缘也就了了。

回答"不知道"其实不那么简单：一则用以显示主观上的谦虚态度；二则从实际而言，

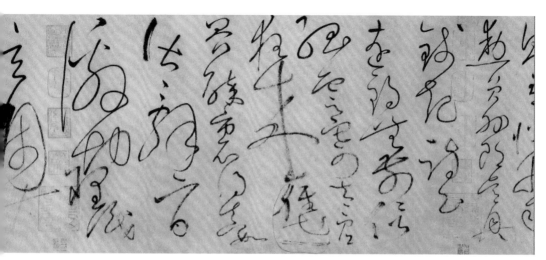

[唐]怀素 书法

客观存在往往是人所未知的；三则在过去与现在之外，预言了未来的可能性。

"力不足也"，成功的可能性就很微小。身体的或是心性的疲软、匮乏，就是天资的问题。"冉求曰：'非不说子之道，力不足也。'子曰：'力不足者，中道而废。今女画。'"（《论语》）这里涉及和谈论的问题甚实际。不是不想，只是力不从心，画地自限，所以，只好半途而废，谁也没有办法。人力耶？天力耶？"画"，前人均以"画地不前"意释之，总觉牵强；或许是"尽"之笔误（"画"与"尽"繁体草写形相近），意即今儿你就算完了。

久经沧海，世事洞明，然后能实事求是，一招直入。倘非面对知音，高度一致，会心一笑，又恐落得不近人情、唯利是图之讥。达摩面壁，不是投机取巧，那是借时间的痛苦萎缩来放空自己的世俗欲望。

普通的幸福是该可怜还是该恭喜？如何引导？不敢放心是因周围有太多失序，能控制自己却无法管束他人。

"孩子是自己的好。庄稼是人家的好。"这句民谚记录于儒家经典"四书"中的《大学》，原句为："人莫知其子之恶，莫知其苗之硕。"何以孩子和庄稼都是自己培养的，却只承认孩子好而庄稼不好呢？原来有心理因素：孩子是自己管教的，孩子不好就是自己不好，所以只能说自己的孩子好，也不允许别人说坏，是"护犊子"；庄稼是自己耕种的，说自己的庄稼不好，一来表示谦虚（"自己做得还很不够，还没长起来哩。"此成分大概很小），二来沾沾自喜（嘴上说不行，心里却说，"那当然"），三来怕别人嫉妒（"这哪行啊？比你的差

崔自默 绘

多啦！"），四来好逸恶劳之心态作怪（"我都忙别的啦，其实没怎么下功夫管它"，此成分大概最高），五来贪得无厌（"差得远哩，我们家就这样还不够吃哩"，此成分也不低）。旁观者清，可外人有必要扫你的兴吗？不要总在外人面前夸耀自己的孩子，那会毁掉他。他骄傲自大的所谓天才和优点，在别人眼里或许什么都不是。人家只是不说而已。

所谓正确的东西，不见得能执行下去，所以也不能验证其正确性。

创意总是完善的，条件总是有限的，缘分总是注定的。在限定时间内拓展、整合、运营起来，的确显出能力、福报和造化。

有正确的大目标，也不好高骛远。理想，有的可以实现，有的不能实现，有的不必实现，所以必须只做"可能的"。

因地制宜，量力而行。物不老，人易衰。先有人，而后有其事，善其用。

问："老师，什么事情最难？"

答："天下本无所谓难事，只是看对谁而言。"

问："老师，能不能交给我一件难事去做？"

答："坚持。"

问："坚持一件普通事，并不难啊？"

答："当然，首先要有判断主次的能力。"

问："不断进步，不断区分主次，不断提高执行力，不迷失自我，不迷失信仰，当然是很难的吧？"

答："所以，坚持最难。"

开始便是结束。很多需要做的事情，要立即执行，否则一时懈怠，就永远放下去了。

错误的东西，能执行下去，就是正确的。

好的策划的实现，关键是执行力，但是光靠巷战是不能取胜的，好的战略思想是最后胜利的关键。细节往往决定成败，所以不考虑细节干不成事；但是过于拘泥于细节，会失去胆略和最佳的时机。

人与人的能力差异，是同等时间处理问题的效率。双眼要能看到很多东西，双耳要能听到很多声音。虽说贵人语迟、行缓，但观察力差、反应慢，总不堪重任。

写文章，选材要有目标，陈述要有内核。

有的人和他的文章，让人无从揣摩、无从置喙。"无人"，包括好到极点与糟到极点。

读改他人文章，若不合乎理路，殊为受罪之事。

写文章，不能含糊其意，否则把过多想象的权利留给读者，如同走入迷宫，胡乱行走，任意歪曲。要明确思维，规范思路，以"我"的意思为主要意思。

文章要注意几点：第一，文字反复斟酌，做到简洁凝练；第二，不要只在意词藻，要学会用最平实朴素的言语表达最打动人的故事；第三，文句气息要顺，太生僻的字词会让读者在阅读上分心。

女孩子写文章可以柔美，但那不够，还需要沧桑感、厚重感和圆润感，所谓绘事后素。

"语法，是用词造句的规律"，我在大直要中学时，语文老师上课时一句或许不经意的话，我印象深刻，或许在我日后思考问题时产生着影响。

书画讲意在笔尖，文章亦然。做文章需要脑子里有形象，始可委婉而妙。

写文章要能情景交融，有镜头感、场面感，才容易使人记忆。

文章之道，在于理数清楚，而不是表面文句的瞎拽，比如，"人说树在庙前，我独云庙在树后"，这有什么意思，还不是一回事吗？

其实本没有不能使用的字，只是看怎么使用这些字。天下的文章学问，不过是一个组织、梳理、搭配的结构与关系问题。尽量避开负负得正的表达方式，避免引起误解。

写作需要技巧，每个人心中都觉得自己是诗人，是作家，但有没有表现出才能很关键。

靠技巧而写，总有喜新厌旧的时候，要发自心性，方能持久。

作文之道，能表达清楚尚且不易，既能语句通顺又能意思明白，更不容易，于是再进一步追求有内涵、有余味。

我写文章，力求实战经验，对读者有用处，而着笔点必须是实际的生活感悟，还必须从中透射出文化和艺术的韵味。

以非凡笔墨，写寻常事件。

作文需要气厚，若大匠之挥钝铁，轻松自如而毫无力不从心之感。似不经意而别具匠心，内容沉实而挥洒自如，非一般手笔可得。

用古人句，要用熟悉的，而且要用得天衣无缝、时有新意。别人不熟悉的句子，反而不能用，否则让人后来发现，成了"抄袭"。

纸上的文章，与学问的本义、认识的本质、世界的本源，根本不是一回事。

没有不能用的单字和词汇，只有搭配不当的语句和组织不完美的文章。

只有自己懂，不是真学问。

译，难；答，更难。无论译还是答，都要使用语言。语言，永远只是思想的一部分，更是世界本来面目的一个侧影，离自在的本身还远得很。

不同语言之间的沟通，是大问题。理解自己的语言，已经是有问题的了，比如古汉语。翻译成外文，一译一答，就难免产生误差。

妙语往往偷摸概念。很多人自以为得意之笔，却是驴唇不对马嘴，这也是语言的隔膜。

遇到高明的语言，会心。自己脑子里有想法，但是不见得自己说出口，更不见得能变成纸上的文字。语言和文字的表达，需要技巧和本事。

"隔靴搔痒赞何益，入木三分骂亦精"，郑板桥懂。不懂，表扬没有意思，批评也没有意思。

语言的模糊力，可以合理"利用"。

在出示完一个不好的文字材料之后，如果说"他就是这种人"，此时，表达痛恨语气的"这种人"与明确指出"他"就是写这个材料的"这个人"是有差别的，但是，对于刚看完材料的其他局外人来说，不能明确判断"这种人"是特指一类不好的人，还是专指写这个材料的人，因此，容易误解。

给朋友打电话，本意是想一见。电话通了，他正在与大伙吃饭，我问他"有事吗？"，他回答"没事"，我犹豫一下说"那我就过去了"，他说"那好吧"。于是，我就开车走了。我说的"过去了"是指从他门前经过而不进去，而他理解的"过去了"是我要去他那儿一坐。结果，他一直等我到十一点，还奇怪我怎么说来没来。

数学要有基本的逻辑思维，在生活中也是可以锻炼的。语文，只要懂得拼音，并会使用字典，自学完全可以。语言的表达能力，牵扯到思维能力，这是语文与数学的关联所在。

"是啊""就是的""那啥""你看看"，这些词有语气语境，不用说别的，似乎已经包含了内容。这在模糊而圆滑的发言中常可以见到。

向前看，换句话说就是忘本。如何选用和理解词句有时关系重大。

艺

术

沉

思

录

崔自默 绘

单个词作为回答，最易产生歧义而被误解。譬如"绝情"二字，是出于自己主观一方的意愿，还是埋怨对方的过错，需要辨别始得。不辩解而认定，大概是矛盾的一大根源，存在于现实生活中，也存在于文化艺术领域的研究中。

语句产生误解，是因为词的概念有两种以上解释的可能。

我们平日有很多误解，都发生在对言语的误听与误解上。

语言的魅力是让人感而觉之，体而会之。

立德、立功、立言，"立言"看似很其次、很简单，但祸从口出，也很有一时风险性。

"良言一句三冬暖，恶语伤人六月寒。""利刀割体疮犹合，恶语伤人恨不消。"这些"老生常谈"，苦口婆心，如果能认真执行，定会终身受益。常人心高气傲，每每嘴硬，争辩是非，直至面红耳赤、恼羞成怒、恶语伤人，后悔已晚。

虽说世间事理难论是非，但面对具体事务时，是非观还是需要的，"少是非"之论只是为了少生是非、群体和谐。个性张扬的群体很难和谐。

同情、爱语结善缘，安慰、理解就是温暖的施舍；而一句不恰当的话宛如一把利剑，刺透心底。"一言而让他人之祸，一忿而折平生之福。"人要互相留面子，别逞一时之快，别言语溻人。

对话体、笔记体之妙，在于随处发现，给读者以自由与乐趣。

不关爱语言的人，语言就是他前进道路上的无数关隘。

"古今坦然，法尔如是。"（《祖堂集》）语言的力量，不是个人的发明，而是传统的、集体的意思认可。于是语言背后的意思，成为自然存在。

"一言可以兴邦，一言可以丧邦。"语言的作用有那么大，执行者以言为根据判人断事，敢不慎之？

任何思想、学问，都必须借助于语言文字，而语言文字只是一个符号的东西。"言不尽意"是一个司空见惯的现象，那么，我们过度地强调思维、思想的意义，是否有些舍本逐末或者自欺欺人？

崔自默 绘

不偏不倚，超越俗流。

谈论与评价某人的艺术水准，若不想说，又不想得罪人，可以说：他比比他差的强，比比他强的差；他比过去好多了，不断进步；难能可贵，都不容易。

艺术的实践和评论，必须触及形而上的存在，包括人生不可知的东西，涉及宇宙学、性命、能量，才有深度。

绘画之写神是第一位的，否则只有简单的造型，没有形而上的追求，则是俗物。

有时，作为辩手的对方，其辩驳的问题也许接近于荒唐，但是，这种荒唐有似于儿童的发问，是连续性的，不出几日，看似不成问题的问题，就直接触及形而上的、不可知的根本性所在。

我有"尽兴说"，"兴"与"性"通，乃知"兴高采烈"之有余味矣。何谓乎"高"？则当于形而上思之。大脑与心脏比之肾脏有过之而无不足，其实，身心作用是相互的，至于衰老也是同时的。

有名的画家，站在实践家的立场，有时故意引起争论，吸引批评家的目光，搅浑水，而只有不偏不倚的批评家，才能超越一时之俗流，洞见本相、实质。

很多现实社会问题令人困扰，事在人为，问题也是人为的。因人而异，认识问题及处理方法亦如此。高段位的批评家在背后树立一块白板，不对前面的颜色作好恶判断。

标准，是一些人的水准。

知识就是坐标系。在茫茫宇宙太空，没有上下左右。有了标准，就有了区别，就不能圆通，不能齐一，故知标准云云亦是主观之评论。但，标准必须尽求科学。

任何理论，只要还有解决不了的"矛盾"存在，就是尚不融通。

怎算经营？何谓管理？只要"艺术"，大而化之。实形有隅，终难成大。目标有限，何如附骥？功在齐心，自得其位。借势为必须，品牌之力，芸芸而偃，从众跟风，不能自已。

艺术的评判需要标准，这种标准虽然更多时候是不合理的。

"上善若水。""言善信，政善治，事善能，动善时。"《老子》所谓的"善"，其标准应该是苛刻的，否则何以称善？善不是好，而是道的本性。

评判结果受到审美标准的影响，可怕在于熟视无睹，并自以为权威。

标准失理则结论荒谬。判断需要逻辑，逻辑亦属工具。工具精确，使用不当则判断错误。现象与本质因果对应，即便细审也常为表象所迷惑。"大智若愚"，若愚与实愚如何判断？

如何对待别人的过失，是反映一个人是否宽容与成熟的标准之一。

存在与不存在，有时是相对的、主观的。够格还是不够格，标准是什么？长短度量需要尺子，还要看尺子由谁来规定与操作。可怕的是用尺子来称重量。

标准的不统一，也是好事，可以成就理论的丰富。

逻辑缜密，是一种令人信服的吸引力。

一般人的世界观基本没问题，差异在方法论上。

方法论如战术，是重要的。认识论，最终决定一个人的行为方式和生存价值观。

伟大的科学家，他的思路还不是自己脑子里的运动吗？在用各种工具（世界观和认识论、方法论等）把蒙蔽于心性之上的尘垢涤荡之后，至性独出，即见即明，其净如镜，则可以观照万物、体察世界了。最好的思维模式一定是有逻辑的，科学语言是数理的。

不符合逻辑的世界，不仅是失序，而且是可怕的。

笔尖所留下的痕迹，是逻辑的、理想实验的结果，是在完全的、物质的科学实验室里所不能实现的。

不是人高，是山高。站在巨人的肩膀上，当然超过巨人，但问题是如何站上去。

一条皮带带动两个轮子转动，皮带的最佳缠绕方式是什么？节省距离、减少摩擦是主要考虑的问题。

书法用笔变化多，就是使线条不在平面上运动，而是进入立体空间。那么多线条，排列组合的方式无穷多。

走出来的不见得最优秀，但路子一定最正。

认清了路，才可能走下去。譬如有人给你指一条往南的大路，那路很好走，但是，你的目的地在北方，所以你还是不能听他的。你的目的地虽然在北方，但是眼前的这一段路不好走，你可以暂时选择一条别的路绕过去，即便它是往南方的。绕路，尤其是"背道而驰"地绕路，当然委屈，但是，有时这样做是为了更快地到达目的地。

作画良方，虚实三七开，水墨对半开，殊不可墨与水斤两搀和而匀涂也。

绘画打底稿，是创作的初级阶段、技术准备，

崔自默 绘

但是在实际创作中每一幅作品都打稿子，就不是创作，而是机械的劳动，是属于工艺品的制作过程。有艺术才能的画家，是不应该在创作中使用底稿的，当然，工笔作品与连环画、油画类作品除外。

职业分布与社会经济发展相关联。我们需要那么多美术人才吗？这是一个有意思的问题。当然，有成就的大师级画家只是少数，要想使美术成为文化产业的一个重头戏，首先需要一个广大的群众基础，而一般画家则是这个基础上的有利的组成部分。

一起涌来难以应付，于是选其一而回击应付，此法常用于经纪人之操作拍卖市场。

财散人聚，钱不能都挣，要掌握方式、方法，否则树倒猢狲散。

先储备，后发挥。

瞪圆了大眼珠子，没有放大镜、电子显微镜、天文望远镜，也看不到微观、宏观物质。

没有知识储备，禁锢想象力，丧失创新力。

废品与钻石本来只是物类不同，是社会功用（包括价值与价格）使它们产生审美的区别。审美具有群体习惯性。艺术的另类审美打破陈规，继而改变文化观念。知识储备至厚积薄发，力量始得可观，宛如作画颜料多样，才有余地和条件发挥。刻薄准狠虽然高明，但用笔墨以浑厚见巧致为最工。

中医和西医都是医学，都涉及生老病死，结果也一样，只是工具和方法不一样。

诸法无常，大辩若讷。面对疑问的犹豫，不是无法回答，而是寻找最确切的工具来解决。

工具、场景、条件决定艺术创作的结果。古人所用纸、笔、墨，与今有异，故所得面目亦因之而殊态。

灵巧之人善用工具，而非习性懒惰、劳累蛮劲。多作科学理性判断，少作个性感觉猜测。定位不准确是因不了解全局布置。

人类结束原始野蛮、走向文明的标志是有了语言，也因此走向另一种"野蛮"。会用语言工具、能写作是一件幸福的事。

[荷兰] 凡·高 绘

船，只是工具；过河之后，没有人会因为讲义气、讲感情而扛着船走。

抽象与具象皆美，只是审美方法不同。

抽象与具象，写意与写实，都是概念，都是相对的。

没有完全的抽象，也没有彻底的具象。没有绝对的写意，也没有真正的写实。即便梦境，亦非皆空穴来风。驾牛车钻鼠洞也有可能，各零件、环节均具体也。极抽象的画也有据可查，工具、材料是基本素材。

没有绝对好坏，也没有绝对的艺术水准。抽象、大写意、写意、小写意、半工半写、工笔、写实、超写实，造形与色彩有差异，审美方法自然不同。

写意有写实之功夫，写实有写意之趣味，才有意思。

写实性与写意性，一直是美术欣赏时被讨论的话题，对此的认可与认同度，反映在对中西美术和审美传统的区分上。其实，作为绘画，写实与写意这两个因素一定是同时存在的。

任何人脑子里的想法或实际的行为，即便是号称"最抽象""最现代"的东西，也还是既有物象的衍生与组合。即便使用抽象语言，也要表达一个具体的故事才能感人，或者要有一种单纯的、直击人内心的至美之感或震撼人心的摄魂之感。

和谐的画面不是没有败笔，只是笔墨各得其所。

文化与文明"一步之遥"。博大精深，可能是历史的复杂，却未必是文化的好处。

文明是秩序。秩序混乱，往往因为聪明人太多。前面堵车，自作聪明的人多了，法不责众，于是集体自作自受。

弱肉强食、优胜劣汰、自然选择，是原始状态，不需要更多理论，那倒也公平。社会文明之后，讲究集体秩序，发生与存在有因果逻辑。礼义廉耻、保护私有、契约精神等，总不应该乱来。

高尚与浅趣，文明与野蛮，聪明与愚昧，一如清纯与风尘，也许是上苍暗自得意的创造。

集体秩序的稳定需个体的参与和维护。好的个体用毅力来证明能力，用忍耐来显示修养。

文明场——应该重视，就是环境对人的心态的影响问题。现代建筑与流行风尚，除了注意经济和视觉，也不该忽视基本的文明。门和窗子的护栏上面大多是尖头，很少装饰艺术曲线，这便是"有害场"，助长非文明心理。

集体的无序、力量的分散，其结果之一是社会资源的极大浪费。除了综合经济实力降低外，内讧的结果是渔翁得利。

没有一个大家公认的大师，是因为大家没有共同推举同一个大师。我们遗憾这个时代没有大师，是因为遭遇了这个前所未有的所谓信息爆炸的时代，大家都在呼喊，但任何声音都被淹没在集体的声音里。

有限制的自由才是真自由，完全无拘束的自由是假自由。大家都自由等于无序，无序会消灭集体。

个人能力源于原始生存竞争，自给自足、自助多福、忧患意识，也因此而自私自利、不信任、混乱失序。画面中点对线与面的场效应破坏力极大。

权力与圈利等价，就容易失去公道。州官能放火而百姓不能点灯，就是秩序不好。

法律是成文的道德，道德是内心的法律。

很多社会问题看来是信仰问题，其实归根结底是法律问题。

艺
术
沉
思
录

崔自默 绘

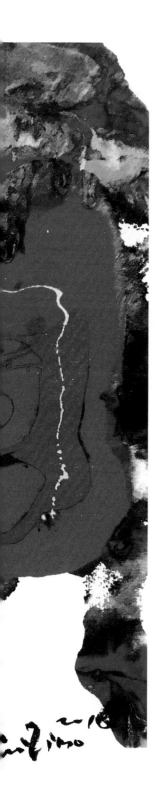

道德，有虚伪性；法律，有野蛮性，是一种强制服从，无所谓合理与否。

法律是对人性的不信任，补法律空隙的，是道德约束，是崇高、尊严与责任。

庄子说："以不平平，其平也不平。"公平与不公平是相对的存在与概念，所以，人为消灭往往就等于消灭其自身。

汉斯·凯尔森说过，国家是一群人在法律的规范下组成的共同体，信然。消费者的权益，如果没有严格的法律法规的保障，就谈不上。

性情自由的个体在法律的规范下生存，任何个体都不能逾越这种共同体下的法律规范，否则，无数个体的原始盲动，势必使所有个体不复存在，整个群体也不复存在。这便是社会和谐的必要性。

法律保护的是守法者，而不是所谓的"弱者"。

强弱是相对的、暂时的。"弱势群体"是一个伪概念。

飞机和小鸟，谁是弱者？何以老生常谈？知易行难故尔。

法律面前讲究公平，没有弱者，一视同仁。法律的规范与力度，显示一个国家的文明程度。

行人在路口随意闯红灯，在汽车间穿行颇有大义凛然之状。行人作为"弱者"的这一冲动是以一定能获得汽车的避让为前提的，实际不见得，汽车司机也有马虎的时候，瞬间之误，则后果不堪设想。行人不遵守交通规则是不珍惜生命之举，自己危险，也给别人埋下祸端。汽车到路口鸣喇叭，甚至警笛轰鸣，大概不是有意，亦无奈也。建设文明社会，是大家努力、大家受益的事情。

如何规范人群的思维，仅仅依靠法律也许不能实现，但在没有更好的策略之前（也许永远也不会有），只能这样完善下去。

美是内心本能

一点成一字之规，一字乃终篇之准。
——唐代书法家孙过庭

好的艺术家模仿皮毛，伟大的艺术家窃取灵魂。
——西班牙画家毕加索

篇二

美以真为脚，以善为头。

看到纯洁而美好的东西，便产生占有欲和破坏欲；看到美好背后的肮脏以及野蛮的东西，便足以消除这种欲望，让人主动放弃。

本真无为，大美不言，上善难言。大璞不雕，是提倡含蓄美。璞不是失序，而是自然胜人工。巧夺天工之艺几近道术。技进乎道，须反复熟练。熟非俗也，孰能至熟？

淮南子告诫说，林中不卖薪。与人交往时，要设身处地地考虑别人需要什么，你能给人家什么，否则没有意义，瞎耽误工夫。

圣人用心若镜，其所观照，乃人生全部纯真的心性感悟，而不是简单的、物质形式的触摸与关照可以完成的。"观照"与"关照"，有次第之别。

形式即内容。

内容决定形式，形式决定内容，于是形式即内容。内容的主旨是心性，即便骗得了别人，但骗不了自己。没有内容填充的形式，只是一个躯壳。没有土壤，苗子不会生长。

无无内容之形式，亦无无形式之内容。技艺高超，内容与形式对等。形式主义就是符号化、风格化，夸张变形在所难免。风格乃传统特征与自家个性之组合。读者好异骛奇，作者出奇制胜。

眼前有大道不取而另谋出路，个性使然？愚公最个性，狂者在行动。智者为能，路通人不通。

观照仿佛，形外得意。言语道断，不留一字。诸法圆融，实事求是。有感斯应，声气相吸。贵能领会，岂待明示？行为唯识，皆如明戏。内容表达，形式主义。

你把事当事，事就缠身。

看碑林，有一碑额名曰："公议老会"，若以现代形式（自左而右、自上而下）读之，则为"老公会议"，颇有趣。

吃饭，寻常小事也，若有其事，规矩礼让，郑重其事，此形式也。礼者，有之或无益，无之则不可，自如者自在。因时、因地、因人，形式有异；左右逢源、因时而化，可也。

先贤有言"佛道一家"，是知者之见也。世人只知形式之异而不见实质之一，执迷表达而又多失时机形势，是为不智也。

讲究本质最难，所以尽量使用科学的语言表达。如水的本质是 H_2O，中文叫水，英文则是 water，其他语言又不同，但只是语言表现形式的不同，其本质是一样的。

忠、孝、礼、义、信，是爱的一种高级形式。

心态在黑白之外。鱼、肉、熊掌若不实际，都不选或都选。开朗乐观或被误解为不认真。严肃与严谨，庄严与尊严，形式主义很有用处。不是没想法，只是条件不成熟。盲目扩展成本大。咸沾不可能，亦无必要。付出多，收获未必大，人谋天定。有赔有赚，盈亏平衡。留有余地，培养新趣味。

美与审美绝无对等。不公不平自古如此，应该诅咒"自古"？概念只是形式。面对同一文本材料，谁看、怎么看、怎么结论，不一而足。贼匪抑或王侯，要看他最终成败。

仪表堂堂的人，或者说有富贵之相者，其本人一定因为这外表而产生自信，加之外界反复的肯定，其情商会提高，所以容易构建和谐的人际关系，也就接近了成功。大众看仪表外装，能脱略形骸见精神的有几人？

没有激情，既是成熟的一个标志，也是衰老的一个特征。

"旧学商量加邃密，新知培养转深沉"，艺术如是，人生亦然。

蚌病成珠，艺术的风格大抵如是。十七八世纪的巴洛克风格，有人厌其繁缛琐碎，其实不乏雍容华贵。很多这一风格的著名建筑师，也是有多方面修养和才能的。

有心性根本，然后才有学术主见，不然只能随人俯仰，尚不自知。

学术与创作，难以厘清。学术，难道就没有个性吗？

伟人，就是有主见，敢"冒天下之大不韪"，敢于违背一般人的意愿。

风格，是个性的固定表现。风，即性情；格，即规制。

成功之人，其所作为即便反常，也是风格；否则，什么也不是，或者径直就是毛病。

人都有毛病，但不能有致命的毛病。俗不可医，无药可救。没毛病是最大的毛病。没有毛病则圆活无碍，则没有把柄，则不能束缚之、管理之。

熟练形成毛病，毛病形成风格。熟，非俗也。

书法，需要熟练；不熟练，则笔墨不能养成一定的习惯（甚至是毛病）。习惯成自然，自然了才能见性。很多书法家的字与人格、性情不能和谐为一，是因为尚存伪态，只有通过自然历练，才能内外通畅。所以言、人、书合一，人书俱老，必须是针对行家的。

很多艺术家在没有形成成熟而完善的风格以前，就已经养成一个固定的毛病。

同样一幅作品，在多次观看时之所以感觉节奏快了，其理正宛如旅行，回来比去时快，不仅因轻车熟路，更因心思渐入佳境。

[佛兰德斯] 鲁本斯 绘

道不可言。

主观上卓越与杰出的超常思行，往往是客观上的一种失序。当然，有序还是无序，又是相对的、暂时的。

超常、非常，都是不正常的表现形式。

有限之中的法则，不适用于无限之中，宛如惯性系统原理不适合于非惯性系统。

同样一字，那么多笔画的偶然组合，千人千样，即便自己书写同一字，也会次次不同。

黄宾虹有一作品，题有画论曰："古之论画，务以大气磅礴、华滋浑厚为宗，最忌纤弱浮华，若徒斤斤于细谨，涂泽是尚，此文艺所以不振也。宋元大家，力避作气，以端正轨，非董、巨、二米其谁与归？"宾翁不屑于谈明清诸家，于石涛及八大亦苛刻，云："若文、沈、唐、仇、'四王'、吴、恽、石涛、八大，非朝市即江湖，不足学也。"又，"明代文徵明、沈石田未免后学訾议者，以开市井流习；石涛、八大开江湖习气，不可专学自囿"。宾翁信札多长篇，为一时心得，辗转反侧。道理，总是难以言明的；欲言之，故欲明之，则言多矣。

宾翁花鸟，设色幽淡，昆虫大于花朵，为写意是求也；其山水，咫尺千里，密而能疏，是胸中储满山水之气也。其笔墨反复处，有油画笔触与光影向背之妙，外行不见。

李可染山水很独到，有重量感，为河山立碑，靠素描达到画面的空间效果。黄宾虹山水浑厚华滋，一派氤氲，靠笔墨关系再现自然气象。

大千先生早年画作虽然不甚成熟干练，但是其感觉仍是沉厚的，有大家气象。

黄胄是当之无愧的人物画大师。黄胄一晚上

崔自默 绘

画画有时就是几十张，到深夜，速度极快，快到几分钟一张。黄胄画画不假思索，造型靠感觉，来自生活，技巧是实战出来的。即便是人物，画脸和手也神速，画衣服饰物等更是一挥而就，至于画驴子更是不到一分钟。所以，即便丈二的巨幅，一天之内即可完工，一般两三个小时足矣。看了黄胄的画，让一般画家无地自容、无从下笔，他的画复杂，难度大，气势恢宏，气韵生动。

失序为丑，无礼为恶。自然混沌或许是另一种秩序、大美，但社会文明不应选择粗糙、浪费。

笔墨追求，便是文化追求，是一个没有极限的境界。

文字语言，一定有中心思想；视觉语言虽然不是哲学插图、政治说教，但也不能忽略中心思想的问题。

笔不到而意到，若有不足却是有余。

国画作品没有一点寓意，当然不是好作品，但是寓意太着相、太肤浅，也不是好作品。国画作品不是漫画、连环画，更不是哲学插图。

做一篇文章，又长又无趣，就不如采取局部，只留中心思想。

没有中心思想，立意不高，内容一般，赋予一个华丽的形式，只是皮囊而已。情节节外生枝，追求小趣味，终难成大器。毫无道理的东西，可作幽默对待。

东汉史学家班固在《与弟超书》中云："得伯章书稿，势殊工，知识读之，莫不叹息。实亦艺由己立，名自人成。"伯章徐干，善章草。"艺由己立，名自人成"，路是自己走出来的。

南朝绘画理论家谢赫的《古画品录》首倡"六法"，其实前两者"气韵生动"与"骨

崔自默 绘

法用笔"已言明主旨，其后四者"应物象形""随类赋彩""经营位置""传移模写"乃深入阐发。一句虽可言明，仍需枝叶衬托，否则难得其要领。

画之大概形可以得，但内在微妙的笔法、墨法变化不易掌握，此所以"气韵生动"之难得、"骨法用笔"之重要也。

唐代绘画理论家张彦远在《历代名画记》中提出"夫象物必在于形似，形似须全其骨气。骨气形似，皆本于立意而归乎用笔"，乃真知灼见也！"本"与"归"，一个是目的，一个是手段。没有手段，任何目的都徒托空言。譬如文章，虽须立意，但归于用字；字不能用，意从何出？用字一反，其意必反，其害大矣。绘画一事，造形能力欠缺，其他方面也就费力了。

绘画艺术，在有限面积内造型，但有限面积不是有限空间。在横向上虽然有一定的距离限制，只能放置一定的东西，但在纵深方向上却是无限的，可以放下无限的东西，只是需要本事。

中国画的线条，必须是空间的运动轨迹，而不能只是平面的；能在空间实境造型的，一定是大手笔，否则，画面拥挤不堪，位置失当。经营不善，不具有绘画才能。

杂事太多，就耽误很多想法和战略意图的实施。要拒绝很多枝节的事，以长期的、出效益的事情为主。书画的布局谋篇也是此理，须主次分明。

有些道理，或许是别人一时想不到的，或许是虽想到但没有时间用独特的语言表达出来的。

站在传统的基础上，向前迈进一小步，不容易。

有述有作，乃期有趣，抵及奥妙，无悔其义。

崔自默 绘

　　我甚至欢迎别人抄袭我的东西，不但不生气，还要感激他，因为他替我传播一种有意义的思维习惯。

　　信手翻阅中国历代花鸟画精品，有新感受，乃知风格流向渊源以及各家手段高低。倘有闲时，势欲多加临摹。

　　南宋画僧牧溪（佛名法常）的写意画用简笔，为八大山人等禅意画先驱。《雏鸡图》，北宋画家李迪及明代绘画大师沈周均有作，背景皆留白，山人或从之。清初画家樊圻，画册构图奇特，有与八大山人同趣者。宋元之际画家钱舜举，草虫工致，为齐白石之师。元代画家吴镇，山水小品为启功之师。明代画家林良、吕纪、孙龙，写意花鸟逸笔草草，而郭诩笔墨乃与徐渭同类。梅花繁密一体，有

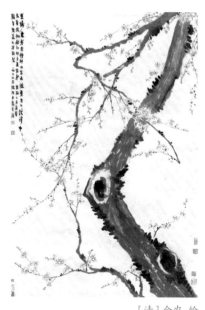

[清]金农 绘

元代画家王冕、明代画家陈录、清代画家金农及罗聘。

八大山人的花鸟画具有鲜明的个性特征，寄寓的是他独特的自然感悟和精神冲动，而且他的构图形式极具现代的构成意识，是当之无愧的现代派中国画的先行者。最重要的是他的笔墨，清华无滓，至简、至净、至纯，只属于他自己。山人的山水，气息冷静高蹈，悠远清脱，尤其是类似素描一样的山水小品，今天读之，似乎犹可听其笔墨刮纸的声音。那是他的天才感悟的物化，简单的勾勒皴擦，远近山林木，错落有致，境界独出，俗手临摹其形而不得其神。

刻意讲个性，就没个性。

大家一起讲个性，就成了集体没个性。

一首歌可以反复翻唱，一篇文章不能反复发表，这就是通俗与不通俗的区别。

艺术类型不同，传播方法有差异。传统认知习惯里，有大众的约定俗成。

没有个性的东西都一样，比如胡乱涂鸦的绘画。

中国画笔墨简约，目及笔触皆道，自然自在，毋须人工刻意表达。书画技巧亦然，须进入程序化、符号化阶段，才能有风格、有产量。使用符号化的语言，是艺术个性和创作风格的必然选择。

个人风格应该建立在普遍性基础之上，否则就如冬天里穿着短裤在大街上行走，你可以不觉得冷，有些人可能另眼看你。

艺术家虽然有个性，但势必受到周围人的言论和品位的影响，对自己艺术风格的演化起着不小的作用。

"我叫齐白石，你也叫齐白石吗？"师承之间艺术的个性与风格，可依此类比。

花鸟画传统之路，以为齐白石等人走到巅峰，倘不能出新则毫无意思。

不断尝试创新，又不离传统，一定能走出自己的道路。

中国画名曰写意画，但传统的路数大多是符号化了的，容易因循守旧，所以，从

沐諸震澤如汪大能使
朝已似鏡無

[清] 石涛 绘

自然生活中寻找灵感、境界，才是写意的真谛，也才是创新的正道。

无利不起早？除非勤行精进。

　　疑惑、好奇、求知欲，有力存焉，人类进化。

　　审美趣味，知止与进取循环往复。平常心和意欲力为创作之必需。一个高度一层境界，最高人据制高点，无缘不遇，遇亦不识。虑而后能得。进取，便是"进去禁区"。

　　好奇心和欲望究竟来自哪里？拥有它，获益的同时害处又有多大？

　　陌生、好奇、幽默、反讽、失序、诱惑、妒忌、嗔恨等非常情绪，打破思维定式与心理平衡。

　　"追星"，就是有好奇心、有欲望、羡慕名利，下决心与他们看齐，有上进心；假如再努力付诸行动，就有成功的可能。

　　远香近臭，自己人的评论容易被忽视，而外人的评论则容易引起关注。"外

齐白石 绘

来的和尚好念经"，好奇心理之一也。

失旧序，便是出新意。起初，人也许不识，但一定有好奇心，此为成事之先。兵法云"奇取而正守"，既然有了一定的获得，而后务必考虑完善之，使个性与特别的现象符合审美的共通性，规范于大众的思维逻辑中，方可思长久，打造一个新经典。

不要试图纠错第一感觉，更不要破坏常识。有例外吗？善用好奇心。

天才好奇心重，占有欲强，会乐此不疲。

美是内心本能。知识可学，感觉难获。职业化丧失趣味性。被赶鸭子上架，却每每成事，非唯命运造化。量变质变、肌体依赖，是性情激发使然。出奇制胜，好奇求知欲强，势如破竹。

大山子、798，初期不为人知、不为认可，但人们总会好奇地去参观。时间久了，就看习惯了，就认可了。798的艺术良莠不齐，但大浪淘沙，总会有好的艺术家和好的艺术品。有这么多好奇的东西把这么多好奇的人招引在一起，就很不简单了。这里提供了一个独特的场所，让这么多的人在此展开想象，自己为自己的发现力惊奇，足够了，不必再追问其意思和价值。

很多人的问题就是顺口一说，没过脑子，只要反问他几个问题后，他自己就明白了。很多问题的提出，本身就是没有意义的，所以没有必要思考并回答；不管知道与否，其结果是一样的，对于这样的问题，不因好奇而花费时光。

有了获胜的名利，才有大家参与竞争的形势，才能成为品牌。

一个比一个漂亮等于一个比一个丑，
一个比一个矮等于一个比一个高。

很多情况下，听似不同的说法，其实是一回事。A>B>C，就是 C<B<A，但审美心理效果不同。

角度决定态度，心态决定心情。角度不同，就有积极与消极之分。这个角度看不是好事，换个角度看却是好事：雨天不能晒香，但可以卖伞；晴天不能卖伞，但可以晒香。

"不如学者有文化，不如画家会画画。""比画家有文化，比学者会画画。"换个角度看，说法不一。

打破秩序、敢于犯规，是有创造力，有关系网，值得羡慕，也引发质疑。动

崔自默 绘

艺

术

沉

思

录

态有势，也有不稳定因素。在表现睿智时可能失之憨厚。

人必须给驴子让路，车必须躲石头，倒不是因为人懂得礼貌，而是为了自身安全。对面人不礼让，你不要沮丧，你可以主动让路；如果对面人主动让路，不是说明你厉害，而是说明人家高贵。

表扬或贬低都需要资格。小孩子的话语，即便谩骂，也不值得理睬。

"老板没有给我那样的待遇，我为什么要给他干那样的活儿？""你没有干那样的活儿，他怎么能给你那样的待遇？"只站在自己的角度看问题，好事是成全不了的，总有一方必须主动。

所谓"小人"，是不如自己的人。

人都不由自主地以自我为中心。人都确信自己是君子，做事没得说；衡量别人是不是"小人"，也是以自己为标准。你觉得别人为人处世不如你，属于小人；但在更大的君子面前，也许你就是小人了。

好强、自信、认真，其实是自私的表现，企图要全地球人都说自己好；也是骄傲的表现，要证明全地球的人都不如自己。

我以为：对不如自己的人，不能强加责备，要是人家比你强，反过来挖苦你，又当如何？以己之长，比人之短，是最没有道理的事情；以人之长，补己之短，才是聪明的行为。

把小人的方法论，变成君子的处世哲学，以利于事业。

敌人，只有够等级的才值得与之斗，上等的敌人懂得惺惺相惜的道理。一般小人，就只可视为可怜虫而已。

敌人，也是知己，大知音。他们骂我，必须研究我；要骂得准确，必须深入研究。

气，可以不接触人而制之于死地，而凡俗之人，是轻易咽不下一口怒气的。

胸襟要大，脾气要小。要保持内心的平衡，不要轻易就震动起来。"阻尼系数"要大，才能经受得起扰动；即便一时失控，偶尔震动起来，也会迅速恢复常态。

火气会把你自己点燃，人不能克制恼怒，真是命苦。

狗咬人，人不会生气，更不会生好几天气或者气坏身子，因为被咬的人不会把狗当人对待；蚊子咬人，人不会生气，更不会生好几天气或者气坏身子，因为被咬的人不会把蚊子当人对待。

梁漱溟与人辩驳，转身即睡，胸中了无挂碍，谁也拿他没办法。无谓者无畏。

能克制住怒气，真的不生气，这种人是强大无敌的。靠强忍，是不行的，那不是天生的贵人。不仅仅是口谈禅，要紧的是果然通透，心静如水，甚至在谦卑之时，切实感受到发自身心的愉悦。

你自己完全不生气，能绝对控制自己的情绪，做旁观者，才是智者，是勇者，是力者，是仁者。

最大的蔑视，是不知之，更不论之；任何谈论不管是正面的还是负面的，都是重视。

与你不喜欢的人斡旋，甚至把你极讨厌的人当作一般人而寒暄，自己心地坦然，敌人也会私下佩服，无可奈何。

不能躲避受气，不能忍耐，于是自己损害自己的身心健康，以致影响事业，何等可怜。

据说林徽因是一个有韵致的女性，在外面一般人眼里她表现得一派温雅脱俗，而在家里和日常生活中却经常烦躁失态。这种现象出现于很多名流身上，似乎性格分裂。可见，没脾气的表象，是控制于大修养与忍耐之下的。

明白人脾气大，大概看不过去，实际上是放心不下，仍是执着于名。尽人力可，然天道难违。

胡适说过："我渐渐明白，世间最可厌恶的事莫如一张生气的脸；世间最下流的事莫如把生气的脸摆给旁人看。这比打骂还难受。"可见，生气伤己又害人。不生气，是成就圣人之路。

玉需要石来磨，不能用玉本身来磨。

群魔为法侣，逆境为园林，烦恼为菩提。世上没有绝对清净之地。污泥是肥沃营养，出淤泥而不染，是为大修行。

小人，要"欢迎"他们。所谓"他山之石，可以攻玉"，是善用小人的佳例。要感谢一切正面的和负面的力量，把它们都化作前进的力量。

"是非只为多开口，烦恼皆因强出头"，这句话告诫我们，防口如防贼，别顺嘴得意之时，让人抓住把柄、怀恨在心、伺机报复。

自己不行时，小人才来打扰；等自己厉害时，小人便来逢迎。在不能使小人望而生畏的时候，要积聚力量，更要躲避矛盾。小人将教会你很多东西，比如狡猾、世故、做戏，好听一点就是因势利导、因时而化、左右逢源。

等你成功了，别忘记了小人的"鼓励"。他们厚着脸皮来祝贺时，你也要心安理得地与之碰杯，此时心里也不要憋着、骂着、生气、难受。

正确时间遇到正确的人，就是"贵人"。

不敬业、不会干的人太多，最后还会为自己的无能找借口。你不坏何以证明他的好？

小人从哪里来？存在了，一定是有道理的。

游戏不能较真。

自己唱戏，自己喝彩，是否有点滑稽？但这现象几乎表现在每个人身上。

过去，很多在当时被认为是重要的东西，今天早已被忘记了。人生有限，能用者几何？很多东西对人不是必需的，但人还在努力地追求更多，无疑愚蠢之极。

人生就是一个大的"走过场"，在此期间，很多小的走过场是必然的，所以不要叫阵和较真。

有人问张大千："你睡觉时胡子是放在被子上面还是下面？"张大千说"没注意"。等到晚上，他开始注意胡子，结果觉得不管把胡子放在被子上面还是下面，都不舒服，折腾了一夜没睡好。——很多事物的存在或发生，自然而然，一旦在意了，就不自在了。

目标都是一样的。一步到位，就成"死局"，没法玩了；绕弯子的步骤，就是游戏的过程。

围棋盘上的数字：

$1+2+2^2+2^3+...+2^{63}=2^{64}-1=18,446,744,073,709,551,615$——这是一个出乎意料的大数字。中国古代有大数的记数法，载 $=10^{4096}$，正 $=10^{2048}$，涧 $=10^{1024}$，沟 $=10^{512}$。古印

崔自默 绘

度关于大数的记数法被用于佛学中，佛经中有"百千万亿不可思不可议不可量不可说无量阿僧祇世界"（《地藏菩萨本愿经·分身集会品》），其中，不可思 $=10^{212992}$，不可议 $=10^{851968}$，不可量 $=10^{3407872}$，不可说 $=10^{13631488}$。比喻数字巨大的"恒河沙数"，也是能数清楚的，虽然它大得不可思议。很多具体数字没有必要记住，知道它很大就够了。

学术之争，本质上无异于试图让别人承认自己的偏见。

"从某种意义上来说"是一句废话，谁也不可能"从所有意义上来说"。

"象是什么？"无穷多个盲人的无穷多个偏见叠加在一起，其综合就是答案。但"无穷多个"是多大？地球上所有人都加在一起，相对于"无穷大"也是零。

"三个臭皮匠顶一个诸葛亮"，此言谬矣，别说三个，就是三百个臭皮匠也顶不了一个诸葛亮。人的智商和能力，是不能进行简单叠加的。

鲜花＋美言＝形式＋内容。简单的叠加是没有意义的，必须是彻底的融合。

"仁者见之谓之仁，知者见之谓之知"（《周易·系辞上》）。因为 χ =A，χ =B，χ =C，由此可知，要么 χ 有多解，要么A=B=C，也因此可知，盲人摸象的必然和各自结论对于自己"观点"的准确性，所有结论之集合为本在。本在、存在、本真、真理，往往无从表达。

正常人有健康的双眼，自信能观看，有观点，但绝对不能同时站在所有角度来观看，所以即便相对准确，也只能是偏见。

接近无穷，这种功效岂能轻易可见？它包含固定的见识和随机应变的各种情况，类似计算机程序的分支树，预计到所有可能的情况并有针对措施。

以偏概全，是经常发生的认识论上的错误。数学里的举反例证明法，是一个逻辑方法，在人文哲学中往往被用来以偏概全。

偶尔一次错误，正巧被遇上，就可能受到指责："我没有发现的时候，还不知道有多少呢？！"——"还不知道"，就敢下结论？

要避免一种常见的争辩的产生，因为它是莫名其妙的，彼此不知为什么就开始了，尤其是与陌路之人。

一时固执，转身枉然，可发一叹。司马迁"鸿毛泰山"之判，亦个人之见而已。

过分单纯、幼稚、笨拙之人，执着于自己的偏狭的生存观，不思上进，办事不能实事求是，不讲究效率，蹉跎一生，一事不成。

知识不是智慧，但知识叠加，就接近智慧。

知识的多少是相对的，而方法的好坏则有绝对性，只是不能确知而已。

现实主义与神秘主义，难以厘判：现实存在的所有东西，其本来原因是不知的，是神秘的。神秘的所在，只是对目前的知识所言。对于需要认识的东西，其一定有必然的规律性。

知识丰富，学问通透、达观，生活是不一样的，"知之为知之，不知为不知，是知也"。"知"是"智"，明确地把握与判断自己的实际状况，即为智。

万法唯识。在更高明的自然存在面前，你炫耀的所谓知识，都是常识。

智慧者，总是能选择捷径。智慧产生于包含了各种复杂矛盾的现实之中，若逃避之，便无从产生智慧。捅破牙膏封口的尘针就在牙膏盖子上，整破窗户纸的不是风沙，而是小孩的小手指头。

个人的僵化、固执、死板，不仅仅属于倒退，因为看到了太多，学然后知不足，更是因为没有了前进的勇气和动力。

不知小，焉识大，是学习的渐进过程。不识大，焉知小，是反思回归本真与平常心的必然性。

知识对于很多人而言，是可以不断增加的，但能否实现质变，则是未知的。

必要性，是必然性的前提。

地不能闲，闲则草生。然种地需得其人，不得其人而用之，虽忙碌至秋，仍杂草丛生，无所收获，反倒是糟践了种子，毁坏了土地。

爱情是什么？是"西瓜没打开之前里面的颜色"。这里的大前提就是"没打开之前"。爱情其实是一个界值，是结婚前后的不长的一段时间，其前称为友情，其后转化为亲情。你只能猜测，没有光线照射时，你看不见颜色；你看见了颜色，但那又不是没有打开之前。

大前提和小前提是推论基础，完备与否决定结论。"吃饭了吗？"若在下午三四点钟就得反问意指午饭还是晚饭。"学历、地位、层次会不会影响交朋友呢？"朋友有多种，情谊有深浅，交往时间有长短，无关痛痒闲聊可以，但实际共事就

崔自默 绘

只能对位。

文化复兴是一件大事，很有必要性，但要复兴的是哪一类的传统文化？怎样复兴？其中就包括它的可操作性。比如文化如何产业化，这里有一个可操作性的问题。

"他骂你了。""他不可能骂我。"判断一件事情的有无、是非，最有效的方法是设身处地研究其必要性与合理性。若有合理性与必要性，则虽未尝发生犹有可能；若无合理性与必要性，虽有人云如何，然未必发生。

我是劳动人民的儿子——这句话很有分量。我深深地爱着人民——这话看谁说。

"尚不浅易"之"尚"，可作"崇尚""尚且"两解，但结论方案大异。

天下的水若集中在一条大河，首先这不可能，其次就是天下一片汪洋。

人都在交易、买卖。地主靠地，资本家靠资本，知识分子靠知识。

真想干事的人少，有资本有条件想干事的人更少。

能干的人因为各种因素存在而没有机会干，不能干的人因为各种因素存在而莫名其妙地干着，所以说能干与不能干是相对的，怎么证明呢？成功有无数个原因，失败却只有一个理由，就是失败了。

一棵小树在成为大树之前，它能有多少说服力呢？根系发达，才能竞争资源。

当局者迷，从事艺术者亦然。自己在驾驶车时，不能确切地看到车轮子的位置，而外面的旁观者却很容易看到，这就是有时需要征求他人意见的必要性。

我爱你，与你无关。

"爱"是什么，不易回答。但是爱的表现形式，比如精力、热情、关心，可以从侧面来解释爱。"爱，就别怕伤害"，作为歌词是好的，但谁痛苦谁知道。

歌德说过，"我爱你，这与你无关"。我爱你，不管你爱不爱我。爱情不讲等价交换，只讲一往情深。

天上有条龙，地上有条龙。你问我哪条是真龙，我喜欢的那条才是真龙。

真正的爱不是偏狭的，而是宽容的，甚者出人意料，以自己的付出为幸福。

如果因为爱而内心痛苦，步履沉重，那么这种爱是虚假的，也不是爱的初衷。

在行为中，主观与客观总是相互激发而冥合为一的。

最科学、最公开、最民主的选择，面对人的主观因素太复杂而决定不了的时候，最终也是付诸"迷信"，如掷骰子这一方法其实很客观，很科学，得认命，服自己的气。

觉—知—识—见—解—决—定—命，这是一个递进之程。由形而上，经由类似形而下的路径，回归到形而上。其间出轨者，则为幻觉、无知、陋识、愚见、误解、谬决、错定、非命。

出轨，可以有并轨、变道、多轨等多种解释。实力，既要有质量，还要有数量。力量要大，还要能坚持。

靠"我估计"，是个很幽默的事情。觉与决，大有区分：觉是先决条件，没有它会失去基本的智力；怎么决，却是一个随机问题，有时非主观所能左右其结果。

静中之动，才有杀伤力。"杀伤力"这词，很有幽默意味。

心是主观，物是客观。心死物死，心外无物。

精神的"有我"是绝对的，绝对"无我"的语言是没有的。

唯心与唯物、主观与客观，都是相对的、可以量化的。主对于别人是客，客对于他自己是主。

主观的认识，必须与客观的事实分开对待。客观，是除去我们自己主观之外的环境和群体。

法本无法，心生法生，可否理解为一切都是唯心的，都由自心决定呢？主观上可以如是理解，但客观上未必真实存在。主观与客观不完全统一，主观属于客观的一部分，为了研究的方便，我们把它们分离，只是做文章而已。

王国维在《人间词话》中谈论词时指出境界的概念，也同时指出"有我之境"和"无我之境"的概念，并承认"一切景语皆情语"，也就是看出了景物与情思不可明确区分。

古希腊神话中的恶势力，有斗不败的特性，值得研究。把古希腊神话与中国的《庄子》《列子》《韩非子》里的一些寓言相比较，能看出一些有趣的东西。寓言故事盖言其精神，而不在其故事之实际与否。学习愚公精神，其意义在于打破一种俗常的认识与实践方法而上升到形而上的精神境界。

客观与主观的合一，或者说统一性，似乎在科学研究中有明显缺陷，也与近现代科学相悖，但是科学本身就不科学。客观与主观是不能完全分离的，就像计算机的硬件和软件，虽然在物上有所区分，但毕竟都是精神产品，都蕴含了人脑的思维与设计。程序，也一定是软与硬的结合，然后才有意义，否则，单独的软与硬没有价值，也就没有了区分的必要。

谈社会与制度，只是理论的、理想的；理想，以理想之，毕竟要在口渴之后回到现实中去做实际事。

所有带形容词性质的名词，都可以进行量化。

王维的诗"大漠孤烟直，长河落日圆"，"大""直"与"长""圆"这样的形容词，本来就是主观的、有我的判断。佛家的禅定与道家庄子所谓的"坐忘"，都是一种尽量接近无我的思维方式。

禅定，是一种临界状态，也是一种境界，也许还是一种难以抵达的状态，所以可作为一种追求的过程，类似一个逼近无穷大的状态。

"长恨此身非我有，何时忘却营营"，苏轼《临江仙》中此句最宜细思，"营营"者何？事业？道德？文章？兴趣？

知者无言，言者无知，只有站在最高处，俯视迷宫，才能得出这样的结论。

无限地逼近全才的人，是人才。自私的偏才，不能通用。

学术项目、专著、论文，不注重质量，只以数量考核，一定粗制滥造。

好人与坏人是相对的，可以量化。

定数，也是概率。

有些不可思议的事情是偶然发生的。偶然即概率。

假如你认识 n 个人，你一想到谁，谁就来电话的概率等于 $1/n$。随便想一个字，一翻字典，正好那一页就有，这种概率有人以为很小，神了；实际上，我只要想做，一天就可以遇到一次，因为字典的厚度是有限的，根据字母顺序去揣摩位置，其概率不会小于 $1/200$。

事之成，必得其人，即遇其人，又会生出诸多变故，结果全在定数。

因缘果报，自有定数，如人饮水，各人至于何等境界，不必分说。

抓住机遇、寻找永久的合作伙伴是一难点。熏熏然中不知所措，或明珠暗投，也是因果定数。

在对两种同等概率的选择作出判断的情况下，无所谓策略与计谋，只是胆识而已，运气而已。三种或三种以上可能性的选择，才可以使用策略。

很多事情前赶后错，自有背后原委，你催之反而促之不成。事之成败，有其定数。

人才难得，在于互相把握的偶然性。此处工作需要人，而正找工作的人却未必知道这里需要，这就是缘分的一个特征。

巧合之事容易被记忆，就更觉得巧合。

人生如一段线，应当是一个固定的轨迹；所谓命运，就是这生命过程中的那一段运动轨迹。与其他人或事的一个巧合，看似偶然，其实应该是必然。两线交叉的一个点，比起整条线段，当然微乎其微；但两条线相交，却是规定好的。

医道，在于对症下药。药本无好坏，能治病为上。病难除根，只要条件具备，还会犯病。

家，才是一块永远搬不走的大奶酪。

个人身体占有的时空是有限的，只好于绝对有限中寻求相对无限，在精神上实现逍遥之游。此理念先行矣，此可谓高尚矣。

高尚之所居，乃精神行为之最生动处，需精神交感，而非奋力攀爬所能抵达。

当遇到事情纷杂、心态紊乱时，你不妨感叹"不知多少年过去了"，如是几次，一切复归于平静。

《曾国藩日记》中可见曾氏日常之所感，其亦独不能自制而伏心。"安禅制独龙"，自己之心性最难克服。独不能制一人，己身也，亦命所固然。兢兢业业于家国之大事，苟苟营营于男女之小情，均见心性，然而的确有别。

前些年我与京中诸老前辈的接触，都是因为外地朋友来京时，崇拜而谒之，往往一日过数老，不辞辛苦。今老者多已凋零，且诸事繁冗，神往而已矣。

家，是港湾，是奔波之人的安乐窝。这个时代使人疏远了家，简单而牢靠的家竟然难得，所以说"家是新的图腾"也不为过，甚剀切。

最平淡平实处，亦最可靠可信，是"家"之本意。节日之时，尤其是过年之际，人最易感到家的重要。

安静的背景更容易让人感觉到来自周围尤其是自己的浮躁之气。落叶归根，回家的感觉可以治愈病气。

[法]塞尚　绘

来日方长，但一不注意，就都放过去了。

读美国作家斯宾塞·约翰逊的《谁动了我的奶酪？》（*Who Moved My Cheese？*），很有意思，我们在忙乱的工作中，会不自觉地疏忽和怠慢了自己的家人，而实际上，家人是最难得的可靠的幸福之源。不要为了虚荣的面子，失去更多。

所有反映出的类似动物性的行为，比如食和性，都是可悲的，不仅仅是因为其不文明、不高级，更是因为其背后的为生存而进行的斗争。

平淡生活，与少时强说愁滋味者所理解的，不是一个层次。

"赏宴不均致败。"

"礼，岂为吾辈设哉？"阮籍的这句话听起来颇有魏晋风骨，但终归只是说。为大者刚愎自用，则整体失序，自然大乱。

自然不奇怪，奇怪的是人觉得自然奇怪而努力去探索。

"自然与人"，是一个好的展览选题，因为它容易引发争论，也就有意思。

闹钟依赖，是现代文明的一个标志，是浮躁还是规矩呢？

想起"不患寡而患不均"之句。"有国有家者，不患寡而患不均，不患贫而患不安。盖均无贫，和无寡，安无倾。夫如是，故远人不服，则修文德以来之。既来之，则安之。"（《论语·季氏》）"养人施惠，患在不均。"（《全唐文》）"分得不均嗟怨众，受恩多是本朝人。"（《元宫词》）"大小户不均，一醉混强懦。"（《笛渔小稿》）社会上人心之扭曲、变态、不平，多在于条文之不公与执行之不严格。如行车，有不守规矩而不受罚者，则守规矩者必感不平，这就需要处政之智慧。在生活中为友，也本乎此。虽然有比无好，多比少好，但是因为分配不均，不但没有设想之益处，还会生出麻烦。当然，公与不公之判断，对非俗常之见可用。

"我即使被关在果壳中，仍自以为无限空间之王。"

先以规矩出之，后以险要笔墨破之，乃有神来之笔，有奇趣，有意外之效，有现代感。

规矩，可以守，也可以不守；但所谓正宗，就要守规矩。比如游泳，不同的类型有不同的规矩，是主观的先备条件。习礼，是应世的规矩与形式。

自由泳可以胡来，但一定快不了，要相信规矩与科学。

套路，就是有规格、有规矩、有限制、有拘束的行为，虽然不能使人尽兴尽情，但它的确可以锻炼人的意志并在这当中培养出相应的本领。

他欠你的，你得追着他，所以，遵守规矩很重要。

A替B向C求便宜货，则B得利，A搭了C的人情，C少收获，如此三人中一人得利，两人损失，不可做。若按照规矩公事公办，则B并不损失，A和C也不损失，此事可办。

规矩，是取巧之用。没有规律性，则无灵活性。规律性为灵活性提供了工具。教学讲基本技能、基础知识，即此理。

猿啼玉涧，鹤唳青霄，渴骥奔泉，其千变万态，意高语妙。翩若惊鸿，婉若游龙，沉着痛快，优游不迫，顿挫有势，擒纵自如。方循绳墨，忽越规矩，以故为新，化俗成雅。公孙舞剑，庖丁操刀，以法传法，以道应道，以魔传魔，曷可胜言哉？

或许是受到莎士比亚剧本的启发，英国剑桥大学教授史蒂夫·霍金写了《果壳中的宇宙》（*The Universe in a Nutshell*）一书，从理论物理学的角度，探讨宇宙的过去、现在和未来。人对宇宙的认识，或许永远只是管之锥之。

是非曲直，不可一律。日日进境，乃为正确。吾所乐者，自有所趣。生发有本，循规蹈矩。

在简单中见常理。因爱而误解，误解需要化解。平地是会起风波的，不可不慎。为免不悦，必须先立规矩，防患未然。

不睡不梦，所以，息诸外缘是戒除负面影响的唯一方法，但因噎废食，也不是办法。

八大山人的鱼，有木然块然者，抵遗世而独立之精神领域。山人的画，笔墨出于传统路数，但已然"破格"，超脱了笔墨的视觉层面而抵达形而上的层面，给读者以思考的空间。

［明末清初］八大山人　绘

犹太人做生意，每次都视作一次新的开始，重新申述所有的规矩，不受以前印象的干扰。与人打交道，也要学习这种做事的方法，因为即便老友，很多年不见之后，也是会变的。

我曾陈述两条互联网上说话时的规矩：一、随时可能中断，绝不代表我的情绪和态度，很可能是掉线，或者因有来人转而忙于别的事情，一会儿还可能会回来，所以对方不要因此而产生情绪；二、因为所有语言都不能完全表达我的意思，所以必须具备"忘言得意"的基本本事，不要因为偶尔的、随意的一两个词语选用不当，影响彼此谈话的感受，乃至继续交流。过去的只能过去，必须往好处看，积极地看问题。

"以约失之者鲜矣"，约束自己，恭敬谨慎，没有坏处。

旁观者未必清。

大多糊涂情况是因为离得太远，而不是太近。

太近会糊涂，太远更会糊涂。"只缘身在此山中"是因为太近，所以不清楚；"只缘不在那山中"是因为太远，所以更不清楚。

"糊涂"与"不清楚"基本一样，但有差别。不错不等于正确，宛如不赔钱不等于挣钱。

站着说话不腰疼，是因为没有利益的关系，而不能以"旁观者清"作搪塞。

顺美匡丑。

人不诚、不信、不义，则不能恒其心、敬其事、立其业。毅力与坚持等环节，无不从正心中出。

邪还是正，不是客观存在，是人的主观定义与判断。不理解、怕误解，倒不如找一个迷信的借口避免别人猜疑。迷信似乎不需要理由，也难究其真伪。

诚、信，中国古代有很多这样的故事，是浪漫的。这是上等的浪漫，需要长时间验证，一般人欣赏不来，也经受不起。

约束自己的行为，严肃自己的态度，是一种别致的浪漫。

在城市山林中，人也是野兽，有两件主要事情要做：一、吃东西，二、防止被吃。

"最喜小儿亡赖，溪头卧剥莲蓬"，辛弃疾的词欣赏的是真情童趣，倘若愚谬世故又不识趣、不自知，莫名其妙就真无赖了。井底之蛙伤不起，因为你过不去自己的善良。坏人易做，好人难当。快刀斩乱麻，甘苦自知。丑人多作怪，一朝失意，难得其所。

顺美匡丑、说长道短、评头论足，是个人的自由与权利，虽然未必客观全面、公正合理。

愿意批评，总是热心肠。心地光明的君子，是不怕人批评的。

能公布出来的当然不是隐私。你自以为光风霁月，没什么不可以言说的，但外人未必理解。当然，光明的背后存在阴影，那是客观的物理现象。

善之完成在真在美，授人以渔，春风化雨，不可呵斥教训。

美是什么？是自然存在的秩序、道理。以此观之，人类的活动，符合整体秩序的、能与自然和谐的、利于人类和地球终极命运的，便是好的。否则，不管打着什么名义，科学也罢，思想也罢，主义也罢，任何思考和行为统统是无理的，没有最终存在的必要。

护法威严，次第礼仪，秩序大美。

审美是复杂的、动态的。合之则美，离之则伤。美是整体、秩序，是自然、存在，是组织、搭配，是关系、场，是行为、过程，是气、力。

授受关系是审美的必然结论。

譬如堆垛，垒之不易，摧之不难。恢复秩序难，失去秩序易。

不同的形式传达不同的内容。最美的欧拉公式 $e^{i\pi} = -1$，若改为 $e^{i\pi}+1=0$，则又多出另一个最有魅力的数字 "0"。

美之秩序在真在善，不争不抢，无怨无悔。真之要素在善在美，虽有而不好，不如没有。

有秩序的、和谐的团队，是有力量的，有希望的。完全的自由，便失去了秩序。

微言大义，博观约取。互联网厉害的是海纳百川，综合集体智慧，然则现实中不可能组合集体，不能找到"集体"这样一个人以用之。秩序为美之源，大家就座，总喜欢边缘，于是会场中间往往有缺位，是有意思的现象。成年人的表演很尴尬，于是

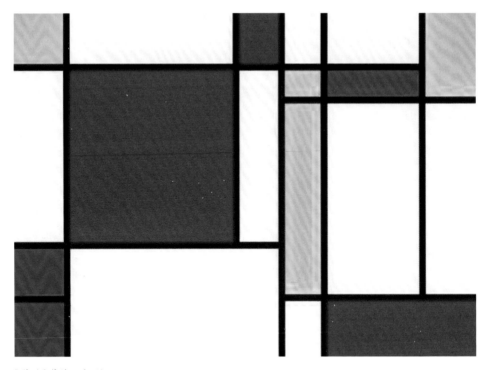

［荷兰］蒙德里安 绘

会恼羞成怒，开始玩真的。

在跌倒前的瞬间，如果想着硬撑着，或许摔得更狠。

　　不能只看到眼前的现象，要注意前因后果。

　　人有时控制不住，甚至把没有做过的细节也在脑子里一过，然后忽然说出去，还描绘得若有其事，连他自己都觉得奇怪。

　　吸引人的历史故事，那背后的真相永远不得全部知晓，因为没有人会直接说出口。只有拉开了时间的距离，让没有直接关系的后人与外人来细致品味和想象。

　　庄子说"醉者坠车，虽疾不死"，就是因为精神放松，肌肉骨节都能缓冲，如土委地。

适度最难，乃是中庸之道。

中医讲究调理，"燮理阴阳"，就是调"度"，归于平衡的"零"状态。调整可以从两头入手，但从中间入手是大手笔，宛如调整天平，将其放正。

一出戏，在有限时间空间里，总要有所重点，不然没有风格，一无是处。略有升格，则可又哭又笑，哭笑不得，归于平淡，如是，乃大道平易、平夷。如何把握这其间的比例、火候、度是很难的，故曰"极高明而道中庸"。

糊涂好还是清楚好？不能明确，正如快好还是慢好，不能一律，快或慢或不快不慢都可能出交通问题，关键在于掌握节奏，掌握"度"，不然过犹不及。该如何即如何，于是判断该还是不该成为首要和关键。

疑神则神，疑鬼则鬼。鬼神之见，见诸其心。智障的结果有可能直接导致变态。控制自己太死的，是智障；不能控制自己的，是变态。

大也不易，小也不易，不如不大不小随大流。要么高，要么低，不高不低最难受。如此，大、小、中都不合适，究竟如何是好呢？

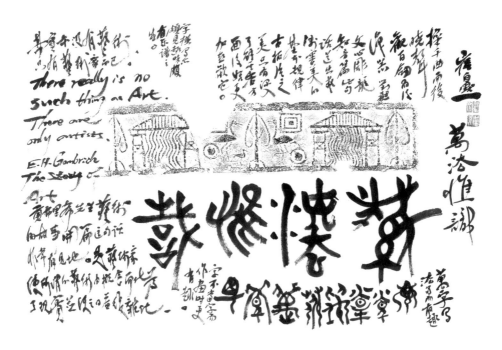

崔自默 绘

崔自默 绘

要么早要么晚，不早不晚正巧堵车；早也堵，晚也堵，不早不晚正巧不堵。堵还是不堵的"正巧"之度如何把握是好呢？

"升米恩，斗米仇"。饭要给饥饿的人，但也要注意分寸，给人一升米是恩人，给人一石米反却成了仇人，因为人不知足，会觉得来之容易，希望不劳而获且得到更多；一旦你反感了，生厌了，就成仇了，以前的所有恩情一笔勾销。

很多人是"幽默过度"的，可气之人与可笑之人，在此聚集。

人偏激容易，能行中庸则难，能恒久行之则难上加难。如行路，天下没有比走路更简单的事情，但一生平安无恙，则很难。"仲尼曰：'君子中庸；小人反中庸。君子之中庸也，君子而时中。小人之反中庸也，小人而无忌惮也。'""中庸其至矣乎！民鲜能久矣。""道之不行也，我知之矣：知者过之，愚者不及也。道之不明也，我知之矣：贤者过之，不肖者不及也。人莫不饮食也，鲜能知味也。"（《中庸》）中庸之难，宛如走钢丝绳，因为事情绝对摆平的情况少之又少。

吾居乎中，虽不左右之能，然自得其所，心亦舒泰。于下观之，或日可上，故不可罪；于上视之，来日莫测，且事当协，故亦不多涉。中庸之道，允执厥中，于斯亦见其用矣。

适度解读，出于观照智慧，那是对艺术史前前后后、里里外外、真真假假的深刻透析，包括收藏市场与经济价值的话语权。

文物的发掘，也有一个适度的概念。地下被掩埋的历史与文明，只有在经济发展的时期才得以开掘与弘扬。苟非盛世，文明的遗迹将永为尘沙厚土所湮埋。历史的续写，大凡如是，物质与经济实力之于精神与文明的作用，其伟哉！

道学讲"清心寡欲"，既然说"寡"，就是少的意思，而不是无。"不欲盈"，也是依此理，适当的欲望是生命的动力源泉，没有它则意味着没有了活力。于是可知，识别适度与否是很难却又是必须做的事情。

放长线钓大鱼，但线太长就没用了。

不在乎，乃无情；太在乎，多痛苦。

不与不认真之人打交道，因其难以成事；亦不与太认真之人打交道，因为过于疲累、无趣味。

对黄灯的态度，见出智商和情商。

提前一步是先进，提前三步就是"先烈"。

由泊车状态，可见一个人的智商与情商：泊车不能到位者，其观察力差，技术不高，智商不高；只管自己而不顾及其他出入者，其人自私，情商亦低劣。

为别人安全，也就是为自己安全。让别人，也就是让自己。

改变计划或选择道路或过路口，光慢不行，要一停、二看、三判断、四通过。

可以否定一个行动，但不可以急于否定其理论，以备将来有余地可论。

虽然"箭在弦上，不得不发耳"，但是切记"出弓没有回头箭"，等等再说吧。

人品也须打预防针。

虚荣，不是光荣。

当很多人聚集在一起的时候，也许虚荣等因素作怪，人会变得不理性。

办事切不可先给人以希望，然后却办不成，让人空欢喜而失望、生恨。要先办妥，然后告诉人，给人以惊喜。乡谚云"破裤子别先伸腿"，是其意也。很多人肚子里憋不住小事，喜欢先过嘴瘾，满足一时的虚荣心。

"人生豪侠周密之名至不易副，事事应之，一事不应，遂生嫌怨；人人周之，一人不周，便存形迹。若平素俭啬，见谅于人，省无穷物力，少无穷嫌怨，不亦至便乎？"（《聪训斋语》）原来，俭省甚至落个"吝啬鬼"之名，也有免招麻烦的好处，一妙策也。最愚蠢者故作大方之态度，人家若真都求，如何能一一摆平？难免尴尬受苦。

人生在最关键的时候，往往认识到真朋友的重要，也更清醒地知道"自助者多福"。

人生，一戏耳，白驹过隙耳，然如何戏、如何过，的确需要态度。

吃饱了混天黑，与睡足了等天亮，基本上不是一个境界。"人生老大须恣意，看君解作一生事。"（《赋得还山吟送沈四山人》）不能放开、放松、放下，就难得自由、自在、自我。

老子一再强调要"复归于婴儿"，不仅仅在人生思想、理想上可以解释为以求获得最大的纯真、天真，还在于企图恢复到原始状态中巨大的懵懂力量。

儿童画得天趣，一如其本性，不知其然而然，是天生的、自然携带着的性情。袁中郎所谓"不知有趣，然无往而非趣"，是为天趣。

崔自默 绘

从小看大，见微知著。《五灯会元》中云"平常心即道"。朱熹论《论语》"浴乎沂"一段为"乐其日用之常"，亦一也。从平常着手，能见出大的人生命理，并指导精神生活与攀升愉悦，是大手笔；平常言语，看似简单平易，待欲剖析以论之，反觉其不可理解、莫名其妙，乃不知其具体关节；具体关节在人性本身。

心中无奸，奸人何作用于我哉？心中有奸，则与敌里应外合，我为之所害。

没事别惹事，遇事别怕事，是对事的态度。气势汹汹而来，往往不了了之。

用笔无所谓快慢。

画面上欣赏时笔墨所表现出来的快慢，与实际创作时的笔墨快慢，不是一回事。

小者大之，大者小之；疏者密之，密者疏之；远者近之，近者远之。有序有有序之用，无序有无序之用。在混沌中有序，寄巧思于无意之中，让人有发现的快乐。

夜来梦荷，远近高低，烟云供养，入于毫端。

书法，字虽然写得很小，但可以放得很大而仍有气象神采，气宇轩昂，其道理就是线条与结体都是在三维空间中造型，而不是在二维平面上排列。线条也是空间的轨迹，轻重、粗细、快慢，用笔的变化，无非就是展现这一空间的视觉造型。

适度，最难把握；过度，弄巧成拙。

自由与自信存在于整体秩序。你只能管好自己开车的安全水平，但不能预测街道是否堵车，或者别人是否追尾。

人家尊重你，请你吃饭，其意思不只是请你这个人，而是请你这个角色。你在某个位置，你只是一个符号。换了另一个人在那个位置，人家就请他吃饭。在其位，谋其政，你代表的不只是你自己，而是一个更大的形象。

单纯的元素，最后可组合成复杂的内容。

先到了，无车位，走好远停车，回来发现门口有了车位。先出门，遇事故堵车，还不如晚点出来畅通。傻人有傻福，福人不堵

崔自默 绘

车，不知其然而然。

所谓机遇，与行车类似，与选择路线和路况的偶然状态有密切关系。

我想起针风池或灸合谷的刹那。不通则痛，但不至于痛不欲生。经验告诉我，治疗不通之处时的特殊痛感是很舒服的。

自小生长于农家，我知乡农情况。我冀中平原村民多朴实厚道，绝无奸诈之心，亦无刁民。种子发芽了，不是买种子时的承诺，也只能自认倒霉，人家解释为天气原因也不闹事。村民的这种大度、不在乎、不较真与幽默态度，是全天下求和平者应当学习的，但如此，似乎假化肥等缺德事不会消失。

讲究适度，然"度"宁为不变之标准乎？"度"亦可调，类似于天平之中心。识时务者，即调度以便操纵也。

感性与理性结合，追求"合度"，最难。探索过程之本身，就是科学，科学也是变化着的。变化，是规律，是法则，是艺术。

"合度律"：没有完全的好，也没有完全的坏，只有合度与不合度之分别。

不出成绩可以，犯错误不可以。不怕犯错误，怕犯同样的错误。

恰如其分，恰当、度，最难把握。过度，就弄巧成拙。

[明]祝允明 书法

明代书法家祝允明说的"有功无性，神采不生；有性无功，神采不实"有辩证意义。出乎意外和意料之中，哪种成分最有意思，值得思考；它们之间的关系，与功和性的大小比例有关。

无限大＋无限大＝无限大。欧几里得《几何原本》指出：对于"无限集合"，整体不见得大于部分；加法交换律也不再成立。德国数学家康托尔的"无穷集合论"研究，对于哲学的思辨很重要。局部就是整体的"全息"概念，是另一个话题。

大声地说出别人想说而说不出的话语，大多是不明智的。

找缺点容易，找优点难，找到自己具备而别人不具备的优点才更有意义。

找到只属于自己的长处，便可战无不胜。为求无竞争状态、绝对优势，人会累得很。

无绝对优点者，亦无绝对缺点者。个人找缺点容易，不如人的地方多了，但是找优点难，自己比别人强的地方实在少。不管是优点还是缺点，都是自己的特点，可悲之人无任何特点，只有平庸。

论飞，你比不过苍蝇，你不服吗？

找自己的缺点的目的和意义，就是改正之，有利于将来的工作和进步。对于自己的工作岗位，有碍于工作效率、和谐环境、集体利益的缺点，就是主要克服和改正的缺点。

大声称赞，小声批评。

名家之争嘴、辩论，乃外相也，非真实之斗争也。

是非、真假、善恶、好坏，是年轻人的判断。

为学术而嚼舌，就恰如两个孩子为争夺一个万花筒而打架，甚至比这更惨烈，因为利益之争更严重，成人的游戏更严肃。

象棋之斗，在于其明；扑克之争，在于其暗。明暗虽有异，而争斗则一也。

如吴冠中与张仃之关于"笔墨等于什么"的辩争，外示以言辞激烈，其实私下两人有老交情。配合，是高手之间的游戏。

既然是两物，一定有区别，不是不能比，比之无意义。文化之间很多比较的研究，倘若不落实到实际问题的解决，是没有意义的。

沉迷于自己所谓的学术象牙塔里，对社会、国家、世界、宇宙毫无所知、漠不关心，那是没有灵魂的文化，也是变相地浪费纳税人的钱。

讲学术规范，但什么是学术规范？约定俗成吗？于是，所谓学术权威必须起于争夺话语权的阶段。

眼、耳、鼻、舌、身、意，是关乎人的所有学问的大分类，学术研究的领域依之而划分大抵不错。

概念认同，是讨论的意义之所在。

差异是绝对的，相同是相对的。对概念的不认同是辩论发生的前提条件，彼此完全一致的思维模式基本不会发生。

流行着的几乎所有关于文化的、艺术的、社会的、哲学的等很多问题，矛盾的很多内容，都发生在一些关键词的彻底不认同或者说理念的根本差异上。

没有条件，有时不如讲好条件。没有条件，往往是不等价的交换，不等价就不平衡，不平衡就容易发生变故。讲好条件，是君子的先决条件，如经济行为中的合同，彼此履行即可，不会彼此猜忌，能长久。合同有时就是一张纸，防君子不防小人。

画地为牢，诚信最管用。契约精神，类似于宗教信仰。不相信因果，鬼都不怕，就不好办了。

艺术座谈会一般没有什么主题，有了主题往往就是辩论会。所有的辩论会，其实就是对一些基本概念的定义不认同，认同了也就没有谈论的必要了。

不能给别人犯错误的机会，否则，他会转过来迁怒于你。

一切机遇，都是为有准备者设置的；没有本事能力者，发现不了机遇，机遇在他身上也是不起作用的。

没有所谓怀才不遇。机会，无所谓有无。有能力的人，随时可以制造机会。

总以为怀才不遇，终归是无才的表现。寂寞身后事，学问眼前出。

有机会的人不见得有能力，有能力的人不见得有机会。机缘凑泊，总是成功的人少，成功的事少。很多事情都是因仓促开始而得手的。条件永远不会完全具备。

一般人只有一般的见识，知、识、见、解，机缘凑泊始可有所获得。非常之人一定有非常之思，行匪夷所思之事。

遇知己而不以为知，不遇知己而以为知，是女子的两种悲哀，其实又岂止在男女之间？！

只要与人争辩，就已经败了。

庄子以郢人运斤的寓言来阐述一个道理，就是辩论需要面对相当级别的对象，否则，就不要开始。大辩论者是孤独的，因为他没有对手。于是过了一段时间成为智慧者之后，他无言了，从人群的孤独走向与自然之道的对话与冥合。

道理，应该是大家都公认的、认可的，一定是圆融的、无碍的、和谐的，倘若还有矛盾、隔阂、抵触、龃龉、对立、冲突、疑惑、犹豫，就不是道理，或者说是歪理。

明道理，做好人，是道理所在。改变习惯，自日常事务始，洒扫应对，以除其惰傲。惰傲既除，则心自能实，无乖戾舛错，能葆吉祥。

懂其道理而运用不灵，等于不懂。知而不能用，等于不明理。

道理如天气，是变化的，大的趋势有四季的规律，但一日之间有风云变幻。

以此之长攻彼之短，有何必要？严己宽人是德。

一个争论进行得越深，则离开原话题越远，宛如歧路亡羊。

理论不能完全指导实践，只是相对地总结实践的经验。

只摆事实，不讲道理——应该遵循这样一个原则，因为事实无须争辩，而道理，是反复的、辩证的、说不清楚的。何况有时，事实也是眼前的，背后故事无人知。

面对糊涂人，不能争辩，只需微笑；甚至不要微笑，否则会被误解；更别解释，接下去就麻烦了。

有人闻道则喜、则思，有人听理即辩、即驳，其差异如此，受益自是差别开来。

"有什么了不起，不就是……"——这是嫉妒别人与不服气时人常说的一句话。事实上，这是无争辩的说明之句。"不就是……"，已经说明问题，其潜台词和条件是他人所难以具备的。"太阳不就是一个太阳吗？"，这是多愚蠢的一句话。

有些事例，人云亦云，吠形吠声，总是短见，而事实上真正实在的大道理却往往似乎违反常理，或者不算是什么道理。

莫道君行早，你上山时看到别人下山，不要以为人家中途而返。表面背后，自有道理。

道理是一种自在之物，所谓"法尔如是"；只是聪明人善于发现它、说明它。

谓之"礼"者，以理之也，苟不理之，何礼之有？

大辩若讷，是因为已经具备很多常识，不需要赘述；同时意识到很多立论的基本条件未知，属于双方的盲区。大象无形，一是客观物象之大，二是主观对象之小。

道理，都会讲，因为头脑中、纸面上概念的衍生很容易，但要面对现实生活的疲劳与痛苦，想解决之，却难。

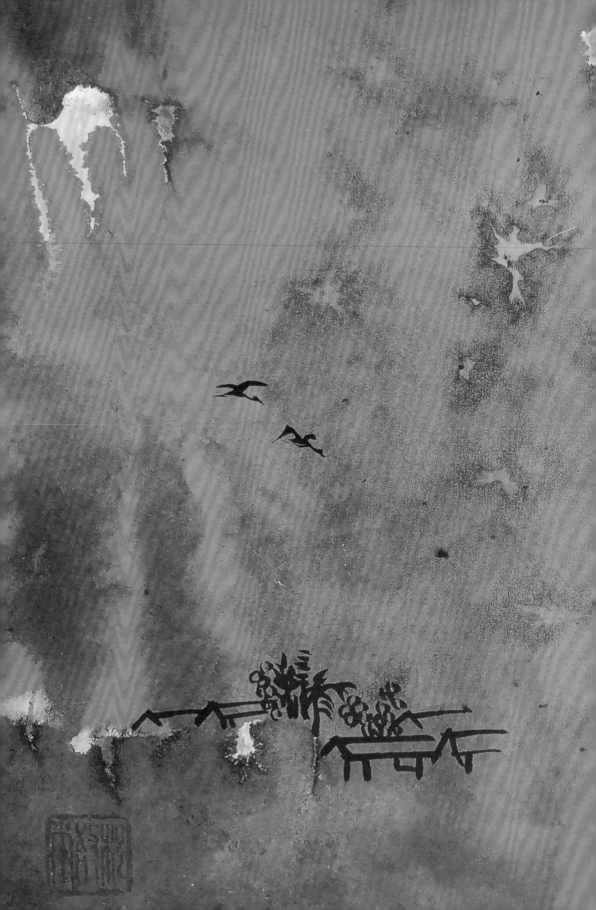

息心知止

笔性墨情，皆以其人之性情为本。是则理性情者，书之首务也。

——清代文学家刘熙载

艺术的大道上荆棘丛生，这也是件好事，常人都望而却步，只有意志坚强的人例外。

——法国作家雨果

篇三

我亦无他，唯手更熟尔。

圆润，需要反复琢磨。一个玉把件摩挲一个月，哪里比得上把玩几十年呢？

熟能生巧，技进乎道。量变而质变，是规律。学习、学习，复制、复制，不断地进行下去，最后就是一个奇迹。

我有"无熟论"——永远不能到达"熟"的境界，因为人生时间有限。

道理亦如行路，至熟悉则极通达。南朝文学评论家刘勰说的"圆照之象，务先博观"即此理。

我多么期求手中的这支笔尽快达到游刃有余的境界，那么我便可以尽情地经由它来传递和寄托我的情思，也可以从中感受到无比愉悦与幸福。

书法讲究结体感与熟练度。

保定古莲池藏有王阳明诗碑，其一词曰："野夫权作青山主，风景朝昏颇裁取。岩傍日脚半溪云，山下雷声一村雨。"其书法质朴，大气淋漓，一如其诗，绝不刻意作态。

过杭州章太炎纪念馆。国学真泰斗，革命大文章，的确非凡。章氏书法独绝，篆书最精。"吴其为沼乎"见出太炎先生对待外侵的愤慨及内心焦急，此语典出小越灭大吴的故事。"昔伍子胥曰：'越十年生聚，十年教训，二十年之外，吴其为沼乎！'夫差自恃强大，闻此邈然，是以诛子胥而无备越之心，至于临败悔之，岂有及乎？越小于吴，尚为吴祸，况其强大者邪？"（《册府元龟》）

书法一道，真识其神髓者盖寡，因其深邃也。高手至乎一定层次，下手即见修养。能以气息胜而自具家法者，若国学大师章太炎、马一浮诸辈，非一般人可及。专业书家，虽知书法之法，但或乏文心，或乏性情，或乏韵致，终徘徊于境界之外。

信札墨迹，笔画之间，最见作家本性，因其为自然流露之平常态也。

学者作书，需有熟练之技法支持，方能实现其文气，否则败笔丛生，无文意焉。无技法绝不可，然单凭技法亦不可，此文人书法之独特意思也。

书法的尊品，是从艺术性、商品性、人情性等方面中提炼出的一个社会标准。对于书法艺术的诠释，也有过度诠释的问题，捧杀与骂杀都是过度。

庄则栋谈其书法"胜之不武，让之有德"，乃当年周恩来总理在给他的信上签发的关于乒乓外交比赛的意见。不战而屈人之兵，是"不武"的一层意思，而不以己之长攻人之短，则是更高的境界；帮助人发展，更可看作是"让"与"德"的高境界。

线条要在空间走，书法的笔墨才能深入纸面，有远意，有静气。空间运动总非匀速的。

窗外有雪花飘下，西边正有红日。"快雪时晴"，大概就是这景象，想王羲之写《快雪时晴帖》应该是物色之动、心亦摇焉的结果。

马一浮书法，有"中国大儒"沈曾植笔意，最特别之处为顺笔直取，任性书写，不假思索，不用淡墨，只是以初蘸墨时下笔为重，其次则轻，多飞白，以灵动取气。余书亦率性，不以法度为能，故今后书法理路欲以马一浮、谢无量、弘一大师兼沈曾植笔意出之，或许有得。

总用计算机写东西，而不再用笔写字，影响书法的结体感与熟练度。

[元] 吴镇 绘

一以当百，不能百不及一。

齐白石画山水，善作中景，近与远为次要处理，妙法。

欣赏齐白石的画，需要相应的背景知识和审美心态。也许在不了解他时，觉得有点"俗气"，但随着知识的拓展与领悟力的深入，会发觉他的画雅俗共赏。再接下去，随着年

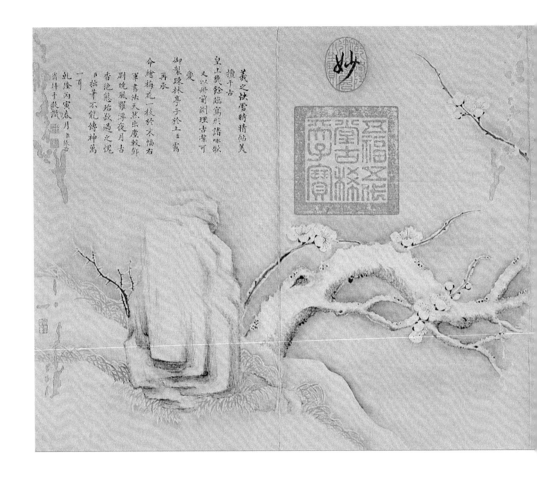

龄的增长，会慢慢体会齐白石的生活态度，以及他对周围世界天真的欣赏、积极的幻想、平和的心境。

传统是一个变易的概念，不创新就没有发展。齐白石、黄宾虹如果再继续活下去，风格还会改变，因为他们还没有达到自己理想的境界。

我有选择的必要：一、走八大山人文人画的路子，笔墨情趣，有意思，此为我之长，但不容易为民众所接受，而且文气非福气，画家也不买账；二、走类似专业画家的路数，虽然此前的基本功不如之，但文气则胜之，至于画技则文人墨戏不能比，如此则两美俱得。总之，我当把两种思路结合起来，融合画风而进步。

艺术家的创作，在于从最基本最实际最通俗的东西着手，万不可好高骛远，不屑于为似乎普通的东西，于是探索再探索，在莫名其妙中耗费珍贵的时日。

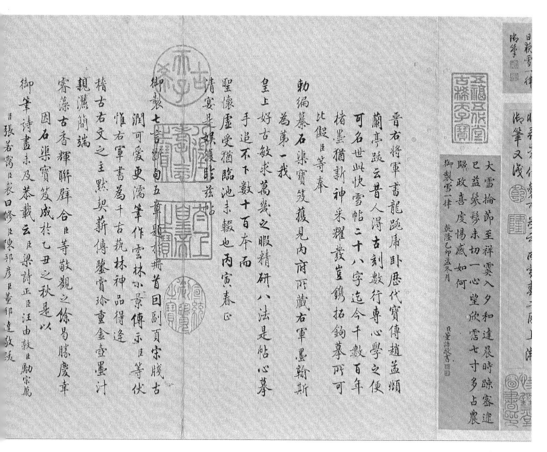

[晋]王羲之 书画

艺术家，创作与理论孰先孰后，才更可信？

对于艺术家而言，时间用在了脑子思考理论上，就少了实际创作的时间。

艺术家不可有过多的思想，以至于影响创作。艺术品不需要过多的言辞与解说。

心境与环境，主观与客观，共同作用于艺术家的创作。

"似与不似之间"的主张，便是理想与现实、主观与客观、有我与无我相契合的方式，是娱己又娱人的审美追求。齐白石，既有朴素的平民性，又有不凡的文人性，更有超前的现代性。平民性，使他能兢兢业业，在日益熟练的笔墨技法中趋近于道的本真和心性的所在；文人性，显露在他绘画作品的传统意义上，他的画置于整个美术史，立见其别开生面；现代性，是齐白石不为人注意的地方，他类乎简单的色彩与构成，却有着超前的绘画意识，与世界级的现代艺术大师们相比，也毫不逊色。

人的真实哭泣，一定是针对自己。

内心孤寂的人，才能掉真泪。大多情况是，借别人家的坟头来哭诉自己内心的悲伤。成熟之人易被感动，也有此故。

学习，有真会的，有不真会的，有真不会的。艺术之类，最易蒙混；至于医术，最难苟且。

临床经验在极其丰富之后，技进乎道，类似神奇的江湖术士，然有法则在。

"富贵病"，其实不仅仅是营养过剩，更是营养不均衡，循环不正常也。

人不能"闻过则喜"，喝闷酒以浇心中块垒绝非良方。

息心知止，岂不快意哉？

《易经》中云"自强不息"，《老子》中曰"自胜者强"，所谓强者，就在于自觉、自信、自策，日新其业。唯慧是业，也只有不断提高自我智慧，才算真正的事业。

历史舞台上谁都可以被忽略，如过眼云烟一般。一般俗人只能随风俯仰，没能力判断谁是小丑。

你不注意，不见得就是不在乎，正如每一个人对自己身体的关注：健康的状态是感觉不到自己身体的存在；一旦你感觉到某个部分的存在，也许那里就开始有了问题，想着想着，病变随之发生。

很多不良反应和症状，其实是自我保护的表现与征兆。躲避开所有的致病之由，就能健康。

我尚不自知，人何以知我？知音之难，在原来基础上，当更有这一层含义在。

陈寅恪曾有诗句云，"一生负气成今日，四海无人对夕阳"，或可见个性之自省。个性自知而不能自改，成功者尤其如此。

帮忙之事往往越帮越忙，悠闲之事却往往效果颇佳，如何调整两者的比例关系是学问，也是自省生存状态的一个指标。

画家需要自省、自娱、自策。不要跟别人比，要耐得住寂寞，要明白哪些东西属于自己，哪些东西不属于自己，自己应该做什么。

事务反正，理求辩证。遇糊涂异常之人，亦能醍醐灌顶。蛇咬何惧？最怕中伤。

故智而日知，慧而清心，得道多途，获悟一隅。行万里、读万卷、阅万人，终而自省，究竟俱疲，何如当下息心知止也哉？

有学生问"诚、虚、净"的实际用途，答曰：即便无聊、滑稽、荒唐的事情、事业，你也要严肃认真、踏实庄重地去做，坚持下去，别人就没法小看你，此谓之"诚"；遇到不如意、不中听、不痛快的人和事，别耍脾气、别上火、别发怒、别怨人，要忍得住、逆来顺受，哪怕表演、伪装，此谓之"虚"；不管愉快不愉快的所有琐碎事情、环节、过程，都要迅速忘掉，让心态和情绪清零、放空，此谓之"净"。

崔自默 绘

问问"我是谁"，有时能让自己冷静下来。你没有必要费心思去追问"我是谁"，因为，这是一个哲学和宗教的基本问题。悟"我""无我"的真义，就可以揣摩到"空"的境界。实际上，那只是一个概念的东西，或者说是哲学思维的游戏，也可以把它作为实际生活的一个偏激或极限的状态。

在"三才"之上，还有"己"，在"三和"之上，还有"己和"，就是自己与自己的和谐。调整自己，应该是一切和谐的基础。

干扰有时来自周围的客观环境，有时直接来自你自己的内心世界。

见面谈话不具体，等于瞎耽误时间。

具体问题具体分析，就是讲究条件性，否则大多是糊涂语。

高手会在不经意间发现问题，在家长里短的对话中找到关键。

"不知道"，这句话要看谁说：外表糊涂之人如此说，人多不疑；一向严谨之人如此回答，则人不认可。

崔自默 绘

"自己家的东西要省着用"，这句话似乎不会让所有人领情。

"你这画的是什么意思？""我这不是画，是书法。"

为娱乐而娱乐，不讲究意义，认为讲意义就是虚假，于是难免出现今日的一些矫枉过正的现象。激进比保守更可怕，还是反之，要具体分析。

条件设定好，不必暗箱操作。

看人下菜碟、量体裁衣，都是根据需要。有时设定的裁判标准，是人为的。

任何概念，都需要包含具体内容的具体形式来实现。人脑的思维，是由概念的组合而发生着的。不同的概念，是对同样的"存在"的不同语言叙述，各人根据自己的经验来填充内容。

有了可注意之果，再去特意寻找特别之因，便是所谓"巧合"。

很多人干不成大事，是因为时间都用在了小事上。

看似微不足道，却也含着巨大的情力，生活就是由此组成并持续着。生死之外，天底下能有什么大事呢？

事在人为，可大可小。地在人种，可丰可草。事没干成，不是这事不可干，而是干事的人不行。

先想复杂，做事才简单、痛快，否则，平常想得简单，一旦做起事来，却生出复杂来，磨磨叽叽，成不了事。

有意地强调一个也许不重要的条件，而有意地忽略另一个必要的条件，是搪塞责任的一个重要方法。

真金不怕火炼，是因为温度不够高，否则瞬间汽化升华，不用经过液体阶段。

西方的天平与中国的杆秤，区别在于支点的选择：天平在稳定中求平衡、求确定，杆秤在不稳定中求平衡、求确定。

二力之合在夹角是零时才最大；要求两人完全一致，很难。

同舟共济，船破将沉，大家一定齐心协力，因为无处可逃；同车前进，上坡轮破，大家不见得齐心协力，因为都有退路，可徒步而行。

背道而驰者，致远必泥。

很多东西说不清楚。命理与艺理之关系，值得研究。

艺术与世事难言，辩证法更为难了，越品越妙，亦仅是脑际之感觉而已，努力言语道出，口舌生累罢了。

品味生活既深，便可找到艺术的规律。

不管什么原因，也许与艺术根本不沾边，但因为它能激发情绪兴奋，于是成为艺术创作的催化剂。其机理在于：情绪兴奋的状态下，无暇做作，于是进入艺术创作的本真状态，无意之中自然而然。

"内在的"就是心，它是极深的，所谓"尽精微"，于是可以"至广大"，从很远到极远方。心外无物，我心深处即最远方。《孟子·尽心上》有云："反身而诚，乐莫大焉。"发自内心的感动和感情，是艺术创作最直接、最有效的源泉。

源亦有源，故《辞源》非源。什么是原创？原创的东西没有老师吗？无源之水可能吗？说是"吠声"之作，子非犬，安知犬之非为吠形耶？

有的现代流行歌曲，旋律亦可，通篇亦可听，只是语句不甚雅致；也许正是不伦不类的句型，使这类一般的歌似乎出奇起来。今日之艺术，总觉少些什么。本能好而不愿好，抑或本愿好而无能力好，不知也。

从艺之路，开始须走正确，不然难以为继。

传统因为时间积淀，你不可能很快摸到底；假如你想摸到底，就要作好不再上来的思想准备。现代是高山，只要爬，总能到顶，但再挪动一步，就要掉下去。

中国的学问至为渊博，且圆融而混沌，正像大海，浩瀚无边且深不可测；一旦你扎下去，就可能再也上不来。

面对茫茫大海、滔滔江河、滚滚红尘，会使人意识到自己是一滴水而已，渺小而易干枯。也由此，必须明白抱一与守一的必要性与重要性。

个人的知识也像百川归海一样，开始细小欢腾，后来广阔沉静。一个人大有修养的时候，就像大海。大海是疲累的，有很多故事说不出口。因为说不出，可知流行的精彩都是别人的。

西方的学问和大师的造诣，却如高峰，只要沿着可走的、符合逻辑的路径往上爬，总有到顶的时候，也还可以随时沿原路走下来。

一般人只注意数，不注意量；只注意量，不注意质。

量变由人力可为，质变似乎由性命决定。

守中，是保持零的状态。零的突破，是最大的量变。从零到一，比从一万到一亿，还要厉害且伟大得多。二与二万，只是量的大小区别，没有质的飞跃；由零到二，虽然相差不大，但有质的飞跃。

"一亿"与"一"，其数量距离甚远，糊涂者不知其概念。然而，"一"与"一亿"，相对于无穷大，都等于零。零的突破，就宛如开悟的瞬间。

零到一的飞跃，其倍数是∞，此后，一到一万的飞跃，其倍数只是一万，但是，一万是远远小于∞的，这就是《石涛画语录》开篇所论述"一画"的意义。

身体好，就是能适应外界条件的变化。"守中"就是有容量，有抗干扰能力，有可控性。当然，惯性不能太大，否则一旦失衡，难恢复。

"金风玉露一相逢，便胜却人间无数"——此又是何言语、何道理？高层次的交流，在质不在量也，只可惜大多各自周旋于俗圈，难能总相逢。

风后蓝天白云，乡间景物甚惬意。假如再规范建筑，讲究卫生、大气，质量再提高，则一定明丽如异域。

信息对位，审美到位。

艺术不是一个切片式的概念，它是一个行为过程，包括意欲、理论、创作、批评、教育、市场等很多具体环节。个性和共性、自娱和娱人、作品和商品，要区别研究。

艺术创作技法和水平，当然是一个熟能生巧、水到渠成、自然而然的过程，可到后来，就与历史认识、文化观念、审美心态、风格欣赏、个性表达等诸多方面紧密相关。

创作，需要读者和市场来共同完成整个过程。

别人拿你到处忽悠，或许也是一种传播方式；只是仍须警惕，不要衍生出其他事端。

我的很多笔记、随笔与感想、体会，都来源于对生活诸多细节的敏感。反感、厌恶、无聊、忍耐、烦恼、兴奋、颓废、孤寂、冷静、空虚等情绪，虽然它们往往让我痛苦不堪，但是我欣赏这种敏感。正如我读书、画画时思如泉涌，想法千奇百怪，经常让我吃尽苦头。对于我，敏感有好的，也有坏的。

［宋］赵佶 绘

没看见门——看见门——摸门——进门——进院——登堂——入室，从艺之路，循序渐进，能臻佳境者百无一也。至于南辕北辙、大相径庭甚至背道而驰者，亦多矣。

动容——动心——动作，文艺之功用，遵循精神作用于物质之过程。

读者能否理解作者的作品，需要相应的知识和经验，所以强调需要知音。作者与读者，创作与欣赏，需要参与、配合来完成。作品的细节是主观与客观碰撞出来的，要有经验准备。

自娱还是娱人？艺术行为功能不同。艺术真实不等于生活真实。现实的冷酷超越任何主义与想象。会想、会说、会做，需要智力与体力。无知不可怕，不知无知最可怕。先别自作多情地误解，也许还有别的意思、其他考虑。

认识为动态，知识变常识。万法唯识，艺术哲学本非枯燥理论，而是审美经验。经验有缘由，结论非偶然。艺术贵曲，不能直说时只能暗示、猜测、会意，苟非知音，难免误解。

昨天、今天、明天，是链条的环节。昨天只是用以心里回忆的，最大的价值在于可以作为借鉴；今天是现实需要把握的，是明天的铺垫，但需要时刻记住昨天的经验；明天还没有到来，只是一个理想，不要只寄希望于它。《金刚经》中说"过去心不可得，现在心不可得，未来心不可得"，即道出时间飞逝、万事皆空之理。

人心是一样的，所以艺术是一样的。本来同源，其次分支，最后合一，这是规律，也是一个更大的循环程序。

诗——画——诗——画——诗……诗与画之间，是没有高下与大小之分的。

精神健康，身体快乐。

无愧怍，是君子之乐。《孟子·尽心上》有云："君子有三乐，而王天下不与存焉。父母俱存，兄弟无故，一乐也；仰不愧于天，俯不怍于人，二乐也；得天下英才而教育之，三乐也。"又，人常云："不孝有三，无后为大。"赵岐注"三不孝"："阿意曲从，陷亲不义；家贫亲老，不为禄仕；不娶无子，绝先祖祀。""无后为大"中的"无后"就是没有继承人，使绝学不能传承。

大学者必须懂得玩，也会玩，与之交游，好玩、有趣，始有从学者。

有故事的文人更有趣。李香君故居，水边筑屋，二楼卧室两门，有孤苦寒意。名人名伎，相应成趣。还有柳如是、董小宛、卞玉京……因她们的存在，秦淮河畔不知演绎了多少动人的才子佳人故事。明清之际文人侯方域与方以智、陈贞慧、冒襄合称"明复社四公子"，又与魏禧、汪琬合称"清初文章三大家"，四公子聚于秦淮楼馆，说诗论词。侯方域与李香君演绎出一段浪漫的爱情故事。当时权贵迷恋香君色艺，欲强娶香君，香君血溅扇面，时人杨文骢借血迹绘成桃花，孔尚任据此写就传奇故事《桃花扇》。侯方域为河南郡商丘人，长于诗文，取法韩愈、欧阳修。方以智是明末清初四大思想家之一，又是桐城文派先驱者，他与柳如是、钱谦益关系密切，与卞玉京有私情，与冒襄友情深厚，曾为董小宛做媒。作为政治家、科学家、思想家、佛界高僧，方以智在崇祯帝、弘光政权、永历政权时期都在朝廷中担任重要官职，目睹了大明江山的覆灭；他倡导"三教合一"，学问则将儒、道、释融于一体，亦庄亦谐，僧俗合流；他首倡西学东渐，写了中国第一部物理学著作《物理小识》。

"挺胸抬头，一不注意从床底下就走过去了"，这样形容个头矮与"恨天高"之语有同等之妙趣。"身体健康，精神快乐"改作"精神健康，身体快乐"，有别趣。

最惊皓月中天。

师生关系之究竟，是造化。老师水平一般还好办，老师很厉害，学生就难办。

自己与别人，有时是需要明确分析的，以减少失望。

无关之事，不可关注；一旦关注，可能惹事。

必须承认，很多东西我不懂，但是，我也得声明，很多东西对我没有价值，我不想去懂它。

窗外雷声滚滚，竟无雨下。郊区有冰雹下，可含于口。闻雨声而卧眠，何其快意也。乃思筑茅屋于山林云泉在侧，终日快慰，时光流逝而不稍顾也。

到外面照夕阳，长空一碧，"天凉好个秋"。雨后风过，夏云多奇峰。透出蓝宝石颜色的天，夕阳照射中，白鸽点点。

同甘共苦。无人共苦是一种遗憾。等有了特别美好的时刻，无人同甘，更是一种遗憾，只有让它浪费、流失。找到值得同甘的人并不容易，因为他必须是一路与你一起走过来的。

夏有寒时，秋有暖日。夜有月而明，然其至明亦不及昼。明月中天，岁岁年年，时光荏苒，所不可老者，其人心乎？人心亦老，是惯看秋月春风了。

常云"最恨月黑风高夜"，因其不爽朗也。余则曰"最惊皓月中天"，内心非猥琐阴暗也，乃惧辜负此一片大好风月。无上美景，往往被浪费。

出得逆子，乃"价值观"作怪。

A > B > C > A，于是 A＝B＝C，但不是每个人都能理解这个道理。

习艺如射，知靶者众，然则能出箭射中者寡，何耶？知之易而行之难也。

不能经常干小农清理自己家产的事情，洒扫清净除外。

鲁迅先生的祖父周福清撰写的治家格言《恒训》中有败家之鉴——纵孩儿，信妇言，要好看；有成家之鉴——有良心，有恒业，有积蓄。中国有古语，"富裕之家，五世而转"，五代以后的同姓氏后辈基本不认识，可以通婚了，不再是一家人的概念。

大家宅门，礼应懂事，但出得逆子，乃"价值观"作怪，倒不如贫穷之户，舍命为亲，孝感动天。

富庙堂气，备平常心。

佛学、佛教、佛家，当然不是一回事。但是，人家就"莫须有"地说你宗教迷信，你怎么辩解？

运动轨迹，不是运动本身，也不是运动物体本身。

想象力巨大，也最有威慑力。心中有鬼对号入座，请君入瓮毫厘不爽。偷换概念之妙，诗法常用。求知明理，解惑开悟，能，不为也。王道不一，《易经》解新。妖不妖，精真精。张狂背后有可怜。无所谓原创，不在谁首先说了，而在谁最后做成。

追求或者放任某个结果的发生，是故意。避嫌，力量也很大，所以可利用、借用。

人如花，花如梦，梦似真，真似幻。花爱春，春怜花。春去花落泪，花残春叹惋。春天来了，去找春天。一路走，一路拍，可春天的痕迹，确乎难寻。记得那首《悟道诗》：

"尽日寻春不见春，芒鞋踏遍陇头云。归来笑拈梅花嗅，春在枝头已十分。"禅诗，大多浸透着生活味，却述说得不着痕迹。

没有春天的温暖，花是不会开的。没有秋天的寒冷，叶是不会落的。暖与冷，是挡不住的。"秋月千山静，春华万木荣"，邵雍即谓此。"若论真事业，人力莫经营"，天意胜过人力。

久不步行于园中。又一春来春过，不经意间桃红梨白，柳絮杨花，在湖西小楼时的岁月，忽忽已成梦影。忙与闲，其在心乎？

意象在写实、写意之外。普遍理喻，非个我执。既非真实，何必担忧？路径不同，最高境界却一样。时间等价，顾此失彼；正

崔自默 绘

言若反，大成若缺。不经意，勿介意。同一陈述，消极与积极方法不同，审美效果大异。好话好说。谁当回事，谁着急受累。

人脑的所有幻觉，如同做梦，是根据其日常所见过的形象衍生的。一个没有想象力的人，其幻象是什么样子，难可设想。天生的盲人，其想象的物象是什么？

梦境与幻象的基础，是脑子里的知识积累。

自私、懒惰、愚昧，这三种人最讨厌。其实，自私、懒惰、愚昧，往往三位一体。一个人，只惦

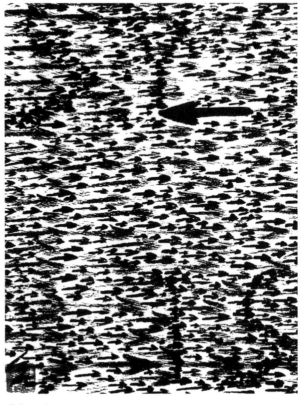

崔自默 绘

记着别人能为他做什么，而不顾他能为别人做什么，即属此列。

耳鸣，是一种特殊的"声音"，只有自己能听到。

一座林中的教堂，透过丛树，清晰可见它的红砖灰瓦。僻静，似乎与世隔绝；静默，那里有通向天际之门，可与上苍近距离说话。即便闹市中，教堂里也是僻静的。

别人听不见，自己却听得很清晰，可见，人对外界刺激的感受带有个性化和特殊性。

所说越多，觉得所想说的越多，觉得所不能说明白的东西也越多，尤其听众越少，于是，知者不言，知即智也。

"给一点同情的掌声吧"，无奈。掌声此起彼伏的情况，是台上哗众取宠与台下小脑运动。

道是复变函数。

《道德经》中有："惚兮恍兮，其中有象；恍兮惚兮，其中有物。"此正是数学中"函数"的意思。有一个确定的方程式，然无确定的数字。虽然一一对应，却无以明述之。

$y=f(x)$——"道"的一个表达方程式，也是把人文与科学结合起来的一个佳例。给一个 x 值，就会得出一个 y 值，它们之间有某种关系 f；x 和 y 则是不具体的。

"道"使幸福的人感到痛苦，使痛苦的人感到幸福。反者道之动，"道"的实质和本性是变化，一切都是暂时的，都会过去。刚柔并济才是道，顺其自然才是道；偏执一端不是道，固执一隅不是道。

理需要辩论，理不"辩"不明，更需要变易，不"变"亦不明。

庄子说："道在瓦甓，道在屎溺。"是极而言之，虽似谬悠而至理在焉。

世界上唯一不变的是"变化"；有"变化"之名，以应"变化"之实。

道，永远是正确的，因为"道"就是"易"，就是变化。

"朝闻道，夕死可也"，孔夫子这么说，就是明白"道"的不可道。

老生常谈不可依儿戏。常听人言"知道了"，"道"岂是那么容易知的？"朝闻道，夕死可也"，孔夫子此叹，难以停息。

《道德经》开篇所谓"道可道，非常道"，似可简单理解，又奥秘无穷、玄妙非常。有规律、有对应，而又不易一一把握。因为变化，所以要"不法常可"；变化性，是道的本性，也正是"易"的精神所在。道不似常人所理解的路径，道又不是全由语言所出，虽然道之理解与阐释又必由语言所出。世间凡俗人多而非常人少。不是不可以说，只是要看如何说，此之谓实事求是。"言者不知"者，是不合时宜也。

《易经》者，变易之径也，变通之道也，变更之途也，变革之方也。易者，不易也。形上之用，在于形下。

棋子之死者，可善用之。声东击西，不应则活。死去活来，化腐朽为神奇，道也。

有人问"不变不动是何境界？"，师答曰"腊月三十日"。看似答非所问，却道出了变与不变在瞬息之间，却又是融于一体的客观实在：变的是年年岁月的天气、季节、时光，不变的只是一个日期、一个符号数字罢了。

天爵由天决，人爵由人决。天爵以德，人爵以禄。"孟子曰：'有天爵者，有人爵者。仁义忠信，乐善不倦，此天爵也。公卿大夫，此人爵也。古之人修其天爵，而人爵从之。今之人修其天爵，以要人爵，既得人爵，而弃其天爵。'"（《孟子·告子章句上》）得人爵而弃天爵，弃善忘德，惑之甚也。大德、阴德、积善、修心，都增人爵。

《中庸》开宗明义："天命之谓性，率性之谓道，修道之谓教。""性之有，虽教不能去之；性本无，虽教不能益之。"清代散文家袁枚在《小仓山房文集》中此说，虽也客观，但忽略了心力的作用。修心之人，相术难办。起心动念，不可疏忽。愿力之大，不可忽视。

修心，比修物更重要。因为，时空无限，而我所能占有的时空则十分有限。依靠什么来反动、能动、转换？只有自己的心。如果说宇宙起源于大爆炸的"奇点"，那在大爆炸之前情形如何，物理学无法解答，只有问自己的心。庄子称心有所谓"天钧"，妙哉！

中国的武术，既在于强身，又在于养生、修心。西人之武术，初级只在外表，即身体之健，至于高级阶段也必须着手内修之奥秘。

与人辩论，要分清对象。

人们不认可某件事的原因不外乎三种：一是对事情一无所知，二是事情不随处可见，三是事情还没有发生。事物的是非、善恶、美丑，很多人不具备判断标准，于是认可无知、从众与权力。

愚蠢与聪明结合的比例，把人分出档次，粗略分之，概可有四：看起来愚蠢，其实聪明；看起来聪明，其实也聪明；看起来愚蠢，其实也愚蠢；看起来聪明，其实很愚蠢。看起来愚蠢，其实聪明的人最能占到便宜。看起来聪明，其实很愚蠢的人却最易吃亏，自作聪明，却没有什么智慧，处处招惹人的防备，其实不堪一击。

三种人不可与之辩论：一、特不明白的人，不必与之辩论，因为他缺少起码的背景常识，辩论起来没有实际内容，真着急；二、特明白的人，不能与之辩论，因为他的知识已经自成体系，你即便高明，他也未必承认，白费力；三、也明白也不明白的人，不可与之辩论，因为他是胡乱晃荡的半瓶子醋，你说东，他扯西，还自以为是，干生气。——世界上大概只有这三种人。于是，可知：不与人辩论，不与人争，无言。

三种人可与之辩论：一、特不明白的人，调整标准与之辩论，会见所未见、出乎意料，善于利用则可以开启新思路；二、特明白的人，慢条斯理与之辩论，可以学人之长、窥物之理，明晰并丰富自己的理论体系；三、也明白也不明白的人，稳定情绪与之辩论，可以增加修养。——换取这样的思路，可知：要区分对象，脑袋清醒（当然可以装糊涂）。

做功等于功率与时间的积，表示为：$W=PT$。值得注意的是，功有正负，是因为功率有正负。在同样的时间内，假如功率为正且大，做功即大；假如功率为负而大，则"后果很严重"。功率也应有正负，譬如开车，同样马力的发动机，必须由方向盘来控制其正确性，错了就拐弯甚至回头，遇到紧急情况时就立即刹车。

一个人的动力越大，其费力越大，则其成就越高。正如 $V=IR$——欧姆定律说明的，电压等于电流和电阻的乘积。

千万不可试图通过打架来解决问题，或者以此来增进了解、促进和睦，那只能损害感情。

文艺批评，也要学会用等式与不等式。

矛和盾都用同样的材料，硬度一样，所以矛不能戳破盾，但这只是在正常情况下，一旦双方力量体系不对等，结论就会变化。

想象中的美好，在实际中是难以真切感受的。

平安，即运气，有时就是避开矛盾和冲突，有时需要借口。上厕所、醉酒、称病、装傻，都是最好的借口。

无所谓有，很多时候是人为制造的，所以也无所谓彻底解决。

遇到矛盾，迅速在心底认同、化解，如果不能，就赶快躲避、绕开。譬如行车，你遇到坎坷之路，不会停下来修路，而是绕道。虽然我们不能躲避开所有的矛盾，但我们绝不是为了解决矛盾而生存的。

谁愿意留恋痛苦呢？天天忧愁、解决矛盾，即便最后成功，合计起来仍然是天天不快乐，等于失败。当然，得过且过也有积极的解释。

传统与开放并不矛盾。任何事理都是通融的，只要觉得矛盾，就是与其本质隔阂。

关键要从大处着眼，从长远来看，合得来就过下去，别打别闹。在和平中互相迁就，糊里糊涂地，日子就过去了。

问题永远存在，也永远是解决不清楚的；越想清楚，也许就越糊涂。砂锅问到底，也就打破了。

你不喜欢一个人，还要让他别恨你，就给他指一条宽广的大道，让他走下去，永远走不到头。

让经常接触到的人都感觉到你对他是最好的，这是一种非常难得的本事。

"假设"与"如果"是世界上最厉害的武器，只要有令"假设"或者"如果"成立的本事，任何人都可以实现任何目的，但是实际上，世界上最没有用处的东西，就是"假设"和"如果"。

"看好了"，在这样的提醒下，你的注意力已经被分散，魔术者已然声东击西，暗度陈仓了。

悖论本身就是一个悖论。

鸡与蛋的问题，是一个假问题，是偷换概念。研究问题要遵循一一对应原则，要具体而微。研究"鸡与蛋的问题"——"先有鸡还是先有蛋？"，可以反问："你说的是哪只鸡、哪只蛋？"就宛如一个儿子见了一个爸爸，他们该怎么称呼？那先要问问那个儿子与那个爸爸是什么关系，要具体。

"有时候"，就是讨论问题需要注意的"定义域"。

"定域律"：任何事理的存在都有其条件，出了其定义范围，就失去了意义；没有统一规律，任何事情都没有绝对性，规律也是在相对条件下满足的。

在正常力度和速度下，因为矛和盾材料一样，所以矛不能戳破盾。但是，一旦矛的速度如子弹，就能穿透盾，这就是条件变化。

不具体的问题无法回答。问题一旦是分析之后提出来的，就具体了，有时无须回答而自明。

五行相生相克，首尾相接，成一圆环，是最活的游戏。

崔自默 绘

杯子要先灌满，灌满就是付出。满足个人私欲之后，漏出来的才是效益。

母鸡生蛋，不是为了自己吃。种子发芽生长，也不是为了让别人吃。主动与被动，共同完成消费的过程。

很多问题是伪问题。提出问题不难，难的是看到问题背后的原因，然后创造性地解决问题。

压倒骆驼的，不是最后一根稻草。

偶然绝非偶然，暗含量变到质变的过程，是问题积累到一定程度时的爆发。

"多因律"：一个事物的发生有多方面的因素，虽然有直接的致因，但隐含的连带的因素使之必然。

2，5，6... 这个数列之后的第四个数字是什么？如果答 677，是聪明人；如果答不能确定，也许起初被认作智商不高的人。但实际上，有很多种可能的答案，第四个数字真的难以确定。可见，原来被认作糊涂的人，也许是真正的智者；那些所谓的聪明人，也是浅层次的。大智若愚，自此找出一个证据。

《道德经》中有："慧智出，有大伪。"非常之人，即便非生性如此，乃后天磨炼修养而成，譬如表现出沉稳之气，不着急，可以吃亏，不生气，但与天生之愚钝无能类似。大智若愚，是靠"大伪"来掩藏本质的。

唾面自干，受胯下辱，凭什么啊？是情愿的吗？当然不是，是智慧使然，也是"大伪"的表现。

善即智。

存善心，说善话，做善事，当善人。

善根广植，善根福果，善巧方便，上善若水。

善念、爱心，是正能量。乐趣和乐观，可以战胜病邪。

善，最容易表现为爱语、好话，传播正能量，增加人的自信力。

努力实现梦想，先改造自己然后再实行吧。假如真的充满善心、良知、志气，就从自己和谐身心做起，从帮助身边每一个普通人做起。

文字智慧虽然不能代替实际生活，但它是一种特殊的资粮。自己讲，给人听，互相受益。正能量彼此激发、监督，持续下去，就是觉悟的一生。

卓越与优越，是必须通过痛苦的努力攀升才能达到的。

"勤奋、智慧、幸福、奉献"，是我的"八字诀"。

没有智慧，形而下的物质就没有获得的基础。即便经济条件好，也未必有形而上的、高尚的精神生活。幸福是感觉，是主动创造的，是对比产生的。

最幸福的人，是不去医院的人。幸福是用糊涂换来的，心里太清楚、太敏感，容易得病。

没有求之不得的过程，就没有幸福。幸福是人在生活中逐渐主动地去发现和创造的。如果领悟不到这一点，人云亦云，随波逐流，找不到适合自己的切身体验的方式，就算走到头，你还是莫名其妙，不知所以然，甚至还不知其然。

一生受教育和自我学习的目标在于改善性格，它是好的命运的根据。培养道德，是获得幸福的保障。

孩子的最大目标应该是快乐与幸福，但必须有曲折和挫折，才可以品味到幸福感和荣誉感。

凡事情者，始乱终净，境界乃大。对于年轻人的教育，痛苦经历不能预设。

人的出息与否，正如幸福的概念，也是一种主观的感觉，没有绝对的、客观的标准来认定。自己努力自己收获，瓜豆自得。收获的感觉，是自己的心境和修养决定的，别人如何评说没用。所谓"如人饮水，冷暖自知"，别人的眼光不能代替你自己的心态。

艺术家是幸福的，否则就不要做艺术家。干自己喜欢干的事情，是一生的大目标和幸福所在。

人只知道站在自己的角度看问题时，就总觉得自己受了委屈，别人对不起自己，就会失去很多本来拥有的幸福。不能设身处地为别人着想，自己在心里一定会蒙上一层不愉快的灰尘。譬如别人失约，你只知道自私地在暗地里生气、抱怨，却不想弄清楚别人之所以失约的缘由，也许别人正在承受很大的伤痛，即便别人不失约，你知道他将继续承受更大的委屈与痛苦吗？失约，又何尝不是一种解脱？

人气,就是运气。大师周围需要有人气,不然真是孤独,修慧不修福,有甚意思?!
平安是福,故求平安即求福。平常心即道,日日是好日,乐其日用之常,即福。

大凡幸运之人,必为有道有德者也。

求福之途,唯在于道德。道德,在于修心。幸福的感觉,是自己内心的跳动,别
人无法感受到。

"厚德载福",德即福。

道德与幸福,是同步的。《梁启超集》中有:"其一,吾侪行为所从出之意思,
与自由意志之观念相一致,此则所谓道德也。其二,吾侪之合理的意思与外界事物相
一致,此则所谓幸福也。道德与幸福,一而二、二而一者也。"

西方圣贤的"道德即幸福"之言,与中国传统文化精神完全一致。康德说过:"在
这个世界上,只有两样东西能够深深地震撼我们的心灵:我们内心崇高的道德法则和
我们头顶上灿烂的星空。"

伯特兰·罗素,1950年获诺贝尔文学奖,获奖作品《婚姻与道德》(*Marriage and*

[元] 赵孟頫 书画

崔自默 绘

Morals）。他在哲学上早期属于新实在主义体系，晚年转向逻辑实证主义。《俗物的道德与幸福》（*Morals of Customs and Happiness*）是其文集的一个节选主题集，包括人有不幸、英雄的不幸、生存竞争、厌烦和兴奋、疲劳的工作、人与妒忌、犯罪意识、虐待倾向、舆论与恐惧、幸福的获得、渴望的热情、人间情爱、家庭问题、时代与劳务、个人的兴趣、拼搏与取舍、幸福的生活等具体问题。

道德即幸福，讲究奉献精神，拥有社会的责任感和荣誉感，是个人在物质基础充分满足之后的高级消费，是实现个体社会价值的最有效途径。所谓崇高、高尚，就是追求心里纯净的满足感。

可以弃舟登岸，不可以过河拆桥。

我喜欢老子的《道德经》，具体而微，但大而化之。道德，不是一般的、简单的、精神文明的认识层次，可以视作人世间一切的所在。小，可以修身养性，家庭幸福；中，可以和谐社会，伦理条畅；大，可以格物致知，促进文明。

道与德本相同，在最高层面上是一点，然后在实践中分支，只是为了谈论的方便。实际上，没德就没有大道；有道，就能补德。至道，不容易获得，意味着，至德也不容易获得。一般所谓的道德，是社会伦理上的功用性的概念，离本意甚远。道德的最高境界是天人一体，物我一如。

德，是福的根基、载体。德，包括了身和心的全面。

慎独在一个人独处和与众人热闹时都有重要意义。

人生难得，缘聚不易，所以要不忘初心，时刻保持慎独的心态，如是，就会彼此敬畏、珍惜、感恩。要有平常心，即便对于幸福的拥有，也要知足。所谓永恒、永远，也是概念。真正的永恒存在，最终只能从自我内心深处去寻找、体验、觉悟。

所谓充实，是在充实空虚而已。空虚之际，可慎独焉，克念作圣，乃得充实。

"慎独"，之所以指出它的重要，是因为一个人独处时最易懈怠，虚度光阴，不思进取。同样，在与众人热闹时，更应该体会"慎独"之重要，否则得意忘形，在场面上贻笑大方。

游戏散场之后，一个人复归于冷静、平静，这时乃知聚合之有缘，好景之难再；此时，倘不能"慎独"以继续进步，看来年，身边朋友又有谁？

寂寞的高手，才能品尝到慎独的滋味。一般的人不能轻易见，不一般的人也不能轻易见。

坚持，是一种品格。随缘，是一种智慧。忘却，是一种修养。痛快，是一种豁达。理解，是一种道德。

道是客观秩序，德是主观自律。人类的正常秩序需要维系，需要每个人自觉自律、践行笃行。社会人人自律而宽以待人，多好。

智商、情商、挫折商，共同决定一个人的成功或者失败。

聪明人善变，总想着创新出最伟大的东西，所以一变再变，总是从头开始，一事无成。

笨人执着、用心、专一，循序渐进，水到渠成，便一步步走向成功。

成功的人，是按照正确的道路实际走下去的人。经常走弯路的人，大多是没有目标的人。有目标，才有成功的可能性。

挫折商（逆商），是一个人成功的必要条件。不同寻常的磨砺，是一个人"曾经沧海难为水"之后人情练达、世事洞明，是他知足常乐、心态平稳，因而能幽默圆融，保持天真烂漫的生活态度，享受生活并品味幸福。

一处挖井尚有油，不可轻易弃之而另寻他途，否则徒走弯路，无所收获。

愤怒出诗人。能发泄也是一种幸福。

当艺术家形成了自己惯用的符号，别人也就记住了、默许了、认可了。一条路走到黑，看似惰性、笨拙，看似不知创新，但正是在无数次的重复中熟练了，技进乎道。

通过勤奋，可以创造机遇，弥补天资之不足。勤奋，就是慎独、诚实、敬业、专心致志，就是道德，就可以成功。

勤奋有主动与被动之分。

懈怠，是最害人而又最不易察觉之事。最好的状态，就是不懈怠的过程；过程，就是全部的意义所在。

"百炼钢成绕指柔"，古代的炼钢没有什么高明的技术，就是千锤百炼。一以贯之、业精于勤，其理一也。

品牌是理念。

人生都在交易，只是所经营的产品不同。卖商品、卖品牌、卖标准、卖思想，次第攀升。

品牌，要具有连续性。宣传，不在长，在经常。能坚持下去，并坚持很多年，就有品牌效应。

品牌，是应付普通百姓从众心理与盲目跟风需求的法宝。

商标不单纯是一个符号或标志，它更是一种理念，是套在企业作品脖子上的光环。品牌与商标、商品不是一个层次。

站在队伍里，先吆喝着，也许就有了买主。一坛老酒，还没等吆喝出去，就自己干了，岂不遗憾？

品牌如树，需经数年之固始得牢靠，不然则容易让人忘却。

大师偶尔胡来，流氓经常胡来。

苏东坡说："苟非其人，虽工不贵。"人不值钱，他的艺术也不会值钱。

花多少钱买它，它就值多少钱。不是作品值钱，是买它的人有钱。

你都不想花钱买的东西，凭什么卖给别人？

找好项目难。好项目不会轻易落到一个刚入行的新手手里。好项目对新手而言，很难算得上好。

老实人一般不会到处游走。在市面上游走的除了理想青年，还有骗子、闲人、混混，等等。

在没有处于绝对优势之前，"一手交钱一手交货""概不赊账"的老理，可能会让人失去很多开发经营的机会。赊账，只要控制在一定的回款比例之内，不妨合计之，里入外出，使最后的结果合适便是。

价值是被认定的，被赋予的。

如意，其形为回头之状，不知回头，安能如意？

规矩中的自由，才是真的有意义的自由。孔子所谓的人到七十而"从心所欲不逾矩"，才是值得称道的火候，否则就是胡来。

有的人不是能讲，是肚子里东西很多，自然外露。当然，有的人只是能讲而已。

画家遇到商人，是画家的运气。商人囤积居奇，为了利益，但也因此成就了一个画家的艺术和名气。最初的投资者，一般都会承担作"垫脚石"的风险，虽然是"原始股"，但是有待画家的业绩不断提高；假如要使画家继续进步，就需要继续投入资金，继续承担风险，直到他的作品成为"硬通"。除非有继续跟进的投资商来接这个担子，否则，最初的投资人要继续支撑下去、等待下去。支撑，需要实力；等待，需要时间。时间即代价，有比时间更值钱的吗？当然，操盘高手可以掌控局面，但这般人物实在太少。

同样的物品，价格高的才让人觉得价值大，亦为此理。

拍卖是品牌宣传。

世风与行情，合之曰"风情"也。

好东西必须用心力去做，一旦完成，它似乎有着生命力，作者不忍割舍，即便卖钱出手，也会牵肠挂肚。

画界人士疲于奔走，所以说不容易，其实演员也一样，政治家也一样，都不如农民自在，却不愿意做农民。

艺术品的价格差异不是坏事。画家在家里的价格高，而在市场上价格却低，这是自然现象，中间商也因此而有利可图。在家里价格不高，但是控制流量，名气大；在市场上价格高，于是中间商都能赚钱，这种思路可以成功。

只要有时间、有眼力，在市场上捡漏还是可能的，店主自己也不见得有把握。然后重要的就是流通的能力，要有很多有实力的下家，不然把东西都留在自己手里，也没有太大的意义。

拍卖市场不是"大卖场"。拍卖必须拍精品，一般书画没有必要进拍卖市场。所有的书画不论好坏都进拍卖市场，是价格波动的原因之一。

为了艺术而不仅仅是为了财富，书画市场应该鼓励积极地参与青年画家的炒作，我们有成功的先例。这也许是一个新的经济增长点。青年有旺盛的精力，青年画家得到市场的认可，受到鼓励、鼓舞后，会加倍地、热情地投入，激发出更大的创造力，创作出更多的精品。

对于中国画而言，一个陈腐的惯性认识是，老一辈画家的作品好。事实未必，因为身体机能的衰退与创造欲望的衰减，处于技法保守和固守成果阶段，势必影响他们的作品质量，而且市场需求量的增加更会成为他们的精神负担，他们需要的不是钱而是健康。年轻画家则不一样，正处于创造欲和精力旺盛的阶段，苦恼的是作品不被重视，没有地位，如此，没有物质条件，处于消极的、沉迷的精神状态，也势必影响创造力的发挥和发展。

拍卖市场刚有起色，就有人喝倒彩、搅摊、咬群，扰乱视听，这可能会打击投资者的积极性。

长江有水，小河也有水。五星级饭店有人下榻，小旅馆也有人住宿。市场多元，各吃一方。

个性化的审美标准影响艺术和文化的价值取向，于是，市场价格作为临时标准，不能辩驳，但又是权宜之计。可是，即便谎言说多了，也会成为事实。

要让人喜欢，才有市场。

市场是大家的。路是大家的，你走完，别人也要走，谁也不能总占着路。

你的读者对象是谁，画给谁看，这个问题对于绘画创作者很重要。求创新，让所谓的"圈里人"认可，便总也画不好。

绘画艺术语言有别于文学语言。与别人交流使用现成的语言就够了，还需要自己创造语言吗？只求画得好看反而成功了，这样的例子很多。可以是名家，但难以成就大师。

艺术品如何与市场接轨，需要热心人与专业人的投入。艺术家不能还是不愿与市场接轨，要细加区分。

艺术品市场，消费者尚处于低级阶段，一些制作的中间环节上的人欠缺素质，尤其没有敬业精神，所以要求不能太高。要达到一个相当的水准，需要过程。

艺术市场应该灌输给投资者以新的消费理念和投资眼光。

有人说："要结交些有情有义有钱的老板"，"画既是功力，也是公关"，"成为大师需要有大量的高朋"。文化艺术如果没有经济的搭台，是没戏的。

当代画家的作品，有时超过古代画家的作品，是合理的。艺术品是商品，受市场规律左右。古代的画家、已故的画家，其作品无人关注，就没有市场。当代健在的画家，有人缘，有人的力量，能组织大量的资金投入市场，就可以炒作得很火爆。投资的人挣钱是应该的，大家都来推动，都能挣到钱。

目前拍卖行业之间的竞争是相对的、局部产生的，大家共同营造、引领，就可以繁荣整个收藏与拍卖市场。

对于艺术品市场，应该积极鼓励，不能消极地、泄气地宣传或暗示危机意识与风险风波。风险无处不在，要有健康的心理准备。有了足够的钱，有了精神生活的高档次的追求和愿望，可以参与收藏，其主要目的还是欣赏和享受，慢条斯理，不论输赢，却可以在度过平常日子的同时，积累下巨大财富。如果完全是外行，不喜欢艺术，又没有足够的资金，靠借钱或贷款来企图像玩股票一样投机获利，则不是健康的思想状态和客观条件。一旦出现金融风波，势必受到毁灭性的挫折。

有自己的地，种不好就糟践，还不如临时租种别人的地，进退自如。当然，固定资产投资是另外的话题。

东西值钱与否，价值大小，实现于交易过程中。盈利所在，在于交易；交易关键，在于有买主。

粉丝经济已成为显学。市场是巨大的，寻找市场就是锁定消费群体，要具体到喜欢你商品的人。

"同声相应，同气相求。"事之不如意，在于不对路，正如货卖其主，交易不成，不在于价钱之高低，而在于买方不需要。买不起是现实，不喜欢是心理活动。

先营造需求，然后调节供求关系，就形成了市场。艺术市场更有独特规律，因为艺术家具有个性。

悠闲，是勤奋多能者的奖赏；忙碌，是懒惰无能者的遁词。勤者，在全心而非蛮力也。

见性者，有真性情、真天才，但也最为脆弱，类似于宝刀之刃。天才者，做学问易得之，但其思维的敏感性，势必受到社会的束缚与伦理的制约。

懒惰，是人性最大的本质之一，它可以葬送一切。

懒惰，是心性的问题。懒惰者，不是身体之力不足，乃心力不足，是心病。

唯师马首是瞻，是师傅之自私、狭隘或徒弟之愚昧、懒惰。

欺诈之性、懒惰之习，可毁坏一个本来很好的服务业。

很多事知其重要，但懒得去做，可知很多事并不重要。

身体锻炼难坚持，乃懒惰之力大矣。

从点滴做起，是最难的。比如一天拿出十分钟时间叩齿、揉耳、摩眼、调息、转颈、晃腰、提肛，意守丹田，坐忘神游，便足以身心通泰，内外条畅，百病不生，延年益寿，但是因为眼前没有病，就惰怠之，不能坚持，是常人通病。

"把客户养懒"，是一种经营理念，颇有效，看似朴素，实质包含了企业与市场及客户服务与交换的本质。

人可以懒散却仍思勤奋敬业，修其行而厚其德也，乃积善延福的方便法门。

人多懒惰，尤其是没有压力时，所以讲究"慎独"。一个简单的办法就是培养兴趣。一直兴趣不减的人，有精力，是天才。

东西越大、越高，投下的阴影也越大、越长。

大师之"大"，有三个维度：宽广的视野、深邃的思维和崇高的境界。

衡量艺术大师最起码有五个方面：一、具有鲜明的个性语言风格，二、其作品具有艺术的高度和难度，三、有艺术高度和难度的作品的创作数量大，四、对当时社会的影响力大，五、对后世社会的影响力大。第一条讲的是艺术创作的根本，第二、三条讲的是艺术的质和量，第四、五条讲的是时间性。临时偶然性和永恒必然性叠加在一起，才是永恒、经典。

炒作当代画家有好处，那就是使活着的画家有大收益，生活得很好，很实在地享受现代的物质生活条件，体会社会的进步和经济改革的成果，激发其创作欲望和才气。当然，画家的收益要受到监督，必须纳税，那么，其收益越大，对社会的贡献也越大。同时，画家要有社会责任感，富裕起来的画家应该更多地回馈社会，热心于慈善事业，不能为富不仁，更不能装傻充愣、独自享受。

大师百无禁忌。不宽容者无以称为大师。大师宽容别人，别人也宽容大师，互相欣赏才是艺术审美。

大师要能引导人、启发人，使人开悟，化解矛盾，思想通透，生发自信力，而不能使人心理更加压抑。

人越成功，就越有个性，再继续在集体力量的簇拥下成为大师。

任何大师的成功与地位、影响，亦非一人之力，当有很多热心人默默付出大量劳动。

在大师的链条上，排队虽长，终有轮到的时候；如果嫌其缓慢，可以想方设法另立门户，开风气，走在前面。总之，不能散漫于圈外，被归为外人。被遗忘的大师不会多，尤其在现代社会。

搞艺术的人都有后来居上的念头，不想当大师的艺术家是没有的，于是就有竞争现象和心理。在队伍中的你即便不想往前走也不行，因为后面排队的人不乐意，你不能挡别人的路。

凡在一个领域有独到成就的大师，其共同点就是都不容易。达到的高度一样，但采取的路径不同。

大师不经意的一个细节，是最见其本来面目的，也是最不容易学到的。

大师的画，量很大，也在自娱中技艺提高，收放自如，繁简由之。

任何利益一定是需要责任来承担的。假如这责任重，其利益却是不等价交换，一般人会弃之。

与大家游，一荣一忧，荣在幸会交往，忧在无以回报奉献。

大师不是桂冠，而是敬畏。敬畏是对艺术高度的清醒与喟叹。

菜做不好有很多原因，但大家往往归罪于厨师，乃因其责任最直接最明显而已。

修心则改命。

"稻粱谋，名利谋，修身谋，济世谋"，是我的"问学四境界"。富、贵、雅、仁，是人生渐递的四个层次。

所谓学者，有差别，须仔细辨识：一、兼善天下，大道无私；二、安身立命，精神寄托；三、为稻粱谋，蹉跎岁月；四、欺世盗名，混淆视听。此中第一、第二种情况其价值为正数，第三种价值为零，第四种价值为负数。

法喜、禅悦，达到这种地步才可以使学问关乎命理。

暖气太热，拧紧又停，难道控制温度就那么难吗？科学技术，应该考虑为人民服务，落到细节实处，而不是攀比没有用处的假大空的东西，做学问亦如是。

摸彩票需要运气，不需要文凭。做生意需要学问，不需要文凭。赛跑需要身体，不需要文凭。

做学问关键在悟，就是用我们理工学科的逻辑思维方法来演绎概念，抽绎思路，就能写下去，还能出奇。

不要光看书，跟着人家的脑子走就如走迷宫、看万花筒，没有什么实际意思。

要多看书、多想，有时间就写下来。看似随意的东西，往往便是"厚积薄发"的精髓。

忆及王安石《游褒禅山记》中语："有志矣，不随以止也，然力不足者，亦不能至也。有志与力，而又不随以怠，至于幽暗昏惑而无物以相之，亦不能至也。"论述很仔细、剀切，把主观与客观的几种情况都说了。文章有逻辑的学人少啊。

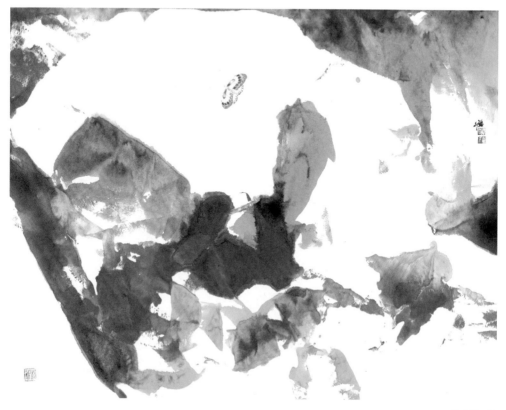

崔自默 绘

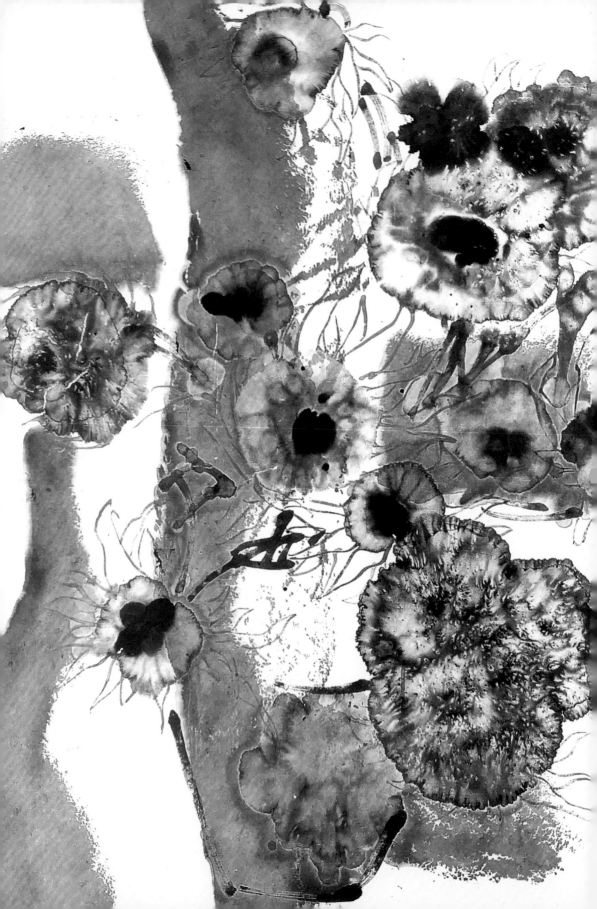

求诸己心

浪漫的行为不过是表面的波澜，真正的浪漫是灵魂的浪漫。

——西班牙画家达利

意存笔先，画尽意在。

——唐代画家张彦远

篇四

物质上知足常乐，精神上勤行精进。

　　从来大智在无为，无为不是自私懒惰，而是化性成人。勤行精进，既努力成就自己，也立志成就有缘人。缘之深浅，主要在于信之深浅真假。

　　为学日益是智，为道日损是慧。知足不等于满足。一方面要"知足常乐"，是说不能太贪婪，欲望不能太多，知道知足是吉祥之事；另一方面要"学然后知不足"，此不足是思想和精神的纯净需求，而不是物质方面的富裕需求。

　　要以积极的且令自己愉快的角度去看问题，就能知足、满意，否则总是失望。

　　"Stay hungry, stay foolish"可翻译为"求知若饥，虚心若愚"，或"人饿了就傻"，或"总吃不饱就是傻，即知足常乐"。翻译的不同源于对句型结构理解的差异：前后句子之间是并列关系，还是因果关系。汉语古文与外文语法结构有类似之处。

　　世界之大，人生之短，即便看开、看破了，即便有知足常乐的条件了，却仍然在努力挣扎。这究竟是为什么？于是，开始希望孤独、享受孤独，同时孤独得想哭、想摆脱、想超脱。

　　人都是一样的，只是偶然的机遇有所差别。只有生活得快乐，才是根本，一切其他外在的东西都是短暂的，都将等于零。

　　同时做精神与物质的主人，是双丰收，当然需要汗水耕耘。

悟透人生，了断生死，是大知大行。

　　知行合一：知也是行，是行的基础；行就是知，是知的升华。

　　知行合一，是值得追求的学问，是文明的本态。

　　能知行合一，是一等人；不能知而能行，是二等人；能知但不能行，是三等人；不能知也不能行，是四等人。行是知的另一种表现形式。

　　心里认识到了，感受到了，也感情充沛，但不见得能用手里的工具表现出来。心中有而笔下无、知行不一的现象，更多地发生在艺术家身上。

　　知而不能行，等于无知。说来容易，行来最难，能实际行动便是好主意。觉、知、识、见、解都容易，决定最难。

　　正因为有很多虚幻的追逐，人们才生活在自己制造的痛苦中，而痛苦有时源

崔自默 绘

于妄想，是主观的，往往不现实，可是谁也不能摆脱自己制造的梦幻之束缚。

总觉得有机会，却永远也没有机会。"等将来……"这句口头禅害了很多人。人要现实，何不现在努力？将来是什么时候？

"马太效应"不敢谈，只是愿意总结自己的经验。中国乃至世界文化的全部学问，是过日子，是生存得有意义，起码要幸福，而其中的关键之一是，如何知道并且做到，就是理论与实践的统一，知行合一。

王阳明崇尚知行合一，临终有句名言："此心光明，亦复何言！"又有诗，"吾心自有光明月，千古团圆永无缺"。弘一大师临终遗偈："问余何适，廓尔忘言。华枝春满，天心月圆。"我心光明，是此生最大的圆满，那种如皓月的朗澈，属于无言境界。

王阳明曾对弟子说："人胸中各有个圣人，只自信不及，都自埋倒了。"这种自信，是自律与自策、自觉，格物与良知，正念与正行。否则，心往外求，贪欲其他，不管有多少经验，也不踏实。

很多人在手机上可以胡说八道，但见面时腼腆严肃，反之亦然，这都是知行不能合一的实例。

理论与实践合一，必须信而不疑，受之甘醴，奉若神明，行如律令。

知行合一，不仅是个体的，更是群体的。大道理说得天花乱坠，没人相信，也没人实行，哪里有功德？自私，或者自己不能实行，如何让他人信服、佩服？

坚持做到知行合一很难。《诗经·大雅·荡》中云："靡不有初，鲜克有终。"说容易，落实难啊。

不怨人、逆来顺受、转念，是改变命运的最有效办法。知行合一，别怕老生常谈，道理不是说的，是做的。心中默念"放松"，就可以真的放松下来。

子曰："狂者进取。"兴趣、欲望、机遇、挫折、能力、成功等都是命运的组成部分。

权力即责任。

平等的游戏规则是创造有序而和谐的社会的前提。

上学是一种快乐，是一段美好的人生回忆，能实现这样理想的学校才是好学校。

权力，是在有序的体系中体现的；一旦整个系统失序，最高权力将化为虚设。

　　"问你敢不敢,像你说得那样爱我",这一问,甚是巨大,因为看似平常的、正经的、常态的选择,其实也许要承担重大的风险与责任。一个天真可爱的人相信你并跟你走,你的心理压力与责任随之增大,除非你是无赖。

　　既然承诺了,就要履行责任,付出代价。其实,人在一生中没有必要发誓,否则易使自己被动,背上沉重的包袱。

　　责任就是负担,负担就是痛苦。谁愿意为了权力而承担过多的痛苦呢?

　　不操心,就要狠心。你善良,你细腻,你多心,于是就得承担相当的烦恼和责任。

　　你不是不可以享受很多的快乐,但你要问一问自己,能否承担那么多相应的责任。

谁都有私,只是所私不同。

　　和则平,冲则动;平则平淡无奇,动则变通。

　　天下无无视于名利者,故皆常人也。无名利欲,必无上进心,少责任感。

　　男女之爱多属自私的,"仁爱"则跨越文化、民族、宗教以及物种而至于大公无私。

崔自默 书法

与人交往，要受益，要学到东西，否则，就是彼此浪费时间。

所谓因势利导，人之有私者必矣。人无私欲，则无法管理操控，若千里马无缰绳。

舍得，当然是舍自己不需要的，得自己需要的。但是，有时必须舍自己需要的，才能得自己更需要的。

"用得着朝前，用不着朝后"，这是埋怨人势利眼的一句话，这种现象有其必然性，若反之，"用得着朝后，用不着朝前"才是怪现象，不合理。前后颠倒、不合理、无秩序的事情更须谨慎、警惕。

人不为己天诛地灭，为己不为私，那么为己为的究竟是什么？是道德，是福慧，是性命，是身心，还是物质欲望？人懒惰到连自己的身心、性命都不修养，愚昧到连自己的福慧、道德都不照顾，还会考虑别人？为自己好，才是真好。人人好了，社会才真好。人人不戒律自己的文明礼貌，只要求别人尽善尽美，生活就很糟糕。有文化首先化自己，懂文明首先明自己。

用以致学，学以致用。

必要，是学习知识的前提。没有用途的知识，学起来没有动力，也学不好。

学要了解知识的使用范围，经世致用，无论穷达，与时俱进，有预测眼光，可持续发展。

好了疮疤忘了疼，明日复明日，养生与做人之大忌也。

有机缘接近了大师，后来的过程就是思维和步伐要跟得上大师的节拍与节奏。你所考虑的问题要是大师所感兴趣的，大师也会告诉你哪些东西是前沿的，哪些知识是有用的。一旦进入了大师的链条，则是幸运的，那是机遇和个人能力的综合成就的。当然，速度的高度提升，会甩掉很多人。

你没走的道路，多着呢。大小相对，偏正相对。小路走多了，就是大路，就是正道。错误的能走通，就是正确的。本来正确的走错了，也是错误的。

有见识、能识别，很关键，那是接近实践的必由之路，而实践是接近前沿阵地的战壕，否则永远只能被排挤在边缘之外。

距离越近而越起恭敬之心，君子也。

胆大不能妄为，必须有所不为。

占便宜不容易，吃亏更不容易，因为吃亏要有基础条件；吃小亏占大便宜不易，占小便宜吃大亏更常见。

你对他客气，他觉得你软弱；你对他谦恭，他以为你卑贱。此等人必小人也。

"人无廉耻，百事可为。"——可为？不可为？人什么都敢干，就可怕了。《论语》中的"行己有耻"，是对无耻行为的警戒；"狷者有所不为"，则是警戒无所不为、为所欲为的行为，其中亦包括无耻之人本身。

人之助人，有所图，虚荣也是目的。过河拆桥，小人会利用人，每一句话、每一个场景都是设计好的。

不一般才有意思，才有身价。

欲望，是痛苦之源，也是事业心的基础。

《大学》中云："知止而后有定，定而后能静，静而后能安，安而后能虑，虑而后能得。""止"在欲念，"虑"是虚极静笃、涤除玄览。

成大事的人，周围有很多人才在围绕着他转，为他付出，为他服务。同时也要看到，这些服务人员"无利不起早"，也一定在这当中有所获得。你不要抱怨没有人围着你转，要问自己：人家为什么要围着你转？你能给人家什么？起码要能画出一个大饼，然后把人才绑在一起，互相牵制而前进。

嘴上说不需要什么名利、只想做一点能让自己满意的事的人，其实并不那么简单，因为要做让自己满意的事，就是欲望。所谓"不需要什么名利"不现实，因为人的欲望是变化的。

"穷大方"，捡垃圾的虽然穷，但有时还很大气。富有的人有时却小气得厉害，但是只知道占别人的便宜则不地道了。

生命力、占有欲，是没有正负方向性的，所以要把控好。

食与色，是动物之本能。动物得之，需要力量的争斗；人类得之，需要名与利。

男人需要的不是纯粹的肉欲，随着年龄的增长与阅历的增多，尤其如此。生理与心理未必完全同步，但彼此关联是无疑的。有文化，就是其不一般之一点。身体是硬件，文化是软件。好硬件虽不容易得，但好软件更不易得，所谓软件是高智力产品。软件与硬件搭配才有意义，搭配合适才有威力。

女人埋怨，为什么男人总以漂亮外表来衡量女人。那么，男人会问："那你说一见面不看外表，看什么？"其实，女人除了看男人的外表，还要看得更多，如房子、车子、票子。

天下总有令你满意的，但你碰不上、等不起、来不及。婚姻，只是一个相对合适的选择与搭配。谁都想找一个比自己条件好的，于是开始精挑细选，可是经过了多次挑肥拣瘦之后，退而求其次，找一个条件相对可以和自己平衡的人结婚。彼此看着对方都很好，这种情况不多见。

爱情没有什么道理或原因可细致地追究。两人的爱具有排他性和自私性，这无论如何是一种悲剧，除非爱情没有产生。

家之重要，在于人们认为家最安全、可靠、可信，其他总有可能伤害你。

现代婚姻，以利合，其必以利分，难得长久。传统婚姻，以感情为纽带，虽不如利益之分明，但最牢靠，是以良心与责任维系的。

不比其易，但珍其难。

人能拥有的时间和空间毕竟狭小，而只能靠精神来开拓。大的浪漫需要大的牺牲，大多得不偿失。要冲破人的因素，需要大的因果关系，不是俗常人的能力所接受的、一般价值的牺牲。

有付出的、痛苦的获得，才珍贵、深刻。感情的痛苦，不仅仅是一种代价，更是一种经验。

你的付出，别人不见得知道，嫉妒难免。你无须回头解释，继续前进即可。

不知道关心别人，是不成熟的表现。关爱别人、不伤害别人，才会时刻心安。

你在可怜他人不容易的同时，你自己又何尝容易呢？请记住一句话："都不容易。"能登上山顶的，都付出过力气。

一见钟情，是一种浪漫，暗含牺牲的风险。爱情的结果，是亲情。偷情，源于性情，归于虚无。

未来的很多可能性需要预见，否则，浪漫的故事会被很多琐碎的矛盾改变。

当有机会经历一个大浪漫的时候，很多人不会认识到、意识到，于是躲避、退缩，

[意大利] 委罗内塞 绘

没有勇气也没有实力来经历它。正如面对一座高峰，攀登的心愿不难拥有，但实际的行动却不敢轻为。

人们希望浪漫，待浪漫到了身边，却犹豫彷徨，失之交臂。

对于婚姻生活之外的所谓浪漫的追逐，想得太简单或者太隆重，都失之幼稚。如果通过自己的实践而得到一个荒唐的结局，那对于个人而言，也许是判断失误的问题，可是如果在判断失误中失去机会，则是对整个人类是有情之物的莫大讽刺。

《书剑恩仇录》第八回里，乾隆送给陈家洛一块稀世少有的暖玉，玉上以金丝嵌着四行细篆铭文，曰："情深不寿，强极则辱。谦谦君子，温润如玉。"世间爱侣，情深爱极，每遭鬼神之忌，是以才子佳人多无美满下场，反不如凡夫俗子能白头偕老。

孝敬老人，是最高的浪漫。浪漫，即牺牲精神。

眼泪和痛苦，证明人是凡人。真心相爱的人受尽折磨，是生命中注定的事情。只有耐下心来，才可以经受苦难与不安。思念、幻想、爱慕、盼望、泪水、妒忌、小气，都是爱情的伴随者，就像回忆离不开叹息。

人不能只靠所谓的聪明去尽量索取。富人不占便宜，贵人帮助别人。即便有所付出，也要考虑与获得是否对等，自己的劳动是否有那么重要。大智慧，是真诚对待，善财善用，共同创造大事业。只有大胸襟，才能装天下。

操心、用心、经心、费心、闹心、劳心，均需有爱心。我钦佩医生和教师，因为他们做到的，我做不到。很多成功的风光之人，也许忘记了这些默默无闻的奠基者，又有谁在心里惦记着这些值得尊敬的人呢？

有时，能成事，不是因为一个人厉害，而是参与者都厉害，合作默契。

艺

术

沉

思

录

可借光给人，但不可期求别人借光给你。

思维，因为有惯性和惰性，最好由外部力量来打破，而对话的追问、讨论、辩驳，恰恰可以借助和利用，以进一步激发思辨的灵感和深度，催发出最鲜活的东西来。所谓"法不孤起，仗境而生"，鲜活的东西一定不是独自关在屋子里硬造出来的。先贤哲学家们在自己脑子里假想"另一个我"来与自己热烈地辩论，通宵达旦，兴奋不已。

借景是园艺必技，借势为经营正道。训斥乃平等，反见劣势。奉劝貌似公平，却有居高临下之势。

在现实中，确实有一个相当的辩手存在，是难得的。类似于《庄子》书中所说的"郢人运斤"寓言里的逻辑关系：失去了一方，另一方不复存在；不是一个人厉害，是都厉害，合作默契。

理辩而后明，是科学研究中经常使用的方法，但在人文社会学科中不被重视，因为文人似乎只愿意挑选"非此即彼"的办法。这很有意思：以实验为主的科学，反而注重使用虚的方法来进行验证，因为很多条件本来就是难以获得和实现的；而人文社会学科，本来就是虚的占主要成分，却偏偏羡慕真实的产生和获得。

过犹不及，因为太知道虚无了，于是开始盲目地崇拜与相信真实，殊不知，所谓的可触摸的真实，也到底归于虚无。

先必须把问题想多、想复杂，然后回归简单化，就知道了复杂与简单的区别。

时光怎能倒流呢？于是，尽量为之，在相对中求绝对、在长度中求密度是一种方法。物理学上有所谓的"理想实验"，就是把不容易满足的条件，假设它成立、满足，进而来分析和研究，从理论上解决问题。

谁愿意付出最初的努力来培植和包装一个新人呢？这大概是借势总比造势要

容易一些，而大都愿意投机取巧之故吧。

势，很重要，势在而必得。要懂得造势、借势。挖沟开渠，掘坑造池，才可以水到渠成。

有些事情本来没什么，但外人会以为有什么，于是还不如一不做二不休，真的有了点什么，也免得别人在误解时自己委屈得受不了。

珠穆朗玛，永久遗憾。

珠穆朗玛峰是第二高峰，只要你站上去。

你想了解喜马拉雅峰吗？那就爬上去。你想征服喜马拉雅峰吗？那需要本事。

所谓有境界者，必常人所不能企及。超常、非凡、非常，便是境界。行于当行，止于当止，自然而已。行于不当行，止于不当止，亦大境界也。然而所谓"当"与"不当"，何以判断？

找准方向，下笨功夫。思与行的乘积，是成就的结果。以 $W=PT$ 为例，人非铁人，需要休息，如何调节 P 与 T 的比率，需要优化。$0.1 \times 0.9 = 0.9 \times 0.1 = 0.09$，$0.5 \times 0.5 = 0.25$，而 $0.25 > 0.09$，聪明而不用功，或者用功而不聪明，都不如中者中行。

行路，必须带干粮，虽然要负重，但能远行。绕路而行，是休闲者的专利，背负着沉重的包袱，你还敢走弯路吗？

"大概其"，是一般人的思路。浅尝辄止，是一般人走的路。

先确定方向，才能行走，但这种常识难以在生活实际中完成。盲人骑瞎马，夜行临危池，结果如何？很多有所意识的人，却又问道于盲。

要想跑到前面，努力是一方面，还要考虑路径问题。捷径，是必要的，但不是所有人都能看见的，所以才有差别。

越是想迅速占有，越有可能更快地失去。"即之愈希""握手已违""执象而求，咫尺千里"，即此理。俗语说急不得，慢慢来。

由关键词切入而研究文化与社会，是一个不错的角度，也很有效。

接触面虽大，影响力却未必大；接触面虽小，影响

[古希腊]阿历山德罗斯 雕塑

崔自默 绘

力却可能很大。其关键在于找准发力点，即所谓平台的高低大小之分。

即便留下缺憾，还是美好的，莫可因为性急求全而留下永久的遗憾甚至遗恨。

断舍离，不是无情，而是慈悲。

有些资源，只能浪费；因为要想利用它，会牵扯到方方面面，也许会浪费更多。

很多很好的东西，闲置浪费着；很多不好的东西，超负荷使用着。

物之为用者，不在其贵重，而在其实用与方便。对于物件的占有，不可有提前量，因为能用得上的毕竟是少数，只是白占地方罢了。须作提前量之考虑者，为时间、快乐、尽孝等真正珍贵的东西。

很多"鸡肋"之物，干脆扔掉。很多人把漂亮盒子留着，觉得也许将来有用，但只是"也许"。

再美的包装也未必配套、实用。

能把人束缚死的，只有自己的心，即所谓的死心眼。

思维的星星之火，只是一闪，如果它没有附着物，是不可以燎原的。

"思理为妙，神与物游"，却只是自己的神经运动。个人的体会，别人是不知道的，像自己鞋里脚趾头的微妙动作，像自己美妙的耳鸣，别人是看不见、听不到的。

思想的潜能是巨大的，但是，关键所在却是如何把它转变成可利用的力量。思而无用，反增烦恼，不如不思。

越是想谈清楚，就越是难以谈清楚，因为所要谈论的对象是一个根本谈论不清楚的东西。谈论者，谈清楚了，又有何用？终是解决不了实际问题。若谈论不清楚，白白浪费口舌、精力，又有何益？譬如玩乐于迷宫者，感觉神奇无比，但是，从高处山顶俯瞰观察之，却觉其可笑无比。

"大呼"与"小叫"的区别："大呼"有时反而没有作用，人家明明听到，却可以装作不知，因为你的"大呼"表现出的意思是不尊重人，有"颐指气使"之嫌疑；而"小叫"，虽然声音低，却能吸引人的注意力，同时也有趣味性、幽默感。大声表扬、低声批评，更有妙用，不止适于儿童。

我们不能改变时间，但能改变使用时间的方法。

很多人干不成正经事，是没有把时间用在正经事上。

人太聪明了或者太愚笨了，就会想着攥着自己的辫子把自己提起来。

没有规则的游戏，是胡闹。

游戏，需要规则；游戏已然是假的了，倘若再无规则，则没法玩了。但是游戏毕竟是游戏，当真的玩了，玩命了，就糟糕了。

天下找到两个人心齐，已是很难了，何况多人，可知游戏规则的重要，其中随势很要紧。

屈原是"情圣"，其心绪、情结、委曲、细腻也许只有他自己能察觉。潜规则不要紧，毫无秩序才可怕。

凡事讲究游戏规则,这种规则有时是潜在的,却是合情合理的。不合情理,只是不合你认为的情理。

你翻前人的案,后人就翻你的案。前有车,后有辙,不知如履薄冰就恐重蹈覆辙。

规则,不必是合理的,只是一种假想、概念。

你的脑子可以不在,你嘴上说一套,心里可以是另一套,但你必须物质身体待在那里。服从与配合,是游戏规则之一。

人,以个体论之,无论如何表演均可;但身为社会中人,社会因为人群聚合而加倍复杂,所以制定并服从游戏规则是必要的。

"一切有情,皆无挂碍。"

"动什么也别动感情",看似是莫名其妙的话,类乎说"喝什么也别喝酒",但是大概只有切身经验者明之。想起弘一大师,风花雪月之后,遽然决然而遁入空门,丢家弃妻而弗顾,那才是"悲欣交集"的感受,不仅仅是在圆寂之前的体验。"生怕情多累美人",郁达夫此言中肯。

情与理,亦然。入理愈深,则几近于情;入情愈深,则几近于理。极清楚,便几近极糊涂。是故,视大男人为小孩童,甚而惯其劣习,是为至淑女也,抑或堪称怀有菩萨心肠。

情之所在,有理存焉,故知合情者,亦当合理。情即理,理即情。——此欲打破情理之界限。

没有原则,因为有情;太讲原则,因为情商不够。

思想的深度,是感情的必然,更是生活经验的积累。

人之有深情而不外露者,性格使然。人生聚散有缘,莫可奈何。

崔自默 绘

不懂事的人，才不理解人。骗子骗了你，是因为你的配合。

市场没有绝对的竞争者，绝对的竞争者只有一个，就是你自己。只要保证天天进步，你便可以超越任何人。

不是要靠包装来骗别人，而是有人要以此来赢利，而大众都愿意相信品牌与包装。

交情，不能矫情，要真实。"交"，需要时间。时间是最大的成本，是生命。

每个人看问题的视角不同，心理感受不同，表达方法不同，都具有主观性和个性化，彼此交流时难免产生隔膜，因此，也就没有理由一定要让人理解。

人与人在交往之前，应该首先互相告诫：交往通过语言来交流，而语言只是心里意思的一部分，不是全部，所以，有时嘴上语言不到位，切莫迁怒于它。要通过外壳，看到本意，如此，才免却很多误解。

虽说不可以貌取人，但也不要因此而受到常识的欺骗。骗子的伪装总会有蛛丝马迹的漏洞，你不要听信其夸张的谎言，不要靠自己的想象去填补。

他很聪明，他欺骗了你，让你为他付出很多。当初，是他敏锐地发现了你的可利用价值，于是抓紧机会向你靠拢，向你发起攻势，炫耀他的成就，而你为他的甜言蜜语所打动，开始下决心要为他做点贡献。在他利用你之前和正在利用你的过程中，他会摇头摆尾、低三下四，表现出一个很体面的形象。然而，一旦把你利用完了，他便开始疏远你；这时你得反过来追着他，跟他继续交朋友，否则你的所有付出一定会付之东流。耐心而从容地等待了很久之后，你意识到让他主动开口回报你已不大可能，于是你开口提醒他，这时，他会矢口否认他当初承诺的一切，转身不认账；如果你追着要他履行他的承诺，他会立即翻脸，挂断电话。你很生气，但你还不能就此到处骂他；也许还没等到你这么做之前，他已经开始骂你了，他的大范围的恩将仇报，也许比你的小范围的朋友圈子里的唠叨更有杀伤力。

如果以后有人提到他的名字，你最好不要骂他如何如何，因为那样的话还是在继续替他宣传。何况有很多人会觉得你们之间必定有很多事说不清楚，不见得会相信你当初有那么愚蠢，会无偿地为他做那么多。此时，你可以按住心头之火，微笑或者苦笑地摇摇头，以示不屑一谈；要么就干脆说不认识他，那也许才是对他最大的蔑视和反击。

不过，你还是要找机会奉劝你周围的好朋友，要认清他的本性，不要让更多的朋友上当。当然，你以前为他的奉献和为他脸上贴的金，都势必成为他炫耀的资本。他还会得便宜卖乖，说你是他的"粉丝"，当初是你慕名而来、求着他为他服务的。他不断扩大的战果将是他蒙骗更多人的条件，他是机会主义者，你无可奈何。

于是，你得长记性、长经验，在替人办事之前，就"先小人后君子"，跟人讲好条件，把你的想法说清楚。如果他说你俗，你就认了。做俗人又怎样？总比做出很多后悔事来吃哑巴亏好得多。

能察觉到的危险不是危险，而是困难；隐藏的困难不是困难，而是危险。譬如车行于道，暗藏的危险最可怕。

生人蒙不了你，蒙你的都是熟人。

道貌岸然与装腔作势，一墙之隔。"我就是傻人有傻福"——很多人这么来麻痹自己。真傻的人世界上有吗？他们都对我特别好，也是一种暗示与吹嘘。当然，真心表达感恩的情形除外。

一个说自己很厉害的人，常来跟你套近乎，一定有所图。

有表面与实际不相合者：看似大师，实则匠人；看似高贵，实则低贱；看似规矩，实则死板；看似潇洒，实则做作。

胖子比瘦子更容易给人以信任感，也许是因为胖子看起来憨厚。

天趣与人意有别。

任何个人在集体仪式和运动面前，一定随之从众而产生敬畏之心。这就是所有仪式的必要性和重要性，形式主义亦然，冠冕堂皇必然。

开会和典礼是仪式，无用亦有用，使个体遵从集体。权力在于驾驭这种秩序以实现私利。

既要能看到他人之长，又要能欣赏他人之长，最重要的是学到别人的长处。要学人之长，比自己厉害的人当然要学，尤其包括那些神神道道的不如你的和你看不上眼的。你也许不能直接从他人身上学到什么东西，但也许受到激发、诱导，会间接地进步，总之要借助一切外力，化不利为最大之利。

能转化情绪、掌握格局、创造机遇，是本事。

崔自默 绘

若不善利用资源，圈子不同而强融，必得不偿失，自然出局。

癞蛤蟆未必觉得天鹅好，非为同道，终难同驰。

儿童之游戏者，不知其为游戏而游戏，故兴趣盎然而乐此不疲；成人之游戏者，知其为游戏而游戏，故每感无聊而疲累。此天趣与人意之分也。

如何与人交往，尤其是如何用人，确实是一个大学问。责、权、利的分明化，以及管理的条文化、制度化，大概是最可行、最可信的方案；其他任何依靠人情、自觉的想法，都是幼稚的、粗糙的办法，应该认清这一点。

行善于大善之人，而非以利小人也；大方于大方之家，而非以利小人也。

大艺术家身具多重技艺。游于艺、游戏神通，非集体玩乐享受，必各自敬业始得。寂寞之道，外行弗窥。道不同不相为谋，然道同者，堵车、刮蹭亦在所难免。箭在弦上，目标唯一。爬坡阶段，谁做推手？等价交换，市场亦非一律。整体观念，鸡犬必须升天。衡观历史，又留几许遗憾。

友云："人生之大不幸，是在西湖美景边跟一些不倾心的人瞎逛。"信然。

与人交往，要厚道，否则不如不交往。

每一个人实际上都是商人，总在与别人交易着某种东西，包括语言、精神、思想。交易，需要成本核算。

"等你树开始结果子时我来吃。""你为什么不帮着浇点水？""这树是你的啊。"

戏是演给观众看的。人与人之间的感情亦然，只有不需要演时，才是真实的。

诚心之外，虚心、净心也特重要。

力而无利，非力也。势力而无利，非势力也。不图利时，势最大。

人的势利眼，是置身于势利眼的环境中养成的。上当受骗、老成持重之后心变硬了，此时来的好人遭冷漠，也是不得其时也。

人的势利眼，是世故、成熟、圆滑的表现。反之，绝不趋炎附势，是浪费机遇。

误解和摩擦，大多发生在语言上，然后延伸到行为上。

社会中交流活动着的人，主要表达形式是语言，而语言并不是思维本身。言不及意，是人与人之间不能交流或者说沟通失败的主要原因。可惜，很多人认识不到这一点。

"我想什么，你不知道吗？""我又不是你。"

言不由衷、言过其实、言而失信，是常识。

人在自己设置的障碍中彷徨、死去。有勇气、有能力冲破之，说来容易做来难。即便语言的交流，因为失读、误解，也几乎在刹那间与常态有别。

别人介绍并给你附着某种意思，假如你没有，不妨拒绝，那是个性的表现；但拒绝要委婉，没有必要枉生枝节。

不要乱出主意，一步步会把别人的问题变成自己的问题。人情世故，教会人说"不"。说"不"，不是一味地拒绝，而是一种适度的恰当判断，是一种明智的选择。"当断则断，免留后患"，此"断"，不仅仅是舍弃之意，还有判断之意。

享受美需要主观地、适当地拉开距离，一味接近只能产生摩擦。因果链条上，假如全部的重量集中于有限的一段，就可能断裂。所以，不要斤斤计较于眼前，要把重量分散开来，不妨时常调节一下个人重心。人与人的物理距离可以很近，但精神空间极远；或者物理距离虽很远，但精神距离很近。

"在家孝子，为国纯臣。"

什么都可以说"正好"，等于都不"正好"。给人一个实现假设的能力，他便随时可以拥有世界。

王国维讲"纯臣"而不讲"忠臣"，的确有大道理、大知识、大学问和大胸襟、大慈悲、大善心在。其谁人愿知？

对一个小人慈悲，就是对大众君子不慈悲。

人生和感情都是赌博。"黯然伤神者，唯别而已矣。"——看关羽离家与妻分别的这一段剧情，乃感前人完成修齐治平之愿望时必须经历的这一遗憾。老死于乡里，得家之团圆，然无从求来功名利禄。"忽见陌头杨柳色，悔教夫婿觅封侯。"（《闺怨》）"红妆女儿灯下羞，画眉夫婿陇西头。自怨愁容长照镜，悔教征戍觅封侯。"（《春闺怨》）"唐人诗句，不厌雷同，绝句尤多。"（《升庵诗话》）又："春日凝妆上翠楼，满目离愁。悔教夫婿觅封侯，蹙损眉头。"（《元曲》）"出门思避难，欲谁投？无奈弓鞋窄，行行落后。悔教夫婿觅封侯，孤身怎奔走？"（《红拂记》）"鸣鸠乳燕，青春正幽。游丝落絮，东风正柔。这些时做不得悔教夫婿觅封侯。"（《紫钗记》）"一度凭阑一度愁，悔教夫婿觅封侯。"（《红梨记》）

一辆车从你面前疾驰而过，你刚要埋怨它太不注意安全了，就听到撞车声了。

他一下子扛了那么重就走，我刚要夸他，他就累趴下了。

崔自默 绘

"正好"——不管怎样，总可以这么说。

"正好"是一句莫须有的口头禅。天晴了可以说"正好"；天阴了也可以说"正好"。什么"正好"？"正好"什么呀？

"我忘记了。"这是一句极好的推脱之词。

"鱼儿总比渔民起得早"，这话有意思。

"你没意见？""没有。""没有意见？就是有意见。""这……"

很多事情在没办法给出具体而明确的评论时，不妨采取主观意思的含糊回答，比如"我不习惯""我不喜欢""我没想过""我没感觉""我没适应"。

"这也是一种看法"——对别人的谈论不以为然时，可以使用这样的句子来委婉说出。

"有意思吗？"这句话其实可以随时使用，贯彻到自己对大小事情的判断和执行上。

"不是那么回事"——针对很多人莫名其妙的话语，可以直接这么回答。

莫名其妙：也许其妙（只是"也许"），但你不知，所以叫莫名其妙。

忙者心亡，无心者无力。

判断是不是一个梦的标准不是掐大腿看痛不痛，而是看它是否连续做下去，看它的因果存在是不是真实的。人性是附着在肉体上的，除非肉体死亡，其中精神性的本质、内因才会随之挥发。本性改变的方法，是逐渐更化之，但在百年之内其效果并不明显。如果科技发展到相当地步的话，可以借助于基因医学来改变人身上的物质的东西，以随之改变其性格上存在的一些弱点（简单实例是有的，比如调节胆汁质，则相对地改变脾性）；但是，能不能一律地、和谐地、全面地改变整个人类呢？这则是个大问题。

清净一家一室容易，清扫整个地球就难了。"两害相较取其轻。"但轻重的衡量又是个问题，毕竟人性的社会问题，不像科学和技术那样容易被大家认同。

找到人生目标是最大的成功。凡事要问自己"为什么"。没有目的，是最大的悲哀。没有目的之战，匪夷所思。

制度就是平台，平台不是演员。有时牺牲是为了获得，所谓"欲取之，先予之"是兵法，故当提防有心者。有心者装傻充愣，专吃鱼饵却不上钩。

人之于工作，或悠闲地吃草，或为吃豆子而拉磨。

人都是有性情的，很多事不见得都是为了钱或者为了什么，而是看是不是值得去做，甚至是否愿意付出宝贵的时间（生命），但是判断值得不值得的标准是什么呢？有些人口头上这么说，实际上根本没有思考过这个问题，所以让他们真的去付出是很难的，因为他们不知道自己到底想干什么。

人贵有自知之明。知和明，要从自己的价值方面入手，比较容易切合实际。

人在集体运动中无比脆弱。东汉文学家王符有"一犬吠形，百犬吠声"之句，真批评家也。蜀犬之吠日，从众心理也，荣格所谓"集体无意识"乃人性使然，是科学论断。

人总是瞎忙乎一些对于他来说眼前有用的事情。一个词一个词地往外蹦，如天才、白痴、得道、失语，都意味着正忙着呢，也就是弄不成事。

找准切入点，很重要。切

崔自默 绘

点愈多，切入的机会才愈大，大家的交流亦如此。

要有科学的发展观，用于实际行为的安排，就是准确分析事情的可能性、必要性，要讲究实际效率，不能盲目而行，徒耗时日。

仁者千心，金声玉振，其运动与能量具体而微又无远弗届。所谓忙者，不得要领耳。盖凡大成就者，必有惊人心力与超人精力。庸庸碌碌者之所以不成事，是因为将时间皆付诸平平凡凡之事。

配角当不好，也许连当配角的机会都没了。

人的缺点之一，是把自己看得太重要，或者把别人看得太重要，于是总会失望。

你不像被认为的那么重要，也不像被认为的那么不重要。你对于别人来说，也是"别人"。所以，不要太把自己当回事，认为别人一定十分在乎你的所作所为。

特别把自己当回事，与特别不把自己当回事，其实都是自恃特高、骄傲、固执的表现，只是表现形式不同而已。

是者自是，亦不乏其可爱；不是者自是，则殊为可厌。放不下脸面，就见不得场面。

实际意思虽然一样，可高明的句子都是换一种表达方式。诗人北岛的名句："卑鄙是卑鄙者的通行证，高尚是高尚者的墓志铭。"

审美纷陈，众口难调。习惯难改，本性难移。"欺软怕硬"吗？舌与牙的关系！

认错≠认输。口头上认错，心里未必认输，那何乐而不为呢？死于句下或死于

崔自默 绘

面子，都不值。

脸面最累人。自负者自缚。

不敏感之人，朴讷近乎厚道，其阻尼系数大，心态容易平衡而不受外物干扰。

贪、嗔、痴，此三大病根，阻碍人的正常生活秩序，需要勤修戒、定、慧，以祛除之。

人总是觉得自己是年轻的。就在这个"觉得"的过程中，衰老下去，但仍然还是不愿意承认这个事实。不愿意承认事实，是有益的心理能源之一。

看画品鉴，不可妄加言说其真伪所以。不是与你交易，与你何干？稍不留神，还会被人算计。

好人压抑自己，脾气好，所以容易有挫折，加之胸襟狭窄、整天生气，所以往往没好命。

"和其光，同其尘。"

我骄傲，我是一块试金石。纯金子赞美你，因为你是试金石；假金子诋毁你，因为你是试金石。

君子成人之美。人之所美，各有不同，包括私欲、伪善、恶行，何以成之？故难以为君子也。

我想"君子成人之美"的现象，是君子慈悲之心和宽大之怀的表现，至于小人自私自利已成习性，以破坏他人的梦想为乐趣，非仅仅是闹剧，实际上是作恶。

一向庄严而有人格的人，拍起马屁来的样子一定很难看。一向猥琐之人，装起庄严来，其样子也一定非常讨厌。

好人用阴谋叫策略，坏人用策略叫阴谋。

理论上如是说，实际生存中究竟如何表现，那得看个人的造化。所以需要修大善根器：大根，不易为风所动摇；大器，能包容万物。

老子说："和其光，同其尘。"就是说处理实际事务时要圆融。君子易污易折的性格，往往不堪重任，不能平衡各方面的力量。

让人失望，就可以不让善良人傻到底，让他开悟，即超度一个人，改变一个人的命运。那是他自己的事，或者说是天意，是人力难为的；你一定要改变它，就必须付出代价，所谓"好人不是好当的"。

仁义之人多勇敢君子，出手害人者多怯懦小人。

谦虚是博学者的专利。谦卑需要相当的资格。很一般的小人物，本来就没有什么，还谈不上谦卑。遗憾的是，拥有这种资格的人，却往往又颐指气使、忘乎所以，一点没有谦卑之态，白白浪费了绝佳的发展机会。

俗常之人不需要谦虚进步，亦自然而合"高处不胜寒"之理。

有的人过于谦虚，使得自己的地位受到影响，也不失为一大憾事。

我比谦虚的人谦虚，比骄傲的人骄傲。比谦虚，他不及我；比狂妄，他也不及我。

无知者谈不上谦虚，因其无知，不懂谦虚之本意。

谦虚，于自身之内为修养，于集体之外为美德。

谦受益。你本身不需要，谁愿意给你呢？你必须有接受的渠道，所谓"开源"是也。不谦虚，也许是自信于天分和勤奋，还要有承担社会责任的勇气。儒者所谓"当仁不让"是也。

好事找上门，而不是出门找好事。好事上门，需要道德之资格。

"富润屋，德润身"，道德是自己的事情，钱财最终也不完全属于自己。道德是提升自我的明灯，而不是呵斥别人的鞭子。德从宽处积，有本事也要让人，才是有德。

"太阳光大，父母恩大，君子量大，小人气大。"——餐桌上此言真堪参酌。

道不自器，与之圆方者，人也。故道非常道，甚夷无形，匪夷所思。小国寡民斤斤计较，拘囿形下而已矣。君子量大，逢源多途，虽一时委曲，终应运而生，岂谁能得罪？路在脚下，不在嘴边。"哈哈哈"，你嘲讽我？！不该误解时别误解。

《运命论》中有："木秀于林，风必摧之；堆出于岸，流必湍之；行高于人，众必非之。"此论与韩愈《原毁》中的"事修而谤兴，德高而毁来。呜呼！士之处此世，而望名誉之光，道德之行，难已！"之说，其理一也。

《庄子·秋水篇》中的"知道者必达于理，达于理者必明于权，明于权者不以物害己"，阐明了道与理的表里关系，并指出懂得道理之后要权衡利弊，于是才可以不至于为物所伤所累。动怒、使气、任性，危险甚大。

谦虚者为人景仰，人不能逾越之。傲慢者会鼓舞后来者的士气，成为垫脚石。大树不骄傲地抬头，小树怎么超越它？

《归有园尘谈》中有："谦，美德也，过谦者多怀诈；默，懿行也，过默者或藏奸。"谦虚和沉默，本来是美德，但过犹不及，超出正常的程度，就有了问题，成了奸诈。

所谓的谦虚，重要的不在嘴上，而在于心力和行动上。

"燕雀安知鸿鹄之志哉？"这是不谦虚吗？明志与隐行，是两回事。

谦虚是勇敢，残忍是怯弱。

"不知命，无以为君子也。"

一流的成就，出于一流的天才；一流的天才，有一流的精力。

做到"人贵有自知之明"不容易，通俗一点说就是"要知道自己吃几碗饭"。《论语》有曰"不知命，无以为君子也"，朱熹注解为"不知命，则见利必趋，见害必避，而无以为君子"。君子因知命而学则无惑，行则无畏，不会患得患失，因自有定数焉。所谓"知命"，必须是真知，而后可以修身。

慈、俭、和、静，是修身的办法。

孟子支持"言不必信，行不必果"，依据是"惟义所在"。"君子一言既出，驷马难追"，是自己给自己设置的压力和圈套，有人出尔反尔，反而成功了。

祸从口出，于是动口或者动笔成文字，就一定要小心。动手，就简单了，尤其是在醉后出手，人虽怨之，终可原谅；且动手之人，权可当作鲁莽之人，别与他一般见识。

君子有鲁莽之行，是兼乎文武之道，是清楚中之糊涂，更不可端倪。

陕西话的"宁欺老，不欺小"与河南的"宁得罪白头翁，不得罪鼻涕虫"是一个意思，是尊重年轻人、向未来学习的意思，当然老者更需要尊敬之，是美德，也是"君子之美"的基本要求。

兴趣，激发热情的投入，于是制造天才。求知欲，是天资、天才、性情的一个大元素。天才会变通。天才总是快乐的，能随遇而安。

当你遇到问题一筹莫展的时候，一定有更基本、更简单的问题或者环节你没有解决，或者忽视了。

有时，很不认真，类似豁达。

真正的天才会创造条件，会营造一个新市场。有权，却未必会使。

缺一壶醋、一根葱、一头蒜就做不成菜，不是大厨师。犹豫不决，过分认真，其实是无才的表现。

无耻之徒，可为师助乎？徒者，徒也，弟子也；师者，师也，自己也。转益多师，何如求诸己心焉？

天才的精力和能力来源于哪里？天性如此，是天造地设。

好奇心、忍耐力、观察力、判断力等，无数的细节叠加在一起，造就一个人才。

记忆力佳，是社交的天才，也是为学的基础。

天才，是天生的人才；天才，是能够暗合天理的人才。

天才的标志之一是自觉。有彼天才，人曰灵性。灵感有之，性感何为？

有混沌的天才，有清楚的天才。不知其然而然，是混沌的天才；知其然而然，是清楚的天才。混沌与清楚，何者为上？不可一言以蔽之。青蛙生而能游，人学而能游，站在一方角度，足可蔑视对方。

一流的天才、素质，加上一流的勤奋、敬业，就是一流的成绩，别人要想超越你，除非他比你付出更多。

难熬的痛苦是可以逐渐解决的，极端的快乐是不能继续下去的。

快乐是大方向，一切与快乐相冲突的选择，都是背道而驰。多一天忧愁苦恼，便少一天幸福快乐。

能保持快乐是情商高，也是天生聪慧。快乐是高贵的公主。快乐是需要找的，需要你主动去找。

知道干什么，是活明白了；不知道干什么，只是玩，活着就是活着，是活得太明白了。

有快乐者，有研究快乐者。旁观者意思何在？

把痛苦留给自己，把快乐留给别人，这是不正确的。自己不快乐，怎么能长久地给别人更多的真实的快乐呢？

没有欲望，哪来希望？

即便到了垂暮之年，人仍然有占有的欲望。人要继续生活下去需要理由。

我赞同天才和疯子相去不远的说法。

忙里才能得闲。只有在纷乱复杂、矛盾难解的条件下，人才可能有开悟的机缘。忙时最不经意，也不觉吃力，故诸事易上手。书法之"无意于佳乃佳"，也是此理。放松状态，最不做作，自然流泻，每合妙趣。

本性——妄想——实践——疲累——麻木——无知——有觉——本性……这是一个人一生必须经过的修炼过程，经验必须自己体验，所谓见性明心，亦此也。

人的欲望，都在超声速地行驶。得到，便失去。

"生死疲劳，从贪欲起。""少欲无为，身心自在。"

因为快乐之劳而疲惫，容易调养；因为欲望之苦而困顿，不能休息。求好、求名，都是贪欲。

纵欲，是痛快的、快乐的；能禁欲，是崇高的、高尚的。

患得患失，是一般人的心态，尤其发生在对待地位的态度上，于是不得已而做虚情假意的事情。所谓无欲而刚，谁能做到？他必须自己拥有足够的东西，起码心理上是富有的。

知人善用，是本事。

谋利的心态急，而工作的效率低，是现代"人才"的通病。

灵感的怂恿暗示，期待心境的平衡与确认。

不成大事是因眼中皆小事。

干自己喜欢干的，是人才的一个标志。工作环境塑造人才，吸引人才。

北京，高级人才的比率也许要高于 1：4000，这无疑是社会分工细化的结果。对照 36 岁去世的莫扎特和 31 岁去世的奥地利浪漫主义作曲家舒伯特，可以思考人生的短长和意义。

天下才人甚多，只是没有太多时间与机缘相识。识而不合、不用，又何益哉？

有责任之人，自奋蹄而前，得此等人以用之，是老板之福气也。只是老板不可

用人过度，累伤人也。倘遇此等人才，当善待之，善用之。

用人之术有抓住把柄之说。给人机会，他就有犯错误的机会、受惩罚的机会。

物尽其用。老古董，其价值在古；新衣服，其价值在新。

人尽其才。可以用智、用勇，还可以用贪、用愚。

力量，最有意义的是用于保护，而不是破坏。韧性，是任性之一种，但要善用之。

用人之道，在于因低就高，而不以因高就低。人有上进心，即有欲望使然也。

用人之道，其意无穷。既重其长，又不忘其短；长短之用，在乎妙运。如放风筝，其强其弱，总有固然，擒纵自如，高低可见。至如一物，无欲而刚，何所用焉，遑论长短。

新手要培养、指导。具体环节的处理是很不容易的，管理落实到"人才"和"最简单劳动"层面，最实际，也实用。制度管人，而不是充分发挥，否则就人财两空。

"就业"的意义是什么？五成五的就业人才遭受"陷阱"，就意味着五成五的公司因为找不到合适的人才而不断换人。用人单位需要的人才，是需要关系广、有实际工作能力、能挣钱的人。

资源好，未必能用好；地一般，得其善者而用之，收获可观。

崔自默 绘

成功的不一定是最好的，但一定不会差。

"山到成名毕竟高"。走出来的人是幸运的。

别总把自己当成最好的，也别总把自己与最差的比。

被用在墙上的钉子，不见得是最好最新的钉子，只是被方便地发现了，用上了。被用，是好事吗？

所谓开新面者，不见得是最好的，但一定是最早的。

大家都有机会，就等于机会都少。

同出一源，旱涝不均，其各有缘，自是道理。

成本低而成功，才是精明；不能成功，也并非不精明。

时尚，尚时也，抓紧时间折腾也，不悠闲以耗费时光也。

为方便诗兴与浪漫铺陈，颠三倒四在所难免，意会势在必然，自然而然。暗示穿越感、意识流、观念风，读之有创造性咀嚼的愉悦感。凡人畏果，忽略隐忧。跟风易，发觉大善知识难。艺术灵感来自哪里？问题太大便不是问题，可省略了。无形无隙，无比深奥或莫名其妙。

曲折是失败者的解嘲，是成功者眼里的风景。

目标是方向，不是距离。距离虽长终可至，方向虽有不能达。

曲折，是为失败者准备的；失败者最后看到的还是曲折。曲折，对于成功者而言是不存在的；在成功者的眼里，曲折是不可缺少的风景。

功亏一篑与彻底失败是一个结果。

不要浅尝辄止，因为只有坚持才能成功；要浅尝辄止，因为走下去永远到不了边际。

多才之人，其可能取之路径必多，倘若彷徨踯躅、犹豫踌躇，却反被其聪明耽误，不能成功。

有追求，是幸福之事。在艺术上、在生活上，只要有目标，就是幸福的；只要能坚持下去，就会不断趋近目标，就有了成果、成就。

其实，人生于世界，没目标便随处是目标，便是有最大的目标；而有目标者一旦实现目标，便须重新设立目标，如果来不及，就失去目标，一定陷入困惑。所谓"触眼无非生机""到处春光"之语，即言明看破与放下之道、随缘与自在之理。有最终目标的人，就是成功的，不论是否真的实现了。

人都求好，却未尽然。走路，都会，也都有各自的道理，但是目标怎样、结果怎样，是有大差异的。

崔自默 绘

二分法是必然的。岔路口，最少的情况是有两个可选择的方向；只有一个可选择方向的是直路，不是岔路。走错路的原因：一是岔路口多，容易选错，此为客观原因；二是没有明确的目标，或者虽有目标却不知路线，常有出入，这是主观原因。

有所牵挂，也是一种幸福。

看破、放下，是为无情乎？

农村生活对在城市中生活的人来说是一笔巨大的精神财富，很多人是不具备的。在农村生活的经历，是我一生受用的，包含着人与自然最亲近接触时的感受。去郊外，看到有野花开放，远近大地一派生机，感受到自己心中有这片土地，并由此而储藏着巨大的幸福因子。

人的幸福感，是以其经受的痛苦为衬托的。登高，才能望远；但登高，要费力气。倘若不想费力气而登高，就需要其他付出，比如坐缆车，一要付出金钱代价，二要承担坐缆车的风险。

幸福是你自己的主观感受，同时接受既有的传统标准的衡量。

不真者不能明白幸福，不善者不能拥有幸福，不美者不能创造幸福。

生活经验是幸福的基础，急不得，要水到渠成。

桃花源因误得入，可惜不能复入。

专心，就是专业。专业 + 敬业 = 成功。

如果只做一件事，应该做哪一件呢？目标太多，等于没有目标。发自本性，是风格之宗。

我可以不专一，但不可以不专心。人可以与同龄人进行对比，但更重要的是与昨天的自己进行对比，要不断超越自己，自己崇拜自己。围绕两个中心的转动，是很疲累的。闹心、分心，用心不一。以两心为中心，是"患"也。

一以贯之，从一而终，适合于事业。成于一而败于二三，因为多则惑，则迷失于前进之路。没有方向感而能到达目的地，寡矣。

做学问不妨要时时做笔记，因为一心难以二用。任何人都如此，所以需要养成好习惯，就不容易忘记事情。

认定目标，就一直干下去，像排队一样，总有轮到你的时候。如果你心力不稳，串行、改行，朝三暮四，最后，你什么都不是，一无所获。

治理，需要圆活、智力、兼听、平衡、怀柔，更需要专心，要全面而不可支离。

下不了决心的人，是痛苦之人；下决心而不能坚持实行的人，是不能成功的。

敬业之人，大抵都是心性踏实的，不好高骛远，有一个安定的职业就知足，不似好多心怀大志者，永远希望向上爬高，自己累，也不见得能做好本职工作。

事业，公而大。事业，不是事情，也不等于职业。《易经》中云："举而措之天下之民，谓之事业。"事业而乐趣，殊为难得。

再美妙的事情，一旦职业化，就累了。

艺术的目的是什么？人人可做艺术家，但社会分工不同，专业与职业有区分。

即便是专业的大学和研究院，也不可能期望所有学者都有出息。专业沦为职业，实际上很低俗。

穷人家的孩子，自己在生活中教育自己，提高能力。富裕条件下的孩子，不易在平日生活中培养能力，所以只能在遇到困难时醒悟过来。"严父出孝子"，是急迫地让孩子面对困难，以使他有在困境中自立的能力。

人日常所做的事情，大多只是为了生存，是职业，不管他多么有成就，他个人都不能代表他所从事的整个事业或整个行业形象。今天的文化市场和艺术商品化，应该从这个道理中体会出值得借鉴的营养。彼此说坏话，毁掉的不只是别人的饭碗，大家都这么做，整个市场受损失，连自己的饭碗也最终砸掉了。

不专心，只能做职业，职业是混饭的工具。

本事应该是第一位的东西。混饭，混谁的饭？自己是自己的老板，自己混自己。

米开朗琪罗为了一件雕塑，他要亲自参与选石材、搬运巨石，几乎丧命。在创作《哀悼基督》时，他好几个月没有脱衣服，当年，他年仅23岁。他偷偷地把自己的名字刻在了圣母的衣襟上，他相信自己能与这创作一起不朽。用了两年半的时间，1504年他又完成了不朽的《大卫》，他相信，大卫被禁锢在石头里，他要做的工作就是把大卫从中解放出来。在创作西斯廷大教堂天顶画的日子里，米开朗琪罗付出了什么样的辛苦，可以在那不朽的杰作中找到答案。米开朗琪罗的遗言更是堪称绝唱："我后悔没能在有生之年拯救自己的灵魂。"直到临终之前他才懂得自己的职业。那时，体力劳动与艺术创作竟然能如此完美地集中在一个艺术家身上，简直是奇迹，也是敬业的一大象征。拉斐尔、达·芬奇也生活在那个时代，他们之间也有竞争。

差一点就是整数，是犹太人标价的技巧，其原理似乎是先通过视觉浅层次的认可，然后影响心理，最后实现购买行为。消费者糊涂的消费行为在商家清楚的心理逻辑分析的预计之中。

关于学习选择专业，应该有如此考虑：一、艺术和人生是合一的，都是自己的选择、自己的命运；二、出国留学可以体验一段有意思的生活和学习经历；三、任何专业基础都是为未来做准备的，当然，所学未必所用；四、学习是终生的事业，前景也随物质与精神的双重作用而变化；五、景观与室内设计专业的学生找工作容易，可是自己当老板则需要社会关系和资源嫁接的才能。

[意大利] 米开朗琪罗 雕塑

不专心成不了事，太执着也成不了事，因为到一定阶段需要变通、改革。

自己需要是个人消费，大家需要才是市场营销。

一流的服务营造一流的市场。网络邮件与空间就是这样的思路，让利于别人，成就自己。

到处想占便宜，等于自己堵自己的路。等很多人来占你便宜的时候，证明你有了价值，你就成功了。当然，你要实惠，要核算成本，不然会干涸。

"说你行你就行，不行也行。"说你行时，你得到重用，有了发展的条件，也会促发成功。说你行的人要行，但为了取悦而付出太大，会后悔。

成功与得手，内容一致。问还是反问，要用心区分。心理无意识，什么不是废话？

文艺作品既出，作者不复多顾及之，至于有读者批评说道则为当然，无人搭理亦为当然。故知作品虽是自己之事，然在公开之际，亦当考虑后果与影响。

小成功，靠朋友；大成就，靠对手。

每个人都在推销自己，只是技巧不一样，成功率有高低。

A 和 B 两个集合，A 在占有 B 的同时，B 也在占有 A。当然，这过程有主动与被动之分，可是主动与被动也是在不断转化的。

没有办法解决的矛盾，不称为矛盾，不必解决。对立的双方，力量不会均衡，自然会有结果。

总是想着有自我，最终失去自我。春种秋收，不舍无得。

被人利用，有时才能得逞。成功之人，往往事多劳累，脑供血不足，于是健忘。久而久之，债多了不愁，诸事不放在心上，看起来便是大度、大气。

第一等可爱之人，往往又是第一等可恶之人，因其性情所至目无旁顾也。

能屈能伸，能出能入，能高能低，始能称大。

遇之不踌躇，大胆而为，以为机不可失，难以复得，到底却留下遗憾。只要只争朝夕了，办也遗憾，不办也遗憾，遗憾是最后的必然。

真正放得开的、浪漫的、天真无邪的、模样雅致的读书人，很难有缘一见。

见识、学识、知识，此"三识"可群分乎人，可区分读书人的层次。

你能说明白，是因为人家能听明白。

不正常的东西，总是以复归正常为结束。

远处的风景，看不清楚；当看清楚的近距离来临时，很快却又过去了。

被刺激与被鼓励，是一样的力量。

有时兼得是两全其美之事，有时兼备则什么也不是。

情欲之妙，推拒之间，得手之际，便成憎厌。法国人拉罗什夫科说过："爱就其结果来判断更接近于厌憎，而不是友谊。"得失相间，退步是向前，即此理。

真正的独立是科学思想，而不是自由精神。

从问路可知一个人的逻辑能力，也可看出一个人的处事、办事能力。

能站到巨人的肩膀上，就已经证明了他的不凡能力。

只有与众不同，才能出类拔萃。信然！别人都认为的"完整""好看"，恰恰是都不能取胜的阻碍，毕竟普通人多，而独具慧眼的、有创造力的人是少数。

独立文化人几乎没有。牢骚也是批评？审美批评需要标准、资格。标准有正误，资格有大小。

我认为作为开风气之先的一流学者，应该有自己的衡量标准：一、独特的学术主张，二、独到的学术体系，三、独立的学术标准。

思想不来源于脑袋。思想存在于自然，形成于头脑，传达于语言。

只要是灵感的东西，就有鲜活性和独立存在的价值。

先见一步，早退一步，为明哲之士。

人平常已经习惯了听自己嘴巴发出的声音，所以在听录音时有些不适应，甚至讨厌，这便开始觉悟到还有另一个"我"存在。人都带有自己的方言、口音，但这并不妨碍思想的传达。思想的魅力是超越语言的。成功的人，往往以继续说着自己的乡音为荣耀；而一般的人，则要用普通话与他人交流。

远离俗流，立定精神，保持独立的生活方式，是一种高贵的象征。倔强地保留自己的个性，是一种高尚。

王国维的辫子，极具独特的审美价值，那是他追求独立意志与人格的一个符号。叔本华及尼采对王国维的思想影响甚大，尤以"独立意志说"为最。尼采彻底否定传统，王国维却没有，他心中有自己的道统。叔本华指出天才的意义，王国维也崇尚天才。王国维的行为与其性格有关，与其学术无关。岂止王国维？所有人的命运都与其性格有关，其他因素只是外在的、次要的。

智者是思想者。思想者的表现是时刻动脑筋。

不要小看会动脑子的人。日常善于思考的人，宛如下棋可以看出好多步的人，其胜算概率大。当然，思而后行。

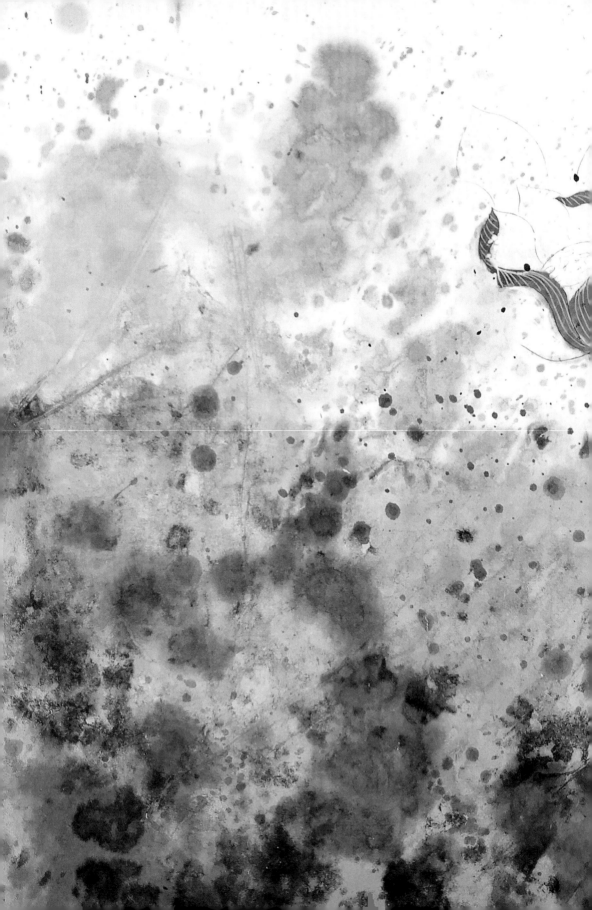

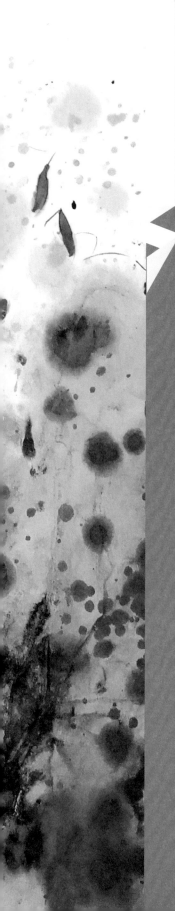

习惯，
很要命
又很好玩

出新意于法度之中，寄妙理于豪放之外。
——北宋书法家、画家苏轼

艺术越摆脱教训，便越取得大公无私的纯粹之美。
——法国诗人波德莱尔

篇五

奇特、怪异，是相对于普通而言的，是指言行必有不合俗常的逻辑者。

话多且中听的，很少能讲信义，注意这"很少"二字，是概率统计的结论。

精英的背后，常有人格的缺失，亦古来不能两全的事情。

"大辩若讷"与"巧言令色鲜矣仁"，从两个方面研究言语表达可否两全其美，既为大辩、巧言，又能不讷、不令色。所谓"鲜"，即少，并非否认其可能性。

发生还是不发生，都不是绝对的。随机事件 A 发生的概率 $P(A)$ 的值域为 $0 \leqslant P(A) \leqslant 1$，即一定在 0 和 1 之间。很多问题没有那么复杂，生活中的概率要比理论上的低很多。比如一个女人，她在全世界数十亿男人中找到合适男人的概率是 $1/n$，（n 是她所认识的所有男人数），有时才几十分之一，遗憾。

无绝对之正确，其意思即相当于无绝对之不正确。"无价之宝"，可以不值钱，也可以很值钱，约定俗成很重要。"你说得绝对正确"——用这句话来应和与赞扬人，无疑使人感觉很高兴，但无疑又是一个讽刺，因为天下没有绝对的事物，所以此时站在一旁听来，甚为滑稽。

"吃饱了"的定义：到了吃撑死的时候。"饱"与"不饱"是相对的概念，不具有绝对意义，它们都只是一种感觉而已。

很多判断在"当下"。没有绝对的被动与主动。所谓主动，亦有动因在，则其又为被动者。

"谁拿锄，谁定苗"，说的就是执事者行为的重要性和主观性。"用人不疑，疑人不用"，指出用人之难和相对的自由性，如此可相对充分地挖掘人才的潜力。跳槽会发生在好坏两类人身上。

纯粹的客观与纯粹的主观，都不可能存在，所谓主观是相对于客观而言的。

成就大艺术，需要性与功俱佳，但能否用功，在某种程度上也是性的表露方式。

哪里存在绝对呢？只能在相对中获得，否则，在追问中继续不断地失去，最后唯得遗憾。

绝对与相对并存，譬如轴与珠，珠虽灵活滚动，但不离轴也；珠不动，轴即废。

无所谓必然与偶然，因为"必然"与"偶然"的概念很难明确。没有绝对的必然与偶然，或者说必然就是偶然，偶然就是必然。

绝对没用的东西，是什么？任何存在，一定与周围的环境形成一种依赖关系，即所谓生态环境。所以，任何一个东西一定有它的用处，只是你没有认识到。同理，也没有绝对有用的东西。

钱如水，不流到这里，就流到那里。哪里最需要水，客观上不能进行绝对判断，主观上更没有绝对的衡量尺度。

聪明人知道应该顺应天意，不违时势，所以能出入自由，达观对待，遇到如意的事坦然接受，碰到不如意的事也不怨天尤人。

天底下没有不是"双刃剑"的东西和事情。比如生育，生多了有家庭的乐趣，同时也伴随着家庭的麻烦。

清晰的东西看得清楚，所以就显得小；混沌的东西摸不着头脑，所以就显得大。

每到万难须放胆。

不能离开和不愿放弃，在必须决定的十字路口，人宁愿放弃选择以及随之而来的痛苦。

"无欲则刚"，无欲了，就没有了"一定"或者"必要"，避开了为生活所迫的选择；只要选择，就有失误和使问题复杂化的可能性，甚至产生和连带出恶果。

选择与放弃，是人生路上两大要事。遭遇选择，平地起波澜，是人生的一种痛苦。之所以遭遇选择，是人性欲望使然。

好事、坏事都是事，都需要费心耗力。"别无选择"是无奈而愚蠢的，智慧的表现是思考"选择"的意义。

离与合，却两说。分道扬镳未必因感情不和，是目的地不同。

人生旅途很长，在任何一个转折处出现闪失，都不可想象。人每天都在吃饭，每一顿饭都关系到生命，但哪一顿饭最重要，已经忘记了。

人生之路，要走过很多路口，所以必须一个选择接着一个选择，几个拐弯后人与人的差距就大了。

得什么，失什么，应该合算。得大一而失小百，不为失也；得小百而失大一，不为得也。

人生旅途至于转弯处，遇有暗香浮动，趋避之间，有吉凶焉。

人生选择总是在相对平衡中完成的，没有绝对的正确与错误。

选择都认为正确的道路是容易的。不屑于选择正确，是一个人个性最自由的时候，也只有在其大成功的时候才可以主动这样做，甚至是为了快乐而选择错误。不后悔，是成功人生的一大标志。

选择与放弃同时发生。面对选择，"决"而难"定"。机会多了，才可以选择；但如何选择，不是可以绝对决定的。机会同时拥有，也意味着同时失去。

敢于选择错误，是大勇，也是大愚、大恶，如果以牺牲更多生命为代价的话。

"即使再愚蠢的人也会有更愚蠢的人去崇拜他。"

快乐有很多层次，能拥有但可以舍弃，比起本来没有希望拥有，是否有档次一些呢？

同与不同是相对的，在一定的概念范畴之内有意义。比如书与画，其同都是美术、艺术，其不同则在于细致分类到视觉艺术中，与摄影、雕塑、装置、剪纸等并列之时。

[明] 唐寅 绘

好，是相对的，还有更好的，所以不能一山望着一山高。

事发生之前，要认真对待，争取好的结果；事发生之后，结果不能改变，便认真不得。

堕落与升华，是相对的，因为在宇宙的空间里，无所谓上下高低。

艺术家也有自己的相对论。莎士比亚说，"最穷的乞丐也有多余的物品，还是让本然回归本然，人原本就是动物"。尼采说，"奇装异服使艺术家看起来更像艺术家"。

人生有限，阅历有限，没有"最值"，只有相对。

规则越来越明细，甚至近似严苛，对于粗制滥造、浑水摸鱼、鱼目混珠的小艺术可能是坏事，但对于大艺术而言却是好事，是展现优秀才华的大好机会。

秩序是发展的基础，但混乱也是商机四伏。文化市场虽然竞争激烈，但游戏规则日趋成熟，特殊的现象有特殊的原因。

天下名利，公器耳，能者多取；既取，就要承担失去的风险。

打工的都想当老板，当老板的都想要踏实的员工。打不好工，也当不好老板；当得好老板，就要有打工的精神。老板和员工也是相对的。

"善亦懒为何况恶，富非所望不忧贫。"唐寅此句特见禅心。何为善恶、贫富？其都是相对的。

聪明人懂得照镜子。回答别人是谁，是相对容易的，而回答"我是谁"，是至难。

暑极则寒，寒极则暑，天理。游则思居，居则思游，人道。游与居、高与低、有与无、好与坏，都是相对的。相对，每每由心。

不管世界的本态如何，起码现在的自然是有序的。人心的"有序"，即对道理和规则的认知，在无序中梳理有序，一定累。

坚持不好，就是能坚持好。持此方不好，即持彼方好也，正谓"失之东隅，收之桑榆"也。

天平的失衡，一定同时存在于两个方面：此一方重，是因为彼一方轻；此一方轻，是因为彼一方重。

近距离产生的，可能不是美感，而是摩擦。

所谓"广结善缘"，良好愿望而已，两人以上就麻烦。"一日不见，如隔三秋"，此言好友相思之心情；"三秋不见，如隔一日"，此言好友交情之境界。弘一大师的"君子之交，其淡如水。执象而求，咫尺千里"，是对人情与事理的通透认识。

缘有善恶，知恩图报者不多；俗人多急功近利，难能自觉自省，善始善终。倘遇初生牛犊不怕虎之徒，升恩斗仇，做糖不甜做醋酸，成事不足败事有余，则得不偿失。

踢一脚、抢一棒，他将来有出息了，犹可把你当作励志贵人；没有出息，便会怀恨一生。逢人便夸，嘻嘻哈哈，即便虚伪无聊，毕竟自家不吃亏。

"盖座茅屋留客住，开条大路与人行。"这是平常心，不必刻意攀缘。平常心、平等心、敬畏心，应当时刻保持。

"二人同心，其利断金"，结一善缘已难，更毋言广。所谓善，一则为好人，二来要比自己强，否则无多帮助，反生变故。

朋友圈子，是一个人的生存环境，其质量好坏，直接影响人的生存状况。互相宽慰、鼓舞、关怀、支持，就是良性的圈子，否则，就是恶性的人际。如果处理不好，就转移，何必在一处较量高低、一争高下呢？

人之缘分，常与距离远近有关；然则兴趣之所为，却不在乎远近也。"远亲不如近邻"与"穷在闹市无人问，富在深山有远亲"，正言此"远近"之道，其实本质在利益需求，钱字其中。

人与人之间，物理距离可以借助一些条件使之很近，但心理的和地位的距离则是很远的。

总不见面会疏远，但是人要关系和谐，就得少见面，多日不见则感觉亲切。

轻诺寡信：如果不想失去朋友，就不让他许诺。

能离间的就不是好朋友。朋友之间，恩不废礼。不见外，容易疏离。好朋友最易误解。

随便发誓是幼稚的表现。人难免于迷，然不可执迷而不悟。敢于反悔、失言、弃小义，也是一种成熟。

我心所累所苦者，唯在于不能践我所诺。"诺"者，为妄言之所苦者也。

成熟的人不玩虚荣，因为"一诺千金"，"君子一言既出，驷马难追"。这些都会成为代价。

以利起者，倘利不逮，其事必坏；不以利起者，名既成，持既久，利亦随之。朋友久了就是钱，开始为了钱就没有朋友。

有永恒的利益，也有永恒的朋友，只是很少遇到。不做朋友之间的"掮客"，因为既然是交易，就一定不能完全公平，难免陷于不忠不义之名。

人生有了"够意思的哥们儿"的鼓励与鞭策，才觉得有了继续努力前行的必要和力量。

好朋友之间总是遗憾没有时间见面，
其实是把更多的时间给了陌生人。

"四十不交友"，不仅仅因为四十以后所交者往往出于利益关系，更因为四十以后心态成熟，自给自足。真诚为你鼓掌的朋友不会多，除非你够级别。

友情何其重，相期何其重；不怨君无情，君自有难处。知我者恕我之直，知我者可为我之友；不知我者不知我之意，不知我者何必与之游？

交友须慎，因为获得秩序难，破坏秩序易。在你达到一定的层次之后，就会发现能真正与你交流并相互促进的人其实越来越少，于是你不断感到失望、后悔，本来是可以与好朋友好好享受生活的。

困难面前，最见素质。困难，谁都有，与生俱来，只有面对，只有解决。有困难自己解决，这样可以锻炼和提高自己的能力。轻易不要请求朋友的帮助。他不应允，你便容易疏远他；他若慨然应允，有时则会纵容你犯下一个你本来可以避免的错误。成全与破坏、帮助与陷害，其因果有时是先茫然而后清晰的。

亲友之间，发现问题即可提出，切不可平日知而不言、憋闷于胸，最后和盘托出。如此，一次算总账，伤害感情，言尽而情绝，即便勉为弥补，亦心有挂碍而感情不复如初。

所私因有欲，愤不能休者。心系时时累，敢问命当奢。

我们很多朋友总是没有机会见面，都说忙，其实也不至于忙得不能见一面，只是没有什么一定要见面的事情。大家各自忙着享受自己的生活，是对的。

认识的人很多，能在感到孤独的时候想一起聊天的朋友却不多。人们需要的是聪明的还要能保护自己的朋友，能成人之美的朋友。

有的朋友，只可以共苦，不可以同甘。一起努力时还可以交流，等成功了却不能一起玩乐，只因心态不正，滋生事端。既有益也有趣的朋友，非常难得。

你总是批评、打击、提醒、督促别人，
虽然是对他好，但也会令他疏远你。

"再忙，也要和你喝杯咖啡"，多温馨的一句话。

人际关系是第一生产力。能为朋友做些事，也许是最直接的选择理由。但为哪些

朋友做事呢？做什么事呢？事在人为，会用人，还总得需要自己付出劳动。

自己基本上愿意吃简单的素食，可惜朋友来了，你就不能吃那么简单了，否则会让人家误解你太抠门了。

顺便赞扬别人，别人感激你一生；顺便贬低别人，别人记恨你一生。

背后说人，有百害而无一利。见人就夸，还要夸到位，否则就是虚伪。

认识的人可赞扬，不认识的人中的优秀者更应赞扬。

永远在背后说人之好话。试图用语言伤人，是愚蠢之行。企图抬高自己，更是愚行。

如果有人来说是非，可以直言相告："他是坦荡磊落的君子，我们是好朋友，互相崇敬，他不至于心胸狭隘，更不会骂我。"

有人来挑拨，可语之："他怎么可能骂我呢？不可能。我俩什么关系啊。他对我好得很呢。"

离间计，是三十六计里面很阴毒的一招，是"无中生有"这一高明之道的庸俗用法，因其实际无，而脑子里有，有无相生，想象力大，却又不好验证。挑拨离间的毒箭往往来自周围近距离接触的人。挑拨离间者，一定是知道内情者，否则完全是无稽之谈，不着边际，不能使人相信。

疏远，总是从外到里再从里到外地恶性循环，离间计总能得逞。只要有线索，总能编造出合理的故事，使人生疑。越好的朋友，越容易被离间，越会觉得去调查或去当面对质没有意义。

神户小牛之听音乐、喝啤酒，与西班牙小牛之娇生惯养、有脾气，都是最终被人宰割。

中年人总会感觉孤独，因为上有老下有小，"周围都是要依靠他的人，却没有他可以依靠的人"。

有些事情不挣钱，但因为愿意干，所以要干，比如吃饭、爬山、睡觉；有些事情不愿意干，但因为挣钱，所以也只好干。

名士风流、社会世故，可以促发学问，从肤浅的纸面升华到大脑，深入内心。

我们不能把自己想得太渺小，那样会感觉不到生活的乐趣；同样也不能把自己看得太重要，那样会时刻感到疲惫不堪。如果能选择更科学的判断，也许会使我们摆脱非彼即此的尴尬。

"当生活把一个人推向成熟的门槛时，他会产生柔弱的感觉"，米兰·昆德拉此语细腻生动。

学习有多途，取径其性之所近者，最易见功。

在不知不觉中渐行渐远。性格的一大表现为兴趣，而兴趣则是生活的趋向，亦是命运的实际取径之所在。少年时偶然扎下的兴趣之根会影响一生。

学校的生活环境，很超脱的样子，是人一生中在象牙塔里度过的幸福时光，但是终归不能总在校园里。学习是终身事业，而学生总不能算是一种职业。

偶尔的一次讲座，可能改变人生道路的取向，当然必须是针对有心人。

"草莓族"，现代条件优越的大学生，往往福祸在眼前而不自知，那不是他们本身的错误，那是个人与社会融合、主观与客观双重作用下的复杂现象。

学生都好玩，那些对周围事物漠不关心者一定没有出息，因为他没有接受和吸收新鲜事物的欲望和能力。

快乐是目的，要达到这个目的，有时需要采取不快乐的手段。之所以提出"寓教于乐"，是因为它是一种理想的方法，当然也就意味着不见得能实现。

大学校园的气息是生机活泼的。大学的讲座看似偶然，但也许对学生有一个潜藏的激发作用，焕发其某一方面的天才和兴趣。这种作用的巨大，只有在他自己过了若干年之后才能认识到。

演讲不仅对眼前的锻炼勇气和培养能力有作用，更对将来走向社会有巨大作用。

考研究生为什么一定要考英语，是一个有争议的问题。但是，总要有一个硬性的标准来选拔人才，谁都容易掌握的东西成不了硬标准。何况，懂英语不是什么坏事，学会英语而被选拔出的人才中，优秀人才也是很多的。

学术研究若沉迷于文字游戏，总难免雷同。

作为导师，自身的见识与修养对学生影响很大；老师有责任心是应该的，但现在的学生心散了，不好管，也是现实。

"代沟"既然存在，就不能听之任之，那么，大学生应该如何来引导，是一个值得思考的问题。等他们成熟了，当然就好了，但既不能坐以待毙，也不能拔苗助长。

艺术沉思录

崔自默 绘

改变习惯，虽然不易，但比起最终命运之不济
这一后果来，要快乐得多。

生活本来是很普通、很随便的，只是很多人不愿意承认它。

你的经验和才能来自你的生活历程。生活告诉你可以做什么、不可以做什么，它强迫你改变你的性格。

习惯者，生活之全部内容也。

"天命之谓性，率性之谓道，修道之谓教。"《中庸》开篇这句话，指出了命理之学的科学性。命，由你的性格决定；你的性格虽然难以改变，但可以通过习性与习惯体现出来。所以，要改变自己的命运，就从改变自己的日常生活习惯开始。

什么是生活的品质？长时间使用硬毛巾还是经常更换柔软的新毛巾？虽有卫生问题，但究竟不分高下，习惯而已。

习惯是很要命又很好玩的东西——只要得寸进尺，养成一种习惯，便好办了。

时刻督促自己，时刻保持习惯，就是"渐渐"，具体到实践中，很有益处。一天天习惯下去，糊里糊涂，三万六千天就过去了。习惯，要养。养，如养花、养鱼，虽轻松，但不可大意。一点点、一天天进步，从现在开始，脸上多一些微笑。保持住，一分钟、一小时、一天……就习惯了。如果能坚持一会儿就改变一个人的习惯，那就轻易地改变了深奥的命理，怎么可能呢？这也正从侧面证实习惯的改变与形成的不易。

常规者，合理也，客观也；打破常规者，不合理也，主观也。很多东西不尝试何以品尝生活真味？只有敢于打破常规、为人之不能为者，才能有所成就。一成不变、墨守成规者，岂能出人头地？人都拥挤着去干的事，你就不要去了，你只要选择一个很少人尝试的事，把它干好，就可以了。

你可以选择省力气的道路，比如平坦的道路；你可以不登高、不望远、不费力气，那是你自己的事。登了高、望了远，到底有什么用？如此问，无法回答。

不管什么路径，结果都是一样的，你不可能登高了而不再下来，总是要回到平地的。

仇恨是内心的失序，所以很难忘掉。

丑恶、失序的形体，可能令人过目不忘。人难以摆脱伤痛的阴影，甚至会反复咀嚼，

类乎上瘾。

人对于切身的至乐和恩情，忘记得竟那么快；但对于痛苦和仇恨，却永记心头，所以活不久，这大概是人类的天性导致的寿限之一。

命好、命大，有偶然性。各人有各人的机缘、福气。如树，或好或坏，都有其各自生长的地方。

百年相对于无限的时空而言，简直什么也不是。那么多好的事情，为什么不记忆呢？既无补于过去又不利于今天的事情、既不利于自己也不利于别人的事情、既不利于团结也不利于友爱的事情，最好不谈、不做。

在困顿的阶段，只要不出事、不翻车、不抛锚，待上大路之后，才是加足马力前进的时候。《易经》中云："龙蛇之蛰，以存身也。"人一生大多时间会在低谷，此时态度当静而不躁。

生存的幸福就在于保持一种宝贵的心态，包括品味幸福。

看破而不颓废，是为大仁大公。

在历史的时间长河里，一切都显得那么渺小，无论当时如何伟大、如何风云的人物，最后都只化作照片，被后人任意评论；这些或好或坏的评论都与他本人当时的生存状况无丝毫关系了。

袁枚在《随园诗话》卷首六十八，记有一首寒士所写的诗《遣怀》："我口所欲言，已言古人口。我手所欲书，已书古人手。不生古人前，偏生古人后。一十二万年，汝我皆无有。等我再来时，还后古人否？"这其实就是袁枚自己的感受，是天下所有具备卓见者的遗憾，也是卓见者应该看到的事实。荣枯之场，生死之门，颇堪看破。

人才活百年，才阅读百年之事情，其所有想法，古人一定有人想到过了，只是没有说出来；或说出来了，但没有记录下来；或记录下来了，但没有成书流传下来；或虽然流传下来了，但你没有看到；

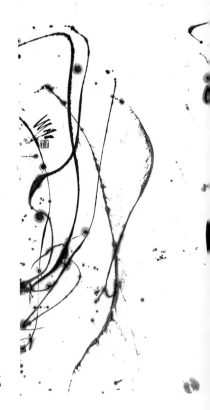

或你虽然看到了，但没有理解；或虽然你理解了，但你又忘记了。总之，说"空前"等于痴人说梦。说"绝后"，更是莫名其妙。人能活两千年吗？两千年之后的世界是什么样子能说清楚吗？不可能，就是两年后、两个月后甚至两天后的事情都说不清楚，更别说百年身后事了。

今之所见俗常之人，或操贱业，或正春风，以前代如何如何、出自名门望族为荣耀，惜乎皆已为云烟矣，与你何干？

人都有陋习、恶习，不可"五十步笑百步"。不比较、不计较，是美德，也是使自己心境舒泰的良方。

与人交往，一要不比较，二要不计较，做到此两条，可得心态平衡。

余心亦有"不平"二字，曰：不比较、不计较，平等心、平常心。

你总不能平衡自己的心态，遇到事情总不克制自己的脾气与态度，当然就会停滞不前，不能向一个好的目标发展。要按照自己的感受调整自己的标准，不要强与他人

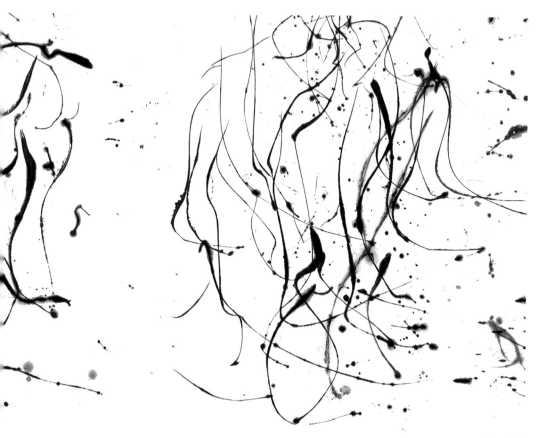

崔自默 绘

比较、计较。

"他能跟我比吗？"——不能相提并论与可以相提并论，是层次递进的。

老鼠能跟大象比吗？论个头当然不能，但论钻洞，大象能跟老鼠比吗？

1% 的实践，抵得上 99% 的理论。

吃粮食，种粮食，几乎是生存的全部。粮食，是个概念。

很多东西都是概念。生死事大，生死也是概念。人畏死，只是害怕这个概念，从小到大不断听着，就被吓坏了。

人类赖以生存的地球一旦不能承载人类和其他生物，夫复何言？

我"恨活儿"——总想一下子把活儿干完，所以坐下来后就很少休息，这样不好。

明明知道有很多事情可做，但因为害怕疲累而惰怠之或者提不起兴趣，有兴趣做的事情却偏偏是没有什么意义的。在工作中，只有同时分享快乐，才不感到疲累，也才容易有成就。

"好人才写日记"，此一"好人"概念，别有深意焉。

凡俗的平常事情，即大道理，实践它就能成功。

省事，则省心；放心，则自在。

起初，心有多大，舞台就有多大。你觉得世界与你有关，你就拥有了世界。你没有兴趣，于是很多事情与你无关。到最后，你发现，很多好东西、事情、人物，是与你没有什么关系的。这倒不是自私与灰心，而是豁达、放下。

俗人患得患失、自以为是，因而受伤，只能经历反复磨炼，最终化性。若以为有付出，就应该有获得，尤其应该获得尊重，则遇批评而不悦。不能放下自我，置身最低，何以得道？

人把自己看得太重要，就活得累。

难能可贵，得之不易，才珍惜，故享受过程，以当下感觉为是。

大家在一起比谁的经历曲折，值得羡慕，可以从侧面体会逆商的意味和重要。

一个没有非常不凡的生存体验的人，其精神的高度可想而知。

不必费力去化解别人对你的嫉妒心，这根本就不是一个问题。让你的日子比他过得还惨，你肯定不愿意；让你置之不理，你心里还过意不去。人之做事，总不注意生命之本，庄子所谓"以隋侯之珠，弹千仞之雀，也必笑之"，大概也是看到人在骛逐眼前利益和感觉的时候，忘记了保护生命。

要养浩然正气，而不能生闷气、怒气、怨气。

很多人都是外人、路人、陌生人，与你没有关系，你大可不必为了让他们佩服你，去做一些实际上没有价值和意义的事情。比如做学问，为了让那么几个人佩服你，有可能耗费掉你珍贵而幸福的一生。

"他生未卜此生休"——李商隐咏杨贵妃，岂止一人，乃人类共同之大悲。

你喝酒就醉，不睡就困，不吃就饿，你生气，你不能长生不老，你上街抓不住头彩，等等。这些都是你不能把握命运的证据。

所谓放下、看破、跳出，都是高要求，需要有前提，即，先拥有，先进去，先经过。曾经辉煌而后失败，也值得尊敬，成为上宾。

本来没有，最后有了，是一种境界。本来可以拥有，但不要，更是一种境界。

随时有很多地方可以去，你反而觉得不那么轻易与随便，也许是因为没有特别大的兴趣，或者是因为不一定要去。

"是非不必争人我，彼此何须论短长。世事由来多缺陷，学道求真免无常。"明代高僧憨山德清大师《醒世歌》中有此句，警醒我们不要执着于身外的是非判断，要紧的是关照好自己有限的生命。

[明] 文徵明 绘

好箭，要射好靶子。很多秘密与细节我们有必要去仔细探究吗？何况与我们个人生活质量没有多大关系的人与事呢？

时间非是无情物，无情即公正。

人总忘记欣赏和正确处理眼前存在的事物，却向着更远处张望。忽略，是对珍贵时间的亵渎。

没有所谓的特殊的日子需要等待，因为每天都是特殊的日子。每一天都是需要珍惜和享受的经验，而不是随便地过去。"等有一天"，也许永远等不来。"找机会吧"，就是在失去机会，当然这也是人际关系无足轻重的一句潜台词。

"浪费时间"，做什么事情不是浪费时间呢？做愿意做的事情，大概不浪费时间，但谁又能只做自己喜欢做的事情呢？

冰箱里的汤圆、洗衣机旁的毛衣，总觉得需要特殊处理，于是明日复明日，转眼一年过去，甚至又一年过去。在时间的面前，所有人都得低头服输。

谁也不能永远坚持下去，时间会替任何人为他的不当行为认错。

体验，只能靠自己，只能依赖时间的证明，这是很残酷的事实。

悔恨与泪水，是最大的代价。时间与感情，是最大的投资。

匆匆之间不知多少年过去了，真正让人深刻记忆的人和事有多少呢？又不知多少年过去了，一切都成为云烟。

与各种人交往，完全摆脱没有意义的事情不可能，如何把浪费时间的比例压缩到最小，不仅需要适当的方法，更需要良好的机缘。

时间是最合理的，虽然也许不合你的理。

眼界要大，胸襟要豁，心态要平，言语要和。

伟大的人物也头痛，这时便证明了他也是一个平凡人。

化除秉性，开启智慧，快乐人生。

没有美好回忆的人，是最贫穷的。

随着年龄增长，竟然偶尔怀恋过去曾经有过的无聊的日子。

"我一路奔波到达瓦尔登湖时，虽然已是夜幕低垂了，但我能感到她静谧得很，又明媚得很。她体量不算大，以至于我擦身而过，但我执意返回，一睹其真容。"我知道瓦尔登湖和梭罗，就是从《瓦尔登湖》一书开始。书的作用宛如一扇门，忽然为一位知己开启。随着年龄的增长，我愈加确信，内心强大多么重要，而这种强大究竟来自哪里呢？是无惧于死亡之门吗？

过去的简单生活，往往是最浪漫的；现在的生活虽然更精彩，但已然失去更多。

曲折坎坷之路，虽然对于行走者而言当时是很不顺的，但回顾起来却有欣赏价值。当年我借机偏狭地对父亲管束太严的所谓"批评"，令我至今越来越感到悔恨。

一个人的幸运，绝不是简单的事情，要涉及很多人。一人之不幸，不只是他自己的不幸，与他周围的人与事有直接的关联，此亦所谓生态圈。要成功，首先要营造并进入一个良性循环的人际圈；当然，那几乎是注定了的，也许你在前进中尚来不及体会到它，但当你老了，回顾的时候，可能会认清这一点。

心态影响气血、健康、命运，所以要存好心。语言影响情绪、气场、秩序，所以要说好话。行为影响形象、生存、福报，所以要做好事。如此，才能做好人。

不知过，不悔过，便常在"过"中过，所以叫过不去，所以才难过。

当一个人懂得感恩、知足、乐道时，就会满心欢喜，哪里还有空间去埋怨、抱屈、悔恨呢？当一个人真正看清了自己的不足，反省如何去学习进步时，哪里还会有时间去寻思别人的问题呢？当一个人明白应该为别人着想时，哪有工夫去考虑自己的得失呢？

只知道往前走，不注意回头看，是一大弊病。在回头看的时候，你才清醒地认识到自己走过的路之轨迹，然后进行科学总结。路得自己走，轿子得别人抬。

如意，就是一个回头的样子；只往前走，不知回头，永远不会如意。

人生的轨迹，也许是上苍安排的，注定而不可预测，打破而消亡，奈何？

感恩、感动，是自己对自己的最大实惠与赏赐。

平常的一个微笑，即便是陌生人，也会给他留下温馨的记忆，那不啻是心里萌动的一个梦。虽然也许不开花结果，但那注定是前世的因缘，要懂得珍惜。

瞬间即永恒，在这个意义上，无数的有意思、有意义、有意味的瞬间，就是茫无

崔自默 绘

际涯的时空；也就在把握这不可思议、不可量说的无数瞬间的过程中，积点成线，拥获了永恒。

海枯石烂，地老天荒，看似史诗般的修炼，委实不易。可是，大多数人执着介意于天长地久，却忘记了瞬间即永恒、享受当下。其实，无数的当下连接起来，就是永恒。

一见钟情，是最浪漫的，但是，谁愿意证明这瞬间、相信这瞬间并准备为这瞬间付出代价呢？人们愿意以更长的时间来验证，愿意付出长时间的代价。

可惜，现在，面对一个陌生人微笑，人家或许觉得你有病。今非昔比，人心不古矣。

瞬间即成为永恒，是摄影艺术的魅力。摄影艺术的根本难度，大概有三：一、技术性强，没有好的设备和技巧不能彻底实现；二、劳动量大，没有艰苦的体力与时间付出不能全面完成；三、机遇难得，没有社会背景与知识关系的积累不能瞬间把握。

摄影的美，经常在不经意间出现，是从艺术角度来谈的摄影观。而更难的是具有历史瞬间的那种，它是历史的记忆，稍纵即逝，不可复得。那需要生命的等待与付出，有相当的难度与机缘，要去捕捉、去创造。

感悟——发现——摄取，摄影的机遇专为准备者所设。摄影之妙，亦不在虚实，因虚实各自有妙用也。

好摄影基础于技法，发展于艺术，升华于精神。好摄影启发绘画画面，能小中见大，简净练达；或有水墨构图意识，虚实相间，浓淡结合；或取之风、雨、雾中，律动如音乐；尤有味道者为取之倒影中，纯为虚设，但胜于实际，境界别开。

对于美与成就，人们大多欣赏的是过程的艰难，而不是结果的完美。现代的摄影和后期制作手段的确高明，但过犹不及，视觉和听觉的疲劳不能代替发自内心的感动与启发。

觉悟，只在某个时间、某个角度。

爱情的更多选择也是痛苦，而实际上结果是一样的。人与人的差距本来就小，只是心理的瞬间差距，可入天堂，可进地狱。

心田，是你唯一可靠的值得耕耘的乐土。
其他地儿最是贫瘠，也最容易荒芜。

燕堂沙翁看我的画，说我"基础好"——心田是基础。他说我的花鸟画比人物画好，并建议我直接学习八大山人。对于营养，要吸收有生命力的成分。八大山人的笔墨，通过熟练可以达到，但他的境界，是与他的人生阅历和独特感悟联系在一起的，非他本人莫可。

心田的广阔，将带来丰厚的收获，但心田肥沃，不种粮食就长草。

不时观照一下"我"，也许人会觉悟到更多。每进电梯，看到镜子中的自己，都感到意外地陌生。也许，幽闭之感是在有限的空间里觉悟自我。

真正的财富，在人的心里。心田，是最珍贵最肥沃的土地，可以是物质的，也可是精神的。

居城宜小，名气宜大。承受不起，一世清名。承受，包括忍耐。

你可以对外物吆五喝六，但你不能如此对待自己的心。能平息心火，制服贪念，才是本事。

泊车铁道边，有陌生感，有人在旅途之感。换一下生活空间，可以重新认识这个城市，重新体会自己走过的道路。

很多有学术和艺术才能的人，参加活动多了，就影响了自我存在。

实现自我化性实在之难。于是痛苦，而这种痛苦在正常人眼里也许不好理解或显得伪善；当然这也并不成为"艺术病人"或"婴儿游戏状态"的狡辩遁词，为所谓的个性鲜明、天马行空、桀骜不驯、放荡不羁、特立独行、我行我素等行为而搪塞开脱。只有完全放弃自我，洗心革面，离苦得乐，才可以做善人。

自强不息，厚德载物。

人之不通泰，乃因遇事而太不通理故也。

长得好看，是命好；照片也好看，是运好。总能踩准点，找对空挡，如行路之不堵车而随处通畅，是为运气。

《三国演义》中华容道上诸葛亮与曹操都是聪明人，比计谋，都可以得到对方针对自己策略的判断，但最后的选择与决定，两人只能依靠运气，其实是比命运。因为对方同等聪明，一环套一环，很难完全猜测与预测到对方的意图，于是只好撞运气。

相知君子，最难遇到。法不孤起，道不虚行，互相情境激发，是最好的因缘。

社会分工与杰出个人的问题，是一个值得思考的问题。公元前六七世纪时的古希腊最文明发达时的雅典城邦里，总人口只有40万（奴隶占一半），这里面就有100个杰出的人物，1：4000的高比率，其中就包括"古希腊七贤"：罗德岛林都斯的统治者克里奥布拉斯（名言"适度才是最好的"，与中国公元前6世纪几乎同一时期的孔子的中庸之道是一个道理）；雅典城邦的梭伦（他的立法给雅典城邦带来了政治秩序、社会秩序和经济秩序）；斯巴达城邦的奇伦（座右铭"认识你自己"，致力于监督和制约高官）；小亚细亚的毕阿斯（名言"大多数人是恶的"，世界著名法官）；米利都的泰勒斯（西方哲学史上的先驱，最懂自然哲学）；米提利尼的庇塔库斯（政治家，限制贵族的特权）；科林斯的统治者佩里安德（带来政治和经济的安定，人道主义地限制奴隶的超负荷劳动和贵族的无度挥霍）。

饭不嚼便咽，路不看便走，话不想便说，事不思便做，友不择便交，气不忍便动，财不审便取，衣不慎便脱，《聪训斋语》卷二提及此类事最宜戒备。可惜聪明人反应快，后悔也快，故木讷者反有福气。

要想背得动一大口袋的金子，腰板要结实。只想着吃，不想着消化、吸收，很愚蠢。"天行健，君子以自强不息；地势坤，君子以厚德载物。"《易经》里的这句话此时最有用。努力发展，稳定平安。"厚德"就是壮实的胃口，是享受福分的基础。

贫穷了，遭人看不起；你不行，受人欺负；但是你出头了，又遭人嫉恨；尤其是自己不注意，得意忘形，就更容易平添事端。

"穷大方"，是一个有意思的现象。穷人怕被别人看不起，既无广阔的投资视野，更无长远的发展规划，其大方是精神作用。

很多人生道路上的问题和难题，倘若不能用自己的能力和智慧来解决，还能企图在学问或学术理论上有所开悟、开拓吗？

你要为你结的每一个缘负责，没有完全合适的缘分，更没有完全便宜的事情。

思则变，走则运，变则通。很多事情的实施需要不知疲倦地张罗，机缘、机遇生焉。

"好过"，就是日子容易过去，也就是容易虚度光阴。"难过"，也就是不容易度日，在此之际，很多思变的机遇存在着。

无此机缘，无此观念，无此格局，无此事业。没有热心人的张罗与促成，很多有意思的事情也就搁浅了。

遇事随缘，因人各异其性，故不为所谓完美而勉强之。

两人之婚姻，自是有缘分，聚合为家庭，对于双方不见得是最好的，但却是最合理的。

需要的，才是好的。这正是我所需要的，虽然它未必是最好的东西。——这就是转念，需要大勇气、大耐力、大福报。

一个人的成功，不只是他个人的问题，还关系到周围的许多人。反之，一个人的失败，也不完全是自己的问题，还与他周围的人有关系。

天降大雨，总在洗车之后？

存在，既是因，也是果；所谓合理，即合乎因果关系。即便不合人理，但必合物理、天理。谁安排的，为什么这么安排？不可说。不是不能说，是说不清楚。

状态的存在，有必然性；问题的解决，有或然性。"状态"，因为它存在，所以是必然性；"问题"，因为不知能否解决它，所以是或然性。

都靠右行，不要担心左边没人走，因为有来有往乃必然。识破人生有往来，便能等闲从容。

地球上那么多人，有几个人认识你啊？如此，可知缘分之可观、自身之有限。

爱人者，人亦爱之，此所以好人每有善缘、善报也。

思想的伟大，在于把存在的不合理的所在改变为合理的东西。都合理了，还要你说它干什么？

老师的教育，不能只使孩子们知其然，更要让他们知其所以然。然，显然、虽然、必然、当然、果然、自然、信然……很多事物的存在，显然没有什么道理可讲，虽然你不断地试图反驳或理解它，但你终归弄不清楚其必然性何在；当然，你可以继续努力地思考，也许你能得到一点启发，但严酷的事实告诉你什么是自然的存在。

现代书画市场乱了吗？不是，是市场的供求关系在自然地发生作用，调节着价格。存在即合理，于此可见一端，不可偏颇论之。

等学习两年再说？即便两百年也未必，则今世之缘废矣。

一个结果的发生，原因有直接的、间接的，有明显的、隐含的，所以，不能简单地指责或分析。譬如玻璃杯子坠地而碎，有这么一些原因：人不小心把杯子从桌子上碰下去；地板上没有地毯；杯子不结实，要是铁的就不碎了；地球有吸引力，不然它不但落不下去，还可能飘起来；你日常使用杯子，如果你不使用它，就谈不上它碎与不碎了。

阴差阳错，有的人吃了亏，于是目光短浅，对人刻薄，结果是再也遇不到赏识他的善人，命运如此弄人。

学问在于打通诸端，融而会之，一以贯之。很多学者之所以进步慢，视野窄是一大原因；囫囵吞枣，有知而无识，悟性差，不能融通，也是一大缘由。

有因即有果，而这种因果关系是一个环环紧扣的关系链，甚至无头无尾。原因背后还是原因，所以，明确区分和判断是因还是果只是在一个时间节点上有意义。

雨下，天昏，人稀，燕子鸣。天降大雨，总在人洗车之后，比天气预报灵验？阵雨忽下，虽说不能湿润地皮，但弄脏汽车是足够的。看是阴天仍来洗车的人，自有他的原因，不要以为人不聪明。

没事就关掉手机吧！

着急找你的，绝不是给你钱，而是麻烦你。

有贱买的，没贱卖的。"捡来的黄金也值钱"。钱是好东西，所以免费会吃得人面肥；若谈付费，则即便同意，也得腹诽。

挣钱与花钱，孰乐？挣钱是为了花钱。索取与奉献，孰乐？索取是无能，奉献是能力。

吝啬的人，是上帝在有意惩罚他；他的吝啬是天性，他节省下来的财富，自己都不知道将来是谁替他花出去。

有些人，气局实在狭小之极，跟你苦苦争斗了半天，也许就为了可怜的100块钱。于是，你豁然开朗，看来，他把自己看得与100块钱同样重要，就成全他吧。街上地上的东西，不可随意捡拾，钱财亦如是。一工人捡得一光亮可爱的金属链条，却是被丢弃的危险放射物，在口袋里放几个小时，他呕吐不止，去医院已晚，伤心不已。

防人之心不可无。"丑人多作怪"，很多人为了钱是没有羞耻之心的，尤其是"丑人"（上不了台面的人）。

钱多少是相对的，针对事之大小而言，可干与否，可由之而判断。

值与不值，是心理感觉。有缘的人，不讲究钱。掏钱买的东西，才值钱；白送的东西，不值钱。

不在乎钱，在乎人、事。现钱与价值，应该有所区分。实际价值与心理价值，距离更大。有些东西只对自己有价值。

年轻时随意褒贬、指点别人，是想表现自己的才能。现在我似乎比以前谦虚了很多，不会再随便批评人，一来害怕损自己的口德，二来担心人家不高兴。一旦要求让我"批评"，那我就要钱，损了口德也算扯平了。

我可以按照你的方式来"挣钱"，只是成果我俩得对半分：你的一半用来治疗你脑子的毛病，因为你竟然能想出这样的方法；我的一半用来治疗我脑子的毛病，因为我竟然能同意你的想法。

好事不出门，坏事传千里。受了你的恩，他有虚荣心，不会到处说是你帮助的，会说是自己努力的。对人的恩惠与帮助大到他不能偿还时，他就一定离你远去；一旦担心你会在背后说他，他就反过来"先下手为强"，开始主动说你如何如何对不起他、如何如何坏。

很多社会问题的存在不是物质匮乏，而是道德、文明、人性的沦丧。见利忘义，以至因蝇头小利而害人性命，是作为社会人的悲哀。

科技的进步总是以前人的进步为基础，所以很快，而个人的大脑经验却全靠自己积累，别人的间接经验的奉劝与忠告、教育，不见得能完全起到作用，所以，人性很难有所谓的进步。

莎士比亚戏剧在于揭示人性的本质，而不是人的所谓好坏。人性的矛盾冲突在于

[法] 莫奈 绘

不得已，无法解决。"不得已"，先贤论之者甚夥。"有为也欲当，则缘于不得已。不得已之类，圣人之道。"（《庄子·庚桑楚篇》）"人之于言也亦然，有不得已者而后言。其歌也有思，其哭也有怀。"（《送孟东野序》）"吾听风雨，吾览江山，常觉风雨江山外有万不得已者在。"（《蕙风词话》）

孤傲、倔强、愚顽、任性、乖张、情绪化、不随和、不圆融，是大病。人最难降伏的，是自身的劣根性。

天高气静。

是非以不辩为解脱。

人为了解脱，可能会背上更大的包袱。解脱是什么意思？

要成就大事业，就要首先具备承受力。事实上，"天高气静"——等你高到一定程度，周围就相对安静了。

很多事情看似不合理，其实是不得已也。譬犹甲乙二人，素为友善，忽一日，因事而将聚讼，互相推脱，适逢丙经过，甲乙乃合谋，转嫁于丙，丙无对证，累焉。事之不得已而必须维持下去的，起先试图改变，不能改变则试图适应，不能适应则试图躲避。

"疾行无好步"，高明者在于把握机遇，避免无奈的选择。从心所欲的心态、自然的境界，一定是在客观悠闲的状况下。心无急事，当然放松。

别把自己逼迫到"急"甚至"疾"的状况、状态，虽然努力，犹受其病。

《石氏画苑》中有："卒行无好步，事忙不草书。能事不促迫，快手多粗疏。"《朱敬则传》中有"急趋无善迹"。《三国演义》中有"紧行无好步，当缓图之"。忙中出差错，疾行快跑，哪里还注意得了仪态？可知，遇事要克制，急不得。

行路不着急，知道礼让，是对人宽容。有慈悲心在，则有利于他人，也有利于自己。

急忙之时，勿走生疏之路。探险，应当在平日完成。

不要仓促决定一个你觉得困难的事情，勉强承担，你会因为疲累而改变初衷。

遇事要沉着。在事件第一次发生后，不可惊慌失措而连发第二次事件；第一次损伤也许不那么严重，而引发的第二次损伤有时却是巨大的。高速公路撞车事故多如此。

"壁立千仞"，高了，自然就能看破，就能无欲而刚。

有容乃大，没有气量，怎么能容？

随遇而安，人多知此理，但遇实际事情则不心安，是不真见性也。真见性者，能付诸实践。

一时路上相逢之人，即便摩擦，也非有意，故万不可争执相斗，转身即各奔前程，本亦陌路而已。

找好处，认不是。既要找好人的好处，也要找坏人的好处，这样才能很快成熟。

不记别人的坏处，是对别人厚道，更是对自己厚道，因为这样心安理得、舒畅身心。

宽厚、厚道，既是对别人的，更是对自己的。己之不存，遑论他人。

原谅别人，更要原谅自己。不求于人，便心事轻松。

可恶之人，不与之争则为之害，与之争则生命变得无意义，必须绕开。

苏格拉底说，"我知道，我什么也不知道"。此言之出，应该是发自哲人内心的真切感悟，那是对自然世界、宇宙星辰乃至人类自身及其社会的敬畏与无奈。但是，在一般的人读来想来，也许这话有点过于谦虚甚或虚伪。怎么可能什么也不知道呢？事实上，我们认为自己知道的东西也不见得是真知道。

你熟悉的老路拥挤堵塞，只好绕道而行，你本以为绕了远，也许更直接到了目的地。绕远原来可以是捷径，反之，捷径反而是绕远。

《孟子·公孙丑上》中有："仁者如射，射者正己而后发。发而不中，不怨胜己者，反求诸己而已矣。"换位思考，就是设身处地，是与人交往的好办法。怨天尤人，是简单的也是最没有意义的推脱办法。

见分晓，无非胜或者负；有时，却是不需要见分晓的。

很多事情本来很简单，可以平缓处理，只因为各自内心有情绪，话赶话地冲突起来，于是交流不下去而决裂。

你要宽恕别人，但不能奢望别人来宽恕你。

宽待别人，更要宽待自己。孔夫子崇尚的"不迁怒，不贰过"，就是如此："不迁怒"是对他人，"不贰过"便是对自己，这样能称得上"厚道"。

帮助了人不能说，得到人帮助不能忘。只记恩、不记仇，此长生久视之道。

抓名家的小辫子，也是无聊之举。"大礼不辞小让"，大人物的小处，不是值得别人夸耀或者指责的所在。老虎也有打盹的时候，可野狗再精神也不是老虎。

老实人受欺负吗？老实人还应该有识人的本事。

换位思考，设身处地，有时便打消了自己心中的"我执"，就平静如常了。

人生何如意，自在心中留。与其担心被别人弄脏衣服，还不如穿不易脏的衣服，不要为外表使自己疲累。

向集体学习，向未来学习，是智慧。

很多戏法是眼睛看不出来的，你要受到你自己眼睛的欺骗。心、脑、意、理智、逻辑，才是可靠的。

虚荣、保守却自负，能有前途吗？

很多人的装束、举止跟真的似的，其实就是人家会讲形式。不会讲究形式，有时就会表现出不礼貌、不懂规矩、不拘小节、不文明。形式要讲，还要会讲。

表面文章是给外行看的，内情是不能随便外传的，一怕出"害群之马"，二怕多一个分羹者。

不要与眼前的人玩弄小把戏，夏虫冬冰之戒，须谨记。

"平时不做皱眉事，世上无人切齿心。""冷了迎风站，饿了腆肚皮。"遇到小挫折，更要站住而满面春风，则看笑话的人自然散去，否则落井下石的恶人正合心意。此时，更可知"没事别找事，遇事别怕事"的道理。当然也不可过度显示而遭二次嫉恨与攻击。

一只青蛙得了冠军，它骄傲地说："所有的青蛙，与我生在同一时代，是它们的幸运，因为它们能一睹我的风采，跟着我还能学到很多东西；同时，这也是它们的不幸，因为它们即便再努力，也永远没有得冠军的可能……"它正说着，没注意一只狗熊吃饱了正撒欢，刚好踩过它的一只后腿，废了。灾难，有些不来自同行同类。

你可以装着有情绪，其实心里未必真有情绪，这也是一种策略。说"我很生气"，就不生气了。

逐末易，固本难。

伪装大师很累，也不会像样。俗人眼力不济，只能靠耳鉴，所以，地位和名气有一时之逞。

听课与讲课只是一时扮演的角色不同罢了。

千万不要一时意气，自我作大，自视太高，以自己实际的牺牲来换取一时的新闻效应。

一时心烦怨怒，事后多惭愧，何如当下快乐、事后思念？谁知道你到底在干什么呢？先来后到，历史价值很难刻意攀比。忍住不开口，很难吗？

何为有用与无用？可以辩论，但总是站在不同的角度对一时一事判断而已。知何为有用，可谓有知有学矣。

不图眼前一时之快，不屑与人争斗，是智慧之举。

气血重要，气虚血实，气联通精与神。有本有末，当自殊分。本者，一生之性命也；末者，一时之快乐也。

口口声声称爱惜生命，亦多为口头禅，甚或图一时之快，逞一时之能，损害性命之基、身体之本，皆愚行也。

逞一时口舌之能，快一时心气之动，然后受苦一生，而又强言不悔者，愚之甚也。

遇事别较劲，退一步就过去了，等将来回头看，什么感觉都没了；若当时较劲，就可能过不去了。"当下心安"，郑板桥难得糊涂之论，这"当下"极为重要。有的人就是当下压不住火，气头上冲动而酿成大祸。

宰相肚里能撑船，泥沙俱下。轻易决断就会引发系列问题，所以不能情绪化。

人皆因一时之情绪，兴奋之、懒惰之、感觉之、痛快之，忘乎所以，皆是舍本逐末也。

众皆咒骂者，其必有由，不可一时意气用事而勉为其掩护开脱，否则他日反省，或许所做已同流合污，将遭耻笑。

别"窝斗"，眼界阔。

过多听到周围人的赞誉，会使人听不到真实的意见，自我作古、自我作圣，束之高阁、作茧自缚。

"你太可怜了"，这也是一种心理暗示，让人灰心丧气。

不可与人争执，即便服人之口，不能服人之心；即便服人之心，也未必能服人之口，徒劳而已。再者，让你争执的对象服气，有什么意义？不要争夺小舞台，别"窝斗"，要把眼界扩展到更广阔的空间，去搭造更为宏阔壮观的舞台，你终会发现原来想争夺的那个小舞台，只是你掌中的一个小物件了。杜公所谓"会当凌绝顶，一览众山小"，就是这个意思。

眼界越大，胸襟越阔，而得力着手处，却仍要细致、收敛。

得意忘形，顾此失彼，是所有人的通病。

人不能制服自己的庸俗之心，于是心总不宁静，患得患失，容易生事端。

《论语》中提出若干"患"，可以分

崔自默 创作

析。"不患人之不己知，患不知人也。"（学而第一）"不患无位，患所以立。不患莫己知，求为可知也。"（里仁第四）"四海之内，皆兄弟也。君子何患乎无兄弟也？"（颜渊第十二）"不患人之不己知，患其不能也。"（宪问第十四）"闻有国有家者，不患寡而患不均，不患贫而患不安"（季氏第十六）"其未得之也，患得之；既得之，患失之；苟患失之，无所不至矣！"（阳货第十七），在这些"患"中，哪些是君子应该患的，哪些又不是应该患的，值得思考。忧患意识可有，患得患失、怨天尤人则不必。

"因循二字从来误尽英雄。"此句值得思考。作为"因循"的一般人，平常则平常，普通则普通，但毕竟一事无成、什么也不是；然而，一旦有所成就，便容易自己把持不住，招摇过市，于是惹来无端的麻烦。

成事之前怎样，无人注意；成事之后，要懂得"夹着尾巴做人"。

别人在夸赞你时，你在场，不必不自在，要冷静、设身处地，让心思转移到旁观者的位置，反身以为是在说别人，客观地审视大家所认为的"你"。"你"，不见得就是你自己。

别拿客气当福气。

面对不讲信用而又能厚颜无耻地再来与你说客气话的人，应该敬而远之。你跟他在一起玩，只能学到教训。

大多时候人家对你只是客气，那是不能当真的。似远实近，当近却远。觉得是家人却不客气，对外人客气是好面子，对家人也应该相敬如宾。

当面肉麻谄媚，尤须警惕。人家在别人面前有所夸张地夸赞你，是想说明人家交往的不是一般人，目的其实是长人家自己的脸，不是为了夸赞你；你千万别以为人家真的认为你了不起，于是得意扬扬，蹬鼻子上脸，那就没有下一次交往了。越是被人夸赞，越是尊敬之，则益善矣。

要成就一番事，不辛苦是不可能的。很多事想做，也能做，但时间、精力有限，所以需要选择，"决定"失误，亦无可奈何。你那点遗憾、小把戏，比起大事情来，算什么遗憾？

做事需要艺术，同样的辛苦，效果却大不一样。看人须准，判断事亦须讲实际。为人处世，须虚实相间，相得益彰。

要保护自己，不可期求别人主动来照顾你。方方面面，要左右逢源、见机行事。

得到你帮助并不多的人，也许将来帮助你最大；得到你恩惠最大的人，也许将来离你远去。

凡事要问一个"凭什么？"，没有无目的的行为，尤其在这个时代。

面子是别人给的，脸是自己丢的。与其让一两个人笑话，不如让天下人笑话；与其让天下人欣赏，不如让一两个人欣赏。让一个人夸，令天下人笑，也不易做到。

"笑话"，什么是笑话？干得不好不是笑话，自己觉得好而别人不认可不是笑话；本来可以干而没有干才是大笑话。

走路，是平常事，但是你闭着眼走，往往会碰撞或摔倒，于是你知道会走路即便是熟常路也并不寻常。

很多事情不能积累，像灰尘，日久而无收拾之兴趣。当然，很多东西不见得有用处，"收拾"也是一个调整思路和管理情绪的过程。清扫房间可静心除烦，也可祛病除忧。

崔自默 绘

"明者因时而变，知者随事而制。"

做了未必好，不做未必不好。

别人干不好的事情，你也未必能干好，何况你不可能什么事情都自己去做。别人能做到的，自己未必能做到，也未必就需要去做到。

要确定自己的发展目标，定位自己的身份。你必须有用处，人家有需要才会来找你。围绕自己的定位来合理安排时间。不要什么事情都关心，那与你往往没有什么关系，那只是别人的事情，会浪费你的时间。

别着急出主意、替人做主，否则出问题遭埋怨；即便你好心，但遇到痴顽之人，纠缠不止，也会让你哭笑不得，叫苦不迭。

以后要学会对别人苛刻一点，对自己宽容一点。你凡事为别人着想，替别人做了大量工作，他们却因为是外行而全然不知。

"打击积极性"，是好事。积者，积累也；极者，穷尽也；积极者，接近尾声也。故"打击积极性"，其意义在于时刻警醒、鞭策，以期不断进步而不至于半途而废。

从实践中来，到实践中去。实践上永远不可能，在理论上也未必不可能。很多人也许不愿意承认这一点，但在实际生活中，必须采取这样的态度。机会有，

崔自默 绘

但很渺茫，到了基本等于零的程度，也不要随便放弃，因为理想也是生活的一部分。

夫子"述而不作"，盖知事之有作而无益者也。有些事情不是没有机会，而是机会特别小，几乎等于零，如此，就等于没有机会。

审时度势，"引而不发"与"不得不发"，境界殊分。势，需要蓄积。虚中可最见实。箭在弦上，引而不发，最有威

慑力。譬如小石乱飞于天，倾城之人不敢行于街道，因之无准确之落地也；当其坠地，即便巨石，童子亦可倨其上而便溺，因其无危势矣。

着调、靠谱，是慢慢付出、不断牺牲。

你觉得你在帮助别人，但别人未必感激你，因为人与人的感受不同。《庄子》里有混沌开窍而混沌死的故事，值得在生活中思考。给主人治病，可能会忽然被他家的狗咬了。

别人对你说"我很忙"，言下之意是你和你的事情都不重要。

人总说忙碌，其实是觉得事情不重要，如果是真的饥渴难耐的事情，一定有时间。

时间不是抽出来的，而是挤进去的。时间有时也挤不出来，比如一块干燥的海绵。

很多表达、辩论，是有"言下之意"的。很多问题和回答，其大前提是省略了的。如说"我喜欢去任何地方"，前提当然是指去"自己喜欢的地方"。"像花一样"，言下之意就不是花。"你是世界上最像人的人"，接受或者否认这句话似乎都不合适。

有人问我如何评判身边数人，而此数人又都是我的朋友，于是略有沉思，反问道："一、假若你只先留一人在身边，将留何人？二、你可以随便辱骂他，他却不脸红、不走，最后只剩下他，他是何人？"我这话的言下之意是：一、人之自私是必然的，是为他个人生活所考虑，谁也不能永远靠别人生活；二、人各有特点，见人之长则人人皆可为友，见人之短则人人只可为敌；三、即便是最好的一个人，也不能替代其他所有人，所以不可能选择一个人留下，期望他可以替代所有人；四、脸皮薄的人有自尊，不怕羞辱的人一定心存目的，其圆滑狡诈，是性直者所不具备的，留下他也许就是定时炸弹，是最可怕的。

我喜欢有理有据地批评我的人。一如当年我经常遇到这样一种人，他们会对我大谈范曾先生，说"你老师当年遇到困难，要不是我帮忙，怎么可能有今天，我可是他的恩人"云云。我揣摩，其言下之意不外乎暗示"我可是厉害人物"，等等，不一而足。实际上，这里面情节大多虚构夸张，只是吹牛、过嘴瘾罢了。在前进道路上会经过很多陌生路口，问很多人，看很多路标，也仍然会走错很多路，你不可能永远记得那些正确的；其实回头看，都无关紧要，而最重要的是你自己一直坚持往前走。

高僧语："看破是觉悟，放下是功夫。自己不觉察，习以为常，不做真功夫，怎能骗得了人？""怎能骗得了人"是提醒不要骗人，而不是指导如何骗人。

天生朴素、厚道为第一资质。"繁华落尽见真淳",没有繁华过,谈不上"落尽"。不曾经历过,谈不上看破;不曾拥有过,谈不上放下。

了解自己难,了解别人更难。上山的遇到下山的,下山的笑话上山的怎么才爬到这里,上山的笑话下山的怎么刚爬到这里就要下去了。

生活中一些猥琐之人,自己看不起自己,把家里的忧愁与不悦带到单位,把脾气发泄到别人身上,把痛苦转嫁到别人身上,此为作恶也。

可以自我解嘲与幽默,是成熟,也是自信。

艺

术

沉

思

录

"做鬼脸"是给自己看的,用以解嘲,或者给自己的家人看,用以娱乐。在公共场合,不宜做鬼脸,否则会让人觉得不庄重,没有威严感。

"我知道你在跟我开玩笑"——狡猾的人以此来解嘲。

学会解嘲、反讽、幽默,很重要。以百年之计,今日之事大多无意义。如是观,庶几无忧矣。

批评用语"有意思"或"没意思",妙极了。

做人和为艺,最怕的就是"没意思"。

"意思",是精神的和形而上的所在,是艺术的生命。艺术的精神是写"意"的,"意"是根本。"思",使"意"的产生与实现成为可能,使"意"有所寄寓,使客观的世界在主观的心性里运动起来。在"缘情说""性灵说""风骨说""性情说""情灵说""辨味说""兴趣说""神韵说""境界说"之后,我想谈一下"意思说"。"意思说"虽虚但实,似含混但清楚;而"有意思"与"没意思"的概括,最简捷、最直接、最有效,适用于论人与论艺。

在考虑问题时,不要忘记以"意义"或"意思"的概念来衡量。

形体语言,就是"意思说",没有说什么,却表达了什么。西方人的耸肩、伸手、挤眼,不需要语言,却是表达情绪和态度的一种绝佳方式。

不说而说,说而不说,简单易懂,重在意会。黑白灰是水墨画的基色,惜墨如金却变化万千，无中生有。

写不好正楷，写行书、草书，那么写行书、草书的可以说自己谦虚，写不好正楷。写好正楷又怎样？艺术性不以写什么体裁为标准。

看一件艺术品的格调，一个标准是看它的协调力，即分析把它放在什么场合最合适，放在广场、大厅、卧室、厨房还是厕所，依据此来判断其品位，应该是容易的。

精神高度，是衡量艺术品的标准，但怎么来衡量呢？诗穷而后工吗？艺术家只有穷困才显得有艺术个性？

传世的伟大艺术品中，有两大问题值得注意：一是无怨无悔的全部身心的投入，二是强权与巨资的投入，激发出了非常的创造力。

艺术与科学、政治、经济的思维不一样。艺术思维主张非常态，则有了意思，有了趣味，也可启发审美神经的运动；其实，一切形而上的或者所谓艺术性的问题，均产生于这非常态中。如何把非常态运用于常态，是需要机缘凑泊的。成就一个人、一个事业、一个历史，是偶然的吗？

管好自己，自正是首要。

艺如其人，性情明透其间。人特憨厚而艺特聪明者，余未尝见也。

"生书熟戏"：听书主要听故事悬念与情节，所以生疏才有吸引力；看戏要看熟悉的，才能品出味道。大凡艺术作品能经得起反复观赏的才是精品，才是经典。相声也一样，虽然很多段子都熟悉了，但还喜欢听，则主要关注点在演员的表演技巧与个性上。

有些科幻片，完全是空对空的东西，不能打动人。来于生活而高于生活，才是大艺术。

自己不满意，别人也不满意，就是失败的艺术。愉人悦己，才是成功的艺术。

实际上，阅读传统的文论、艺论，最精髓的东西在书论，即书法理论，其次是诗论、画论、文论。因为书法线条既是具象的视觉形式，也是抽象的艺术形象，其中融会了音乐、建筑、雕塑、摄影等包含空间意识的艺术元素。古代书论中遍地皆是巧设譬喻、联类通感、比方状况，其目的是阐发对艺术的现有感知与理想追求。

"外师造化，中得心源"，适应于现代的所有具体的行为和学术法则。

艺术评论有四个基本问题需要解决：一、作者想表现什么，二、作者是怎么表现的，

三、读者是怎么解读作品的，四、艺术市场怎么接受它。

重复，是一大方便法门。成功者，多以简单的几篇东西立身，反复咀嚼，与人交谈，吸收精华，转而用以丰富与完善自己原来的结构，使风格更突出。

先有自己的面目，再进行熟练、完善、提炼、象征、符号化，融入个人的情思与追求，才上升到艺术的风格。

艺术的重复，是必然的，不管是对别人的还是自己的。风格的产生、定型、完善，都在重复中完成。

出类拔萃者，一定有姿态。在你成功之前，你所有的所谓个性，都可能成为你前进的障碍，因为周围的很多人不喜欢也不需要你的个性。只有你的成功，才是不用辩解的事实。成功后你的所有个性，都是你令人羡慕的标志，是你值得夸耀的风格，是别人追逐的目标。

艺术的思考，必须接触到实践的和社会的复杂层面，才有意义和意思；这个过程，未必是快乐的。"狼多肉少"，有限平台和资源被很多人惦记或霸占着，自然还要抛出很多烟幕弹和各类说法。

"法"之所以称为"法"，就是不确定、不总行，否则就不是"法"。

批评家分五个层次：上上等批评家不收钱也不写文章，因为看惯春风秋月，知者不言；上等批评家不收钱却主动写文章，因为有所感发与寄托，社会责任心强；中等批评家收钱写文章，公平交易；下等批评家收了人家钱却不动笔，属于流氓手段；下下等所谓批评家，一脑子糨糊，语无伦次，混淆视听，贻害后学。

"我个人认为"，是"伪个性"。

俗套，是可以束缚住人的，首先存在于精神上，然后发生作用于肉体上。

"让世界了解潘家园，让潘家园走向世界。"潘家园门口有这样的广告标语。潘家园可能是中国书画艺术的终结者，总有这样的担忧。这么多以假乱真的东西，让人连真东西都不敢相信。应该考虑如何规范之，当然出处和话语权很重要。

为爱而恨而狠，是人类的一大悖论，也许存在，但不宜在艺术作品中表演。警醒人，是从反向切入，如打免疫针剂，也无不可。当然，引发互不相信的力量也一定在有限范围内。

京剧是国粹，是高明的艺术，但曲高和寡，而现代社会有更多的可以选择的艺术欣赏形式。审美潮流有逆袭的情况，所以坦然。

纯粹与大伪，天真与愚蠢，开放与无耻，其距离几何？

"我是一名律师，我一直这么认为。""认为"就是主观性，可能与事实不符。

事物都有个性，而能逾越共性的个性很难不存在。谈个性有时没有意义，而讲共性比讲个性更为重要，因为共性是规律的所在，有利用的价值。

没有共性基础的个性，是没有意义的"伪个性"。把白骨精说成"生得伟大，死得光荣"，无疑是一种"独特"，但究竟没有意义。自己的见解必须合乎普遍接受的传统习惯，而后另辟蹊径。

言必有由，言必经心，言必及义。

思想必须有画面感。

看似无邪却有邪，似邪实正。老子说的"慧智出，有大伪"，值得思考。人不可貌相，但又不可不从貌相上寻找蛛丝马迹。

薄利与暴利，差距几何？在于心里的认可与承受尺度。

审美，需要眼睛，更需要心灵、智慧。

和谐、有序、适度，造就一种简单的形式，就美。复杂并非不美，只是少了这种因和谐有序与适度而形成的简单性。凡俗之眼对有序有辨别力，对多维无序则无措。

"什么是美？"美是难言的。于是审美判断、审美标准、审美经验、审美感受、审美效果等都是复杂的，同时存在于整个审美过程中，都需要辩证对待。

审美有"有意识审美"和"无意识审美"之区别，可以厘清在审美判断领域的诸多糊涂之言。

本能的审美直觉，必须经过经验的积累和知音的训练，才能有明确的判断。大美，虽然不言亦合理，但可言的合理之物是审美的主要内涵。

审美心理与社会行为紧密相关。行为的复杂性决定心态的复杂性。对陌生人的腼腆与客气，既显示出内向与礼貌，也是对未知的恐惧、风险的规避与自我的保护；彼此之间一旦熟悉，则容易化为刻意的伪装，即便疲累也没办法。感觉"无所谓"而回归本色，又可能引发新麻烦，左右为难。

艺术品之大用，在于通过视觉审美，回馈于人心态之享受。艺术品之消费，为精神形而上之物，为奢侈品。当然，艺术品收藏作为财富金融手段与替代物，也无可厚非。

崔自默 绘

刘勰的《文心雕龙》论及审美欣赏，有谓"圆照之象，务先博观"，就是要多看、多实践，才能使结论通透、全面，但怎样才叫"博"？人生百年，实践的时间一定很少。实践之树常青，理论却是苍白的。理论，以理论之，什么是"理"？"理"是与"道"一样难以言说的实在；因为说不清楚，才要说，才有"理"可说。

你想到的，不见得能全面表现出来；你所要表现的，读者未必能全面理解。不能表达，甚至失语；不理解，反要误解。误解，有时产生错觉；错觉美，有时是正常态也不能获得的。"小岛"误解为"小鸟"，而视觉与心态也相应地靠拢，这虽不影响个人的审美欣赏，却与作者的本意相去甚远。

传统的修养与功夫积累到一定程度，一旦触发，便可以开拓出属于自己的个性语言。个性的审美，必须服从和适应集体的、普遍的、实用的审美共性，才可得以普及而被广泛认可，才能化虚为实。

距离，产生美。美，让人感到距离近还是远呢？

审美需要经验。经验需要积累。积累的过程中，经验似乎不见得是越来越好。所谓"复归于朴"，是否也适合于审美评判及审美经验呢？

功利玷污艺术的纯洁，也推动艺术的全面发展。什么又是"功利"呢？

形式的新颖与别致、题材的固定与独特、色彩的单纯与明快，都是使画面视觉审美被接受的因素。

荷兰画家埃舍尔，用版画的手法，利用平面构成学，依靠几何数学，设计和创作出属于自己的画理、画路，而且有相当的视觉审美力和心理感受力，的确非凡，可以借鉴。

创造、欣赏、享受美，不易，但别忘了，这些都是过程。

人们用鬼吓唬人，于是鬼的影响很大。

屋漏在上，知之在下。瓦上檐下，人生斑驳。

没有影响，是你没在有影响的位置上。

花各有期，不到花期，就得寂寞。一花独占，也是十分可厌。

谦以得人，骄以离人。谦为智，骄最愚。吃亏是最好的机遇，可惜人都好了伤疤忘了疼。

重复简单的动作是最好的机缘。一般人聪明，不屑于重复做简单的动作，很快会

[荷兰]埃舍尔 绘

见异思迁，于是错过了得道的机会。

很多事情需要转换视角，否则就只能是解不开的疙瘩。

换一个视角，密度也是长度，高度就是广度，深度就是高度。

"德从宽处集，福向俭中求。"吃亏是福，可以长智、悟道。占便宜是祸，得意是祸，福祸相倚，病根还在于心。很多事情终会解决，你只是不要一气之下以最坏的方式得到最坏的结果。

不是用字牛，而是文章牛。组织协调能力是思想所在。

"我运气挺好的"，也许能鼓励自己、迷惑他人。"刚好……"，什么不刚好呢？

修得高速路，走通大型车。普通出口，方便法门。

物质之力，是相互而等量的。精神之力呢？

炫耀与从俗，是不成熟的标志。欲望低，便无须踯躅于选择与放弃的苦恼。

精神不能畅达，遇事不知通融，于是挂碍于胸，抑郁成疾，是精神有反作用力，能转化为物质之证也。

老了，从另一个角度看就是成熟了，这便是积极的转换脑筋和思考问题的角度。任何问题，都能从中转换出积极的角度来。当然，成熟未必是好事，辩证思考可以继续下去，所以再思可也。

虚荣是好事，说明还有荣誉感。传统的一些概念和认识，需要转换角度再次分析，一定会有新成果。

文化含量是一个比较虚的概念，文化含量的高低没有一个硬性指标来衡量，只是一个相对认可的问题。到底谁高谁低，很难回答，即便你回答到一定的份上，那么下一个问题就出现了，高还是低有什么用？这就是转换话题、打岔，讨论会上激烈辩论大多是话题转移与概念偷换。

言行不一致，是正常的、合理的，因为言是言，行是行，言本来就不是行。所以，没有必要也没有理由要求一定做到言行必须一致。也正是因为它们不一致，才有"言行一致"的理想说法。很多说法，正是从希望激励的反思角度立论的。

水虽最有力量，但是往下流容易，往上流则需要借助外力。

大杯小杯，虽然容量不等，满了都是100%。

近距离时，神秘之美被降低，凡常举动被放大。令人主动远离的方法就是展示不美的方面。

同样一个东西，会有好、坏、不好不坏等不同的评价，还都合理。同样一个东西，标三种价，给人选择权，就全卖出去了。

不需要我说长道短，拿尺子来就可以了。攀缘则苦恼，随缘则安乐。

因缘找人，顺理成章；人求因缘，到处苦恼。人找钱累死人，所以实业资本总劣于金融资本。

历史是权宜之计，因为不能空缺，不能等待。

天才与精力，源于兴趣与欲望。大欲望源于无知，无知者无畏。

先注意"有"处，再注意"无"处。有无相生，能注意到"无"，是能力的体现。

朋友是风又是雨，有了朋友你才可以呼风唤雨，这种认识是在得意时，但顺风顺水的情况不会太多。

不要演得太投入。帮忙不能添乱，尽职不能越位。摆正位置，端正态度。

闲人不是等闲人。"人人尽说清闲好，谁肯逢闲闲此身？不是逢闲闲不得，清闲岂是等闲人。""寡欲知足常安乐，看破名利好清闲。不是贤人亲不得，闲人不是等闲人？"因为有欲，人不愿意主动享受闲，于是由闲而闹，无事生非。

从小处着眼，从细节入手，经年累月，熟能生巧，由近及远，由简单而组合复杂，此画艺也，亦行事之大道也。

实践得多了，一般就不新鲜了，此时最容易发现问题和本色，在这基础上能继续发现和发扬有优点的、不断进步提高的、不断有新鲜感的，就是高品质、高品位的。

画画，需要走过一个技进乎道的过程，如果把它看得太简单，或者看得太玄虚高深，都会走弯路。

虽说画艺非画技，但获技是基础，否则无以表现思想、意境。

书法的意境，是线条与空白共同分隔与构建的空间决定的。黑白的分隔、线的到位最是要害和关键。作书，忽悟得"计白当黑"之理，作书其用在于线条，而行走轨迹乃分隔空间，故线画所未到处，更需着眼。有线画处少，无线画处多，当然多者为重点所在。

表演艺术中，有纯粹的表演技巧派，有直接的情绪感染派，形式似乎有所差别，但实质应该是一样的。贯通圆活之物，一定是内外和谐的。

表达什么、怎么表达及怎么认识，是艺术评论时应该考虑的三个方面。书法作为视觉艺术，能表达什么？碑与帖的问题，自清代以来一直是书法争论的一个问题，但都是书法，只是表现形式不同，实质是一样的；那么谈它们的融合，往往只是技法问题，涉及太多则是一个假命题。

力与距离紧密关联，魅力吸引尤如此。陌生与未知的欲望空间最大。理想为审美追求的精神主旨，现实中大公容易大而无当，小公可以丰衣足食。唱反调似乎另类、高明、有效，实质如平面镜反射，仍不似钻石多面的光华。最后，绚烂归于平淡。局部放大与走向无限，或许只是乐趣不同。

完全外行者也许根本不用谈，最害怕所谓内行，说的内容也正确，只是尚未触及最根本的、实质性的东西。

过犹不及，这个道理应该包括谦虚、好问等正面的因素。"满招损"，学问当然难满，但相对的满也容易招来嫉妒。

批评要有"同情心"。

心为本源、本真，不依心者，便失规矩。我依我心，我为我画；人心一也，则我画出矣。

批评，或者意见，无须明说其黑白是非，只要说出自己的判断标准、认识与观点即可，既不得罪人，也可显示自己的水准，宛如敲山震虎之法。对于一个颜色的判断，无须自己指出它如何如何，只要拿出一块白板，把它衬托在后面，只要有正确眼光的人，都可即刻作出正确判断，那颜色如何可爱、可恶，留与各个观众去评价言说。

批，比也；评，平也。我曾作文《论文艺批评中的同情心》，是主张宏阔而科学的批评视角。同情心，不是单纯的道德概念，而是讲究持论者与被批评对象同一心情，设身处地，否则妄加指责，不厚道，也不确切。

批评，有"谈论""评说"等这一客观的文本的意义，也有"争论""挑剔"等主观的意思。但实际上，所有这些，都是社会行为的一个过程。

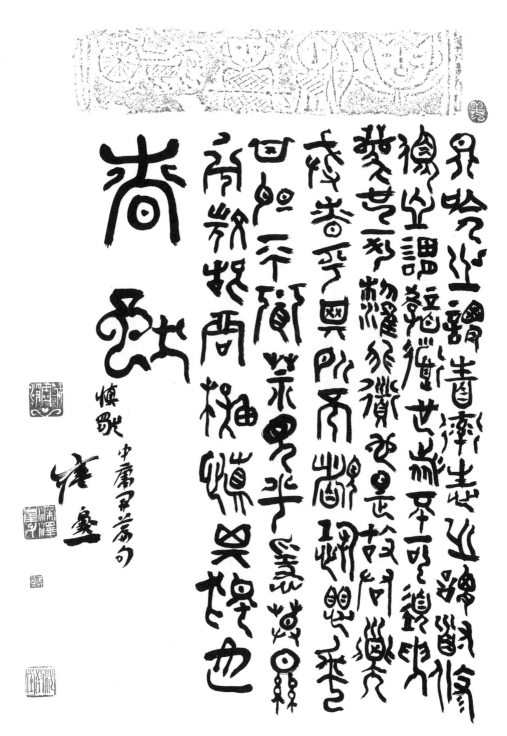

崔自默 书法

崔自默 绘

初出茅庐者，因为不在圈子里，所发评论往往生辣猛烈，胆子特大，无所畏惧，看似有理，实则隔膜，因为其不知详情也。艺术批评需要"同情心"，即此理。

批评与挑剔，有时难以明确区分。批评，其实不只是一个抽象的判断，而是一种"反应"。在复杂而活跃的社会关系与具体的情境脉络里，这种判断反应，不管它是正面的还是负面的，都是一个明确的实践。

艺术是一种存在，艺术家更是一种存在，既然要生存，就得脑子聪明一些，态度冷静一些，心理平衡一些，想法实际一些，做法辩证一些。

批评行为中，所谓客观与全面，也有其弊端和"后遗症"，如果把反面信息透露了出来，负面影响就会在读者中发生和演化。比如，"客观地说，某某不是坏人"，因为引入了"坏人"这个概念，让其意思徒生枝节，读者的头脑中陡发想法。"徒"与"陡"，形近而意迥，也有神似之处。

看雕像的眼睛，凹与凸总是效果相同，尤其是有阴影时更增强这一视觉现象。无论站在哪个角度，它们一直朝向你，这是视错觉，认为它神乎其神是故弄玄虚。

明末清初诗人尤侗在《叶九来乐府序》中有"假托故事，翻弄新声"之句，可用诸其他类艺术评价，亦妙。不敢直议时风，故借古讽今。典故与寓言被化用。

悟性
然后达生

用笔在心，心正则笔正，笔正乃可法矣。

——唐代书法家柳公权

始终一贯于品尝有妙味的人生，这种心境便是艺术。

——日本文艺评论家岛村抱月

篇六

悟性高者，其惰性低，其惯性小。

开悟由集善而得。

疲惫之时，乃知平常心之难得。何是开悟的最大力量？平地起波澜，心也；复归于平静，亦心也。

必须利用文化的深意和艺术的思想来激活题材和画法。

熟能生巧，乃有阴阳向背，有参差光影，有远近高低掩映。荷花不易为，人物更不易为。

"画画四难"：画人难画手，画兽难画走，画花难画叶，画树难画柳。中国画中，人物画最讲究造型，所以也最不易着手。大写意人物画是乘兴感发之作，需要激情，瞬间完成，不能犹豫。所以，作大写意画最见真实功力与才情，没有成熟的造型基础和具有象征化的形象刻画，好的写意人物是无从得来的。

齐白石、黄宾虹都画不好人物，可见大师也有弱项，谁也做不到全能。中国水墨画的长处与主张，是诗性的、自怡的，不以造形精准为要求。

[尼德兰]勃鲁盖尔 绘

画作题款至为关键。有单独成立的好书法，却不见得能与本人的画作统一、和谐，这也是讲究书画合一的缘由之一。最简单的办法是使题款书法自成体系，起码不影响画面；高要求则是使书法与画面气息圆融，相映成趣，相得益彰。

画面题字，位置随意却不影响整体，其原因在于形体布置非为平面之物。笔法轻重有度，自身即有空间造型感，容易与物象协调。

余之题款，能在原来基础上于每行字上面或下面加入若干字，仍使通篇读来流畅自如。

忽然看到一个画家的画，水中倒影与水面上景物完全对应不上，是不知镜面成像之基本物理也。

崔自默 创作

画面上出现奇怪的古代图像符号，这是画家自己主观心目中的还是有意赋予画中人物的呢？不管如何，显然主观与客观是不能分离的。

画作有真品与珍品之区别：作品虽真，但为戏作、应付应酬之作、小品，其面貌异于平常，则未必可珍藏，将来抑或被视作赝品；作品未必真，但与一般真品比较则风格无异，无任何败笔、破绽，且特精致，则当作真迹珍藏为必然。

一条船，只有在大风浪中满目疮痍之后，回到避风港，才可以休息，才有审美价值。一条新船，还没有出海就闲置，即便它很华美，也毫无可观；当然，艺术装置品除外，而人生不是展厅里的一件艺术品。

最惨烈的痛苦，不是发生在身体上，而一定是存在于精神和心理上。

悟，发于吾心，思之极也。开悟，就是在思想和行为上接受一个非常态、异常态。一种是痛改前非、洗心革面，一种是一如既往、自然而然，一种是变本加厉、一意孤行。

"意思"是什么？意思没有客观的含义，是被主观感觉出来的。觉得有，便有。"觉得"是什么？在心、在性。"心"和"性"又是什么？或许是名、概念、本无、本空。

悟性，悟什么？性。性者，心生也。于色诱、于淫乐，须"识得破，忍得过"，始见悟性。悟性然后达生。悟性还在于顺性和任性的调节能力，瞬间即恢复心态的平衡平和，不至于恶性循环而最终倾覆堕落。

释家讲"见性明心"，就是自信，相信自己心中万有，与儒家诚、敬同一理路。

心灵的开放，才是真正的开放，拘泥于肉体的所为，不在其内。

境界、高度，都是有距离感的概念。距离，是客观的存在，要达到它，需要速度与时间的积累。

悟，不管是顿悟还是渐悟，都只是心性或脑际发生的、精神上的东西，不是实际距离的接近。悟性好，就如同捅窗户纸捅在了纸上，而不在墙壁或者窗户框上；力量虽不大，但准确。车子的速度快，达到目的可以省时间，但也是"渐悟"的过程。点没大小，无数点组合在一起却成了有长度的线段，这就是渐悟与顿悟的转换关系。

"既知平正，务追险绝。"

交友如收藏，需要精品意识，也能看出人的品位高低。当然，有不得已。

欲求精品，永无精品。宁画死，不画俗；宁画坏，不画赖。

自然之理与画面之理，都要切合，才是好画。

画好，是硬道理。交游，要适可而止。

人家喜欢我的作品，不仅仅是尊敬我，而是崇尚中国文化、优秀的传统文人画，我崇敬这些热心人。

艺术的真实，要超越生活的真实，其间使用夸张和典型化，致使有些画面因追求完美而显出一定的不合理性。

太在意、太着意，就做作。做作，也是一种风格，不似朴素之风，各有偏好。我喜欢平中见奇，喜欢"乐其日用之常"的作品，如大匠之挥钝铁，自然而然。

背水一战，死里求生，出奇险之势，打破平常关系，可期精品产生。

画有通篇一般者，然局部或甚可观，剪裁之能成立焉，宛如五官中总有特别好的一个。

搭配不易。画面用笔的变化、内容组合方式的变化，都使得风格随之改变。

"违而不犯，和而不同，留不常迟，遣不恒疾。"孙过庭在《书谱》中指出用笔的矛盾性与辩证性及其微妙关系，宜乎移以观物察情也。笔法如兵法，变幻莫测是也。

画要见真本性、真性情，其人无趣，其画安得？

大凡见性之作，他人必有所难及也，又非全由技法功力所出。

齐白石、黄宾虹的画真好，不是靠大师的光环来吓唬人的。他们已不是在画技，而是画心、画道，所以能服人；而他们的语言技巧又实在是精熟的。

层次不一样，价值就不一样，价值观也有所区别。

不自然、不正常，一定有问题。

傻人有傻福，是因为有人替他操心。你多赚的，也许就是别人少赚的。

主次条理，最见判断力。小人物也难当，他要令重者重。

辩证原则和整体原则，是中医的理论基础，也是中国其他门类学问的普遍特点。中国画也一样，在整体中有辩证，是很难做到的，因为两点似乎有矛盾，但如何化解

[法]马蒂斯 绘

和融合，需要本事。表里、阴阳与虚实，岂可轻易领会？最难之处在于状况变化无常，如何把握和决策。

构图要有虚实，不能均匀。色彩要有主次，不能分散。工写要有安排，不能一律。

虚实融合为一体，既知其难为，不妨分两笔聚合之。

绘画的色彩，要在丰富中见单纯，孔夫子所谓"绘事后素"，就是强调了素底的本性和优势，那是显示色彩的基础条件。"繁华落尽见真淳"，于艺术、于人生，皆如是。

很多事情是不用操心的，顺其自然则可。该发生的就发生，该存在的就存在；不该发生的就不发生，不该存在的就不存在。

"手把青苗插满田，低头便见水中天。六根清净方为道，退步原来是向前。"布袋和尚的插秧诗，是遇到暂时挫折时的处理方法，很多情况下是不得不退步。

挥笔有节，落墨有秩。

言辞犀利会被认为尖酸刻薄、倔强偏激，即便可以做到一针见血、入木三分。

笔墨的力度，是笔墨的准确度。准确度是什么？又是如何产生的？

绘画线条力度之产生，在于骨法用笔，其根本所在，乃"准确"二字。位置精当，造型准确，始可得气韵生动。气韵生动从骨法用笔与传移模写而来。譬如射击，手枪虽小，准确则有杀伤力。又如大炮，虽有威力，然若落地不准确，亦无丝毫之力。

类似抽象画或意象素描，大多笔画都不到位，甚至有"病笔"，但整体组合起来，气韵生动。所谓"病笔"，是出现在了"不应该"出现的地方。

纸与墨、笔须讲究，是线条精良的要求。

无论花鸟、人物，还是山水，画面干净最难得。笔墨简练不是容易之事，总觉笔墨不够，就像写文章，总觉意思不全，于是越来越复杂，终至杂乱。

有确切的笔墨或文字，才可能得到漂亮的画作或文章。确切、清新、老成、俊逸，是熟练后的大技巧。

作画、做文章，要把方便留给自己，把困难留给读者，才余味无穷。

画难在淡处、白处。无画处本来皆可为妙境，一旦不当，反为拙劣，成为赘疣，费劲不落好。

实现画面笔墨符号化的简单动作，需要一个熟练而后再熟练的过程，之后可

崔自默 绘

以期盼随意、尽兴、游刃有余。

画中部件宜聚不宜散，聚则气息整洁、笔墨精神，散则构图松散、画面邋遢。

对于中国画，笔墨才是最经看的，而效果则是暂时的。用笔墨关系来表现画面效果，是高明的，也是难能的。

好的笔墨，既有情趣，又有道理。笔墨随意，却可以有画面的视觉效果。

禅宗说"一车兵器，不如寸铁"，衡诸笔墨，亦然。

有了丰富的经验积累，才可以在突然受到客观刺激的瞬间，得以顿悟、开悟、省悟。下笔如风雨，纵横着湖海，气度超越技法，唯善鉴者得之。

视觉场，轮回再生，层层无尽。

视觉场没有局限性，审美能力需要不断发觉与考验。视觉场层层深入，时间轮回，无限拆分。

画需有笔有墨，笔墨一体，作一分为二之观。有笔无墨，或有墨无笔，最多只能得 50 分。当然，论笔墨要在传统中国书画范畴与审美领域。

要有笔墨意识，要有强烈的表现欲望，要有我，要善用笔墨如兵，得擒纵之法。心要狠，正如李可染所说的"可贵者胆，所要者魂"。

黄宾虹能在咫尺推出很远，千里在掌，因为能落墨如排兵布阵，能得势，因势而引势，有呼应法。

美与丑动态摆荡。艺术意欲、审美需求，影响艺术欣赏，刺激审美经验。司空见惯之后，视觉迟钝，审美疲劳。生活中不缺少美，只缺少审美意愿。不枯竭的性情、趣味与兴致，是审美的原动力。

所谓雷同与巧合是分类粗略所致，类似于因果关系被确认为相同规律，继而得出误差结论。中西文化跨界偶遇，民族艺术隔代相似，人类语言意思相同，皆因生活内容与劳动工具一致。世界原始绘画多用线条即此理。

"眼线、艳羡、咽涎"，汉字音形义复杂，随意组合便衍生故事，宛如色料自由融合，变幻莫测。视错觉和听错觉除了审美研究与刺激灵感之外，就是警醒反思非常态与偶然性。

有时看似捡到便宜，但是转身会认识到那就是个累赘。不能创造再生价值（尤其是精神财富）就是负担。

书法之美，令人垂涎三尺，三月不知肉味。

什么是"书法"？"书法是书法"，这样的回答虽然是胡话，但最准确。

在所有文艺理论中，中国书论是最发达、最高水准的思维与表达。

不知书法审美，乃人生一大憾事，乃入华美世界之一盲人耳。王羲之、怀素、米芾、赵孟頫的墨迹，令人痴迷，真乃世间尤物。

因法变化，故以法名之。法之上者，乃称其道。"宁入饿鬼道，不参野狐禅。"书法可以有鬼气、奇气、怪味，但不能有邪气、俗气、腐味。功夫下到，倘无才情，不能进步。现有基础，加以变革、重组，可以完善。

论书所谓"优游不迫，沉着痛快"，在于用笔的节奏变化，更在于结体的空间营造。

书法之可开拓空间大矣，书法难哉！"各师成心，其异如面"，刘勰的《文心雕龙·体性第二十七》中的这句话，普通中蕴含了高明，天下之道理莫不如是。

局部有黑白灰的结构与对比，整体也可有一个大的黑白灰的结构与对比。字、行、篇，都应该有章法。书法大师如作曲家。大师不是官衔，而是水平。

音乐在于节奏与音量，书法亦须有笔墨之节奏感，所谓"沉着痛快"也。一味沉着为僵死而无筋骨生气，一味痛快为浮躁而失血脉精神。

棉花、苹果之类，空长个子，虽枝叶茂盛而不开花结果，何以故？劲力不到位，精神不得体也，需要"剪枝"。

没有农村生活的经历，书论中所谓"屋漏痕"便无从形象地理解，一般多发生于过去的草顶、泥墙，连天下雨，屋顶即漏，水沿泥墙蜿蜒而下，久则有浅沟焉。

拳法里有直动、变动、空动之说，其微妙之理宛如书法用笔之变化，外行不知。

用笔无力，在于失法。用笔之道，在于欲左先右、欲右先左、欲上先下、欲下先上，总之，勿要径奔目的，要得一波三折之妙。要悟如锥划沙、如印印泥、如屋漏痕、如折钗股之感，须于意念上完成，不可在动作上夸张。一字一笔一行须从通篇中见需求。

高级的书法意象是空间幻化的，不是死物。当然，篆、隶、楷、行、草等不同书体传达的意象自有不同。正书法度显见，草书法度难明。舞与书，虽为二艺，然其意气与神情一也。怀素观夏云奇峰，因风变化无常势，理同草书。书法意象的讲究特多，例如，闻江声、观荡桨、见蛇斗、孤蓬自振、惊沙坐飞、飞鸟出林、惊蛇入草、壁拆路，均由自然物象、物理得悟书意笔法。

书法行气的贯通，是字与字之间有关联，结束就是开始的准备，开始要有结束的感觉。

今人集古人字，虽曰集，通篇气息尚能圆融一气，因其笔法无碍也。今人书法，虽是一纸，曰呼应，曰行气，却往往通篇气息混杂，因为其笔法不精湛。

儿童书法的好处，就是不知道结构和笔画的规矩，所以不受这些规矩的限制与拘束，所以自然而然，亦每有天趣。

"有你自己吗？"在艺术领域，用此一句以质疑于人，赧然者夥矣，有创造力者几人耶？书法、画法，尤其是书法，如不在笔上下功夫，一定是要辜负了自己的大好光阴，空悲切，休怨他人。

"字无百日工"可有双解：书法不神秘，认真写上一百天，笔下的字一定见进步；书法不是简单事，即便写上一百天，也算不上下了功夫，也称不上写得好。我们嘲笑别人水平低劣，也许看的是人家早年的作品。士别三日当刮目相看，才人进步甚巨甚速。

书法一道，具体而微，惟精惟一，知之者盖寡矣；其入手易而进境难，故多浅尝辄止者，竟日挥洒而不摸门者。人都吃饭，但很少有人能真正明白什么是味道，设以此理喻之，其懵懂者犹或不信服也，奈何。

《欧阳修集》中有："余尝喜览魏晋以来笔墨遗迹，而想前人之高致也。所谓法帖者，其事率皆吊哀、候病、叙暌离、通讯问，施于家人朋友之间，不过数行而已。盖其初非用意，而逸笔余兴，淋漓挥洒，或妍或丑，百态横生，披卷发函，烂然在目，使骤见惊绝，徐而视之，其意态如无穷尽，使后世得之，以为奇玩而想见其为人也。至于高文大册，何尝用此！而今人不然，至或弃百事，敝精疲力，以学书为事业，用此终老而穷年者，是真可笑也。"六一居士喜欢"逸笔余兴"之作，因其初非用意而自然可喜也。想宋人已有刻意作书法家的事情，今人尤甚则无足怪也。

补笔，是恰到好处，锦上添花。

补偿、补充，以完善之。不要以为一挥而就一定完美，不要以为不可添补，亡羊尚可补牢。

当你兴奋地挥笔时，你必须依靠技巧把你的情绪控制住，以便展现一幅干净的画面。所谓"高贵的单纯，静穆的伟大"。

好的素描能打动人心，用最简省的笔墨、最直接的形式来表现最生动的形象、最丰富的内涵。

简笔小品，就似经验丰富的老者的一句感悟，语句扼要而意思蕴藉。

时间长了，会品出一个人的品质。一幅作品挂起来看上一段时间，就能看出好坏之处。阅人无数才有经验，能迅速判断一个人的特点。时间长短互相转化，乃见能力。

齐白石的小品尺寸随意，构图满当，似偶然剪裁而得。

"奇取而正守。"

画画，一定是有匠气的事情。艺术，首先是匠气的事情。匠气的高级形式是艺术。

以形写神是传统的、正序的表达，是被动的创作；以神带形、以神造形，是主动的积极创作。

艺术创作，其灵感源于才情迸发，更"链式反应"于学养、眼界、技法，其执行与完成则需要工匠精神。画面固有内容之外，装置形式感很重要。镜框的不对称格式打破了传统的视觉僵局，给读者预留了审美余地。

我们缺少工匠精神。工匠，靠手艺吃饭，自尊、自强、自立，本分、诚实、地道，有责任、良心、担当，不奢求、不投机取巧、不偷懒耍滑、不坑人，职业、专业、敬业。

过敦煌时我曾被深深震撼："普通劳动，创造经典。"

画勾金荷花，有富丽堂皇气，能保持清新雅致始见功力。

心中有、眼中见、笔下现，各自不同。一池荷，荷花、荷叶、荷梗、莲蓬，高低远近，错落参差，阴阳向背，如何在画面上表达是一问题。造型与颜色，有助于在画面上再现真实。

余作荷既久，亦知得其自然之气象殊为不易，参差掩映，扶疏其态，非深得画理、画法又手法娴熟者不能仿佛也。

单独的莲花特写、莲花与背景、莲花与其倒影，不同的形式有不同的内容。

山水最耗时，笔不周而意周，形缺而神全，需要找到最提纲挈领的笔墨，实现到位始可渐入写意佳境。

石涛山水、黄宾虹山水达到了中国山水画的非常境界和技法高度，常人所不能及也。

我画大石榴一枝，构图寻求突破，题曰："石榴子中多妙趣，写意笔墨不须烦。"又写荷花，题曰："我钦极古又极新，既师造化更师心。"

没有难度的画难被认可，怎样表现难度是一个课题。

崔自默 绘

法，一定是高妙的，不然何以称法？正因为你理解了法的高妙，进去越深也就越出不来，为法所束缚就不舒服了，自由不得，最后失去自我。纵观书画史，以法入者，终归于法，而不是情，故死于法。能品，还少吗？出类拔萃的，一定是逸品，需要超脱之才，方可越轨出格而得之。

"奇取而正守"，出乎情而入乎理，最后为得。谈通，何谓"通"？落实不下去，就不是通，只是"懂"罢了。

题画诗如野史逸闻，不同于正史文章，往往见真性情。偶读徐渭的画，其一《柳荫读书图》，有题诗曰："无书不可读，能读又无书。何事劳心目，终年饷壁鱼。"其二《秋郊策蹇图》，有题诗曰："人世风波险，驱驰徒自贤。何如甘养拙，与物共闲闲。"

《芥子园画谱》学而不出，难成大家，然不知其为何物，为不学无术，更难成大家。

实现主义，就是能动性地完成艺术理想。

理想，以理想之，毕竟不是现实。理想是远水，近渴是懈怠，要用远水来解近渴。

自然秩序不会遵循人类的社会秩序和政治秩序来演化。一年的结果都难料想，一千年更是一种理想。

念头重要，实现它更重要。实现，需要契机，更需要热情、精力、水平。

实现不了，是事实；总能找出各种理由，其实都是借口。

从大处着眼，从小处着手，虽然细节决定成败，虽然战略目标重要，不能双美则徒劳无功。

精神生活占起码一半，而且是重要的一半，所以要重视。在物质上不能实现的好理想，先于精神上完成，故阿Q之意淫不简单。

信心，是使人超越有限的、物质现实的客观身体，走向无限的、精神理想的主观形而上领域的途径，它不是靠奋力攀爬可以完成的，需要慧力。

空与无是有差别的：无基本上是数字意思，等于零；空是一个理想概念，是一种极限状态。

读《浮生六记》，发现如果你坚守"一诺千金"的信条，就要做好终有一次倾家荡产的准备，除非你不轻易承诺。

书画之事，大都可以把笔墨搬到纸面上；只要经过长期训练，便可摆布得好看些。但是，要想实现画理与命理的和谐，完成自然与人性的和谐，体会艺术对于调剂人生的大快乐，则绝非易事。

"有"和"无"都是概念，其量也并不对等。假如排除主观，而以物质观分之，"有"是无穷的时间、空间，"无"是"有"之外的东西。那么，因为"有"是无穷的，所以"无"一定很小。不妨把有序看作"有"，把无序看作"无"，那么"混沌"是什么？

扰乱视听，浑水摸鱼，拨乱反正，复归于混沌。

看太清楚就累了，但不累就终不能看清楚。写作或阅读时总有恍惚的时候，此时作者不明白自己在想什么、写什么。读者也常常有读而不解的时候。所以，反复的意义就显得重要起来。

画艺虽为二维平面之物，但须有造境之意识，否则就是纸上的浅薄之物。

傅抱石讲究写意画也要造型准确。清朝书画家笪重光的《画筌》中有所谓"真境逼而神境生"。

输赢以进球数计算，而不以守球数计算，所以虽然防守很重要，但是进攻更重要。不怕贼偷，就怕贼惦记。守城的不如攻城的主动。攻守易势，执政时更须谨慎。

跟谁学，都不如"师心"。

"圣人无常师"，此理当作何解？可师有一技之长者，可师不如己者，故"三人行必有我师"，亦可转益多师。

"三人行，其必有我师焉"是向群体学习，屈原"年岁虽少，可师长兮"是向未来学习。两种学习方法，要兼收并蓄。此外，向历史学习，向自然学习，最重要的是师心，向内心求。

警惕伪沽癖。师师、师迹、师法、师自然、师心，老师不是学生的奴仆。大小相对于观者而言，知识与心态为参照坐标。革命精神差异是由于时代对象不同。自给自足、自助多福，于是自私自利、自作自受。

一大箱子彩票总有一个一等奖，但不知道是哪一个，集体的力量有类于这种形式。

脑际一戏，纸端百得。作跌（音夫）坐达摩两幅，分别题曰"般若无边""诸法空相"，又作立身达摩两幅，题曰"何时酬归计"，乃借用八大山人诗句，下半句为"飘然一苇航"。是日忽觉近来所画不可看，信为进步也。

肩、肘、腕、手轻松而有余裕，柔中

[明] 徐渭 绘

艺术沉思录

[明]陈洪绶 绘 　　　　　　　 [意大利]达·芬奇 绘

见刚,是有发展前途之兆。

摹写人物衣纹"十八描"。衣纹所示,意也,其必须依据人体结构与衣饰质地而生,有主有次,有虚有实。不同的笔法产生不同的形式与状态。形态之生,其无由耶?西方油画人物的衣饰细致更见其妙。石雕人物衣纹亦有"曹衣出水,吴带当风"之手法。

偷师学艺,全看悟性,真正的弟子未必能有此机缘,原因大多是不能用心勤奋。

把我手与我心融合起来,把客观与主观融合起来,把形式与内容融合起来,把理想和现实融合起来,此时,才可以获取最大的艺术快慰。

见,最终不是靠眼睛,而是靠工具,最好的工具是心。

画自己的精神、心性,才有自己的风格可想,也才有创作的乐趣可言,也才会很快提高水平,否则就是体力劳动,没有意思。不为乐趣,无以成其事,然个中甘苦,全在自知。

中国画因使用的笔、墨、色、纸等材料的一致性以及创作题材的限定性而画幅面貌大多雷同,所以能在相似中突出自己的特色,成为风格,极不易。

用笔、用墨的习惯，影响绘画的风格。习惯，是风格的别名。

难度，会让每一个认真实践的画家深刻地体验到，直至望而生畏。

非不为也，实不能也——很多画家面临这样的问题。

画家的作品，反映的是其生命状态。改变状态，改变作风。

高明的中医针灸，一针起沉疴，看来简单，其实包含了多年的修为和经验。画家手中的笔，也同此理，看来简单的一挥，需要饱含多少甘苦呢？

画家多，能称得上大师的一定不会多。判断大师有一个简单的方法，就是把他的作品放在以往大师的作品堆里，看看能不能和谐其间，能和谐就是大师，不能和谐就不是。这个和谐，不是指面目相似或雷同，而是指其作品的气象、气势、气格。大师虽然面目不一，但气象都不凡。

画家故去后，他的东西流传于世，所以很多作品虽然与他本人不相干，但其当时的创作态度必须是认真的。唯物不朽，人何以堪？

小笔调，见大性情。疯狂≠勇敢，胡来≠创新。"胡来"，需要实力，否则容易遭殃。

大画家作画，有编织情节的能力，空间造型感即其一。

艺术难度让人望而生畏的画家，一定是大师，比如黄胄；让人看了觉得画画是简单事，于是信心十足，这样的画家一定不够大师水准，很多号称"大师"的画家其实平平。

无造型能力，是画家的缺憾；于是转而水墨写意，是文人画的取向。操文人画者转而攻击专业画家，是自欺欺人，不足观、不足学。

很多画家画得不成样子，首先是才气不足，其次就是态度不认真，最终不能升级。

画得不好而出了名、得了利，就不怕人笑话；画得好而没出名、没得利，连被人笑话的机会都没有，只有自己笑话自己。

艺术的问题往往不由艺术本身来解决。画家有了名气，其画值钱，假如在此基础上提高其地位和身份，则会有助于其画价的抬高。但是，假如没有首先在画家的身份上出名，而是诸如批评家或者官员，即便其画水准不低，但仍然不会抬高其画价。其中原因，既是社会的，也是心理的，不仅仅是一个艺术的问题。

名近实。名气、名牌的打造，不是朝夕间事。名牌也是固有资产。降价了，就不是名牌了，也就没人买了。

在画室创作使自己自信，在社会游走使自己自卑。

画家自己张罗，画不好画，也卖不好画，要有经纪人，相得益彰。当然，遇不到好的经纪人也是常有的事。

大画家的作品有人买，小画家的作品也有人要。大饭店有人去，小饭馆也有人去。

有画家言自己吐口唾沫，别人都看着是钱，既是对自己的盲目崇拜，又是对别人的极不尊重。

很难想象，一个没有个性和内涵的画家，能创作出有个性和内涵的作品。

一个没有实践过笔墨的人，即便拥有了必要的理论知识，但只要拿起笔来，还是会感觉到自己的无能为力。当然，他需要相当的眼力，否则，根本不知何为好坏，走下去也是未知数。

为了迎合市场而保持现有的状态，不下功夫与下傻功夫一样，都从侧面体现出实践的重大意义。

一滴水可以折射太阳的光辉，但一滴水毕竟不是大海。

一个字可以反映全面的生命信息，"全息论"可以应用于艺术学研究。

白文印最见刀法，挥洒之际，才气与功力毕现。朱文印线条非一刀而成，乃做作修饰所得，故泯灭刀法，不见性情。当然，以见性情的刀法组合成白文，是又一高境界。

人生之事，有时看似偶然，却是必然。篆刻一道，在书画艺术领域中相对偏门，一般者在笔墨熟悉之后便无暇再入，而余自篆刻入手，再延及书法、绘画，因而自成体系。余于篆法，以易认与简便为宗旨，不以怪字、奇字入印。于刀法，则既随齐白石单刀之爽利，也兼学吴昌硕钝刀之厚重。余之篆刻，操刀上石，不假思考，随机变化，因地制宜，因时而画。单刀直入，似乎无法，实则在相同笔画的起讫处，瞬间完成动作之细微区分。刻前石不磨，刻毕刀不修，有赞誉者则心下窃喜，有非议者则亦无多顾及，因余之于篆刻，初即无意于佳耳。

"你自己知道什么是好坏吗？知道就不用问别人，不知道还做它干什么？"这话可以启发新学者。给你指点的人也许是言者无意，但能成事者一定是听者有心。有心还得有志，坚持而不断进步。

崔自默 绘

能文气斐然而气息雅致，容与优游而精谨练达，一以贯之于通篇上下，谈何容易。所以观书作可知其人之天生资质、修养态度、行为习惯乃至体力性命诸端。

"无才气不可学书，使才气更不可学书，到得敛才归法时，一笔一画精神团结，墨气横溢，谨严中纯是才气"，清代书法家翁振翼《论书近言》中的此言颇得中庸之道，文质彬彬，性功俱佳。诸论，皆如此。严肃活泼，文风兴焉，诚如儿童之真纯、之善美。

书法家的成绩，有正分、零分和负分之区分。不知书法为何物，背道而驰，当然是负分，低于零分，而有些书法大师，虽然是正分，但也难以及格。

清人吴大澂学问可以，篆书不错，但可惜的是，他写信札也用篆书，有些滑稽。

损之又损，以至于润；润之又润，众妙之门。素、羞、妒、愁、狂、腴，此妙品之备乎？石，犹人也。

只会写字，也能混吃混喝。只会画小画，也能丰衣足食。索画者、论艺者往往忽略大小之别，是愚，是贪之一隅？

基本单元，构成整体。细节关系整体成败。以身作则，从自我做起，力量巨大。互相监督，就失去了不正之风的土壤。树立为大众服务之思想，不仅仅是树立一个学习典型、一个在普通岗位上兢兢业业的形象，更在于激发、促进、鼓舞、鞭策周围的人，尤其是身居要职之人克己奉公，服从大局。

能录入七个名片，思路清晰而正确无误，即人才。此听来滑稽，何其简单，其实不然，一试便知我言不虚，其间涉及很多细节：一、基本能力，起码会操作计算机，懂英文；二、思维能力，如果脑筋混乱，便不会把邮寄地址、E-mail 地址与电话录区分对待；三、细心，否则数字、字母等错误迭出；四、习惯，有去有还，交代清楚；五、责任心，必要的问题应该能提出来，是为了方便将来使用，而不是为录入而录入。

漂亮，于科学、于艺术都是最难得的。

简洁，就是漂亮。无论是科学还是艺术，只要弄清楚人的因素，其他任何共性与个性的东西，即可一目了然。

爱因斯坦的能量守恒定律 $E=mc^2$，牛顿的力学公式 $F=ma$，都是以最简单的形式，组合最简单的、不同的基本物理元素来包容和概括相当丰富的物理现象。

科学语言比如数学的符号化推演，简约而确切；至于艺术语言，符号化与简约是不是最高的形式，值得再思考。抽象到什么程度是好的，也应有个度的概念。

简洁与严谨，是数学的语言特点。艺术的语言，"为道日损"，是不是一定也以此为最高明之境界，似乎还可以再思考。关键不在其形，而在其质、其神、其思，如此方可一律。

相声语言需要虚实结合，说"头晕"就抽象，说"眼前一黑"就具体。具体则生动、幽默、易打动人。

好的音乐能打动人，在于节奏与旋律符合听觉审美的共通性。好的节奏和旋律的特点是具有简单中的复杂，重复中见真淳。

唱歌不能只以口唱声，重要的是以心唱情。什么歌感动人？怎么唱感动人？感动什么人？这是需要丝丝入扣、环环相连的问题，情之真意乃可辩证见出。

听光盘音乐，似出己意，似写己心。看懂、听懂，需要知音；知音，如伯牙子期者，那是生命与情感的寄托，惨烈、悲壮。

莫扎特的曲子有天真烂漫的纯气，7 岁的孩子可能演奏好，但 30 岁的大人也许就不行，到了 70 岁也许就又可能演奏好，此理亦不出"复归于婴儿"之大道理。

音乐，不只是指头和琴弦上的动作，而是发自内心的声音。内心无物，没有多方面的积蕴，指头上出来的声音是简单的。一方面，有广博的见识和涵养，有情绪，有诗意，有境界，才可以流出非同凡响的妙乐。另一方面，知音难得，因为练就有欣赏能力的耳朵，也不是一两天的事情。

中国民乐，显现了一种轻松、自在、愉情、乐生的态度，那种简单质朴的天籁，需要一种悠闲的心境来视听。

好的绘画是立体的。好的声音也是立体的、圆浑的，近而不闹，远而可闻。

行家一张口，便知有没有，京剧一定是这样，类似于从书画的一根线条可以看出人的修养和功力。

大美不器。

你缺少真诚的朋友，是因为你拒绝真诚，你只喜欢听好话。

你不可能完全把别人当作自己家的人，别人也不可能完全把心交给你。

传统的"玩意"，如京戏，玩的就是地道、正宗。是戏三分生，虽然你熟，也要认真，表现得像（而不是装得像）第一次登台演唱的样子，有点"生"趣才好。流浮则入俗，语调举止如此，书法用笔同理，虽熟悉亦必存陌生感。

学京剧之拜师者，须有诚实之心，知尊敬老师之理，伺候老师，无多怨悔，虽然不是时时听老师开口教导，但耳濡目染，师之举手投足一一记念于心，便是气息之渐染，将来登台，必有自然流露；加之有此心劲者，亦必下得第一等苦功，养就第一等胸襟，及其上台，心中所储，嗓中委婉，一泻而出，气象万千，为人瞩目。

"你说得清吗？""谁真相信呢？"即便真超脱，务必先从俗，理论、实践皆如此，不可太天真。消磨幼稚需要成本，有时负担不起。原本庸俗，竟至于圆滑世故，道貌岸然，善巧方便，游戏神通，亦属造化。大美不器，智圆行方，随缘应物。你想教化谁呢？你能教化谁呢？谁愿意让你教化呢？

发声练习充分发挥人体发声的潜能，研究具体肌肉在发声时的机能、机理，经过细致的训练和指导，可以改正歌手不正确的发声习惯，使歌手的声带自然舒展，并由此出发，使胸腔、腹腔和整个身体协调发声，形成共振、共鸣，共同形成一个有机的大音箱。

美不公平。

　　孩子们喜欢的动漫，内容应该是什么？可以多样、创新，但不应该传播不健康的东西，更不应该传播暴力的、有害社会的东西。

　　成人科幻电影作品有什么意义不必细究，但它为我们开启了一个新视域，经历了一个陌生的心旅。

　　京剧要推陈出新，起死回生不是简单的事情。节奏慢，没有悬念，也许是不利因素之一，但它的特点正是如此。优点和缺点都是特点，没有特点才是最大的缺点。缺点也是优点，改了也就不存在了。

　　杂技和京剧等国粹，锻炼时需要那么刻苦，上台时获得却那么少，简直是很"悲壮"。当然，成就一个歌星、影星，看来容易，也很不简单，其概率和难度不亚于杂技和京剧演员，这也许就是市场调节的作用。

　　大音乐，应该是宏阔的，就算是在宇宙星际间交流，也是可以的。音乐有崇高感，不是容易做到的，需要制作者有这样的胸襟和气象。一般网络歌手的小玩意、小情调，

崔自默 绘

何以面对大自然？那会是一种噪声。当然，在都市的节奏中，解除疲劳和释放急躁，可以借助这种小东西，但常听总不能"养我浩然之气"。

恐怖片中的恐怖，来自观众对未知之物而引发的联想，一旦显形，其恐怖力降低，此又是虚中见实、虚以驭实、虚而胜实之证。

看似细腻的爱情，其实也正是人之大情的展示，不知者何以知音？

既然是仇恨与邪恶，那就要找出它的原因。动作片、武打片，不应该这么简单。武侠小说，尚有文学性和浪漫在，变为电影后，消极的打斗、血腥的杀戮、无人性的凶残，真是无由，难道只是为了钱那么简单吗？禁武令，应该有社会的背景吧。没有触及人文的关怀，终归显得小气。各地演员联合拍摄，对白台词不合拍，没有古意，痞子腔调，不伦不类。以怪异为能事，不是本事。

美国大片的艺术性与技术性确实与众不同，那是敬业精神与经济实力的表现，揭示人性也不错，但应该看到人性是复杂的。

电影《无极》里有："天下的东西要拿都拿得到，只要你够坏。""你毁了我一个当好人的机会。"生活中到处是正在播放的电影，都有这样精彩的台词。

好电影要牺牲个人需求，展示整体氛围。没意思的镜头，对演员的上镜时间而言却有意义。为自私而拍摄的镜头，不能感人。

科学、文化界的精彩故事，曾经有《大家》《探索》之类的栏目，只是它不普通，需要静心地看，不似娱乐节目般随便与轻松。

文似看山不喜平，经典精品往往温馨平和，但也不是一律的。美不公平。街上都是美人，世界何其乏味！生活中看似不公平的结果，确有其公平的开始。"以不平平，其平也不平。"主观的不公平却是客观的公平，不好一味怨天尤人。多做益事，明哲保身，动脉出血，必须压迫。

传统不进入不行，进入太深也不行。对于传统的经典，取其一部分细节，放大、夸张、抽象、符号、典型化，就是现代直接的营养。

失序的东西，是丑的、不合理的，但一睹而令人惊骇，最容易被记忆，激起时尚话题，但难能留下来；美的东西，容易被个体暂时忘记，但因为美具有永恒性、共通性，所以会流传下来，成为经典。

一幅画中，技巧成熟，画面美观，主题明确，再有一个亮点就是可观的。如果处处留心，精心设计，思想深邃，则属精品、经典。

经典的经典——虽然只是有限的东西，却是永远学习的范本。由经典而衍生的后世诸家之述作，是其次选择。

雅俗共赏，是大学问。

雅俗共赏，广受欢迎，但福慧双修，也需福报。雅俗无界限？高处不胜寒，寂寞为必然。通俗而不庸俗，和光同尘，深入浅出，并非易事。

很多人未能免俗，虽然他们追求雅。很多人未能免雅，虽然他们希望俗。

以前以为闲情漫画有些无病呻吟，太做作，技巧也不太专业，是小意思；现在慢慢觉得，只要画到位了，雅俗共赏，反而便于传播，也可以登大雅之堂。

俗，是真实生活的正常态。有意脱俗，需要力气，难免疲累，支撑不住时终会返俗。

认识雅俗，循序渐进。辨别真假，需要时间。贵在坚持，水到渠成。兼听则明，因人而异。宽恕，却不失严谨。纯艺术表现出一种生命力、感召力。无序中具体而微，纠结中磨炼定力。无法而法，诸法无常；不法常可，进取者狂。乱为自然性质，始乱终弃平常。

只有俗人才不媚俗，所谓雅人都媚俗。媚俗，是民主的另一种形式。

把俗事说大了，就雅了。比如加入某协会，别人正以为很庸俗，你却可以说"我能加入协会是我的光荣"或者"其实我不够格，我会继续努力"。

常常尴尬于对待现实的态度：若从俗从众，则无道德、有所不忍；若不从俗从众，则极不方便。协调尴尬的方法是寡欲、知足。

凡俗之人无理而张狂，莫名其妙。有成就之人无理而张狂，则尤其莫名其妙，其成就何来？

不去厕所的人，是雅人；去厕所的人，是俗人。彻底的雅致之人不存在，时刻表现庸俗的人也没有。

不免俗而能离俗，能振奇拔俗，不易。

以争上风而证明自己是强者，是低俗、原始的心理作怪，其实什么也证明不了，还往往生气、发怒；以谦恭退让来表现自己的姿态与地位，是文明与高级的象征，在自己的心理上得到安慰和愉悦。

夫子之得，温良恭俭，亦稳准狠也。越是背后的实际生活不如人的，越是在表面上张扬自己，以发泄郁闷，或者引起别人的注意。知止就没有绝境，为艺要能忍住寂寞。

如何把艰深与通俗结合起来，是一个学问。

通俗，有破坏高雅之弊端，也有传播高雅之功用。水涨船高，大众审美力会变迁。

大众水平可以被引导、塑造。做俗了，媚俗了，入俗了，以为就有了观众，简直是低估了观众的文化水平。

崔自默 绘

武极而文，文极而武。楷书要有草情，草书要有楷法。电视剧要如纪录片，纪录片要如电视剧。文人要有商业意识，商人要有文化素质。

作画当知用笔之法，由分明而融洽；融洽之中，仍当分明。无法者不足观，而泥于法者亦不足观；夫唯先求乎法之中，终超于法之外，不为物理所拘，即无往而非理。若雕刻与编织，切磋琢磨，穿针引线，有条不紊，自成格局。

好的电视剧不单单靠离奇的情节来吸引人，而是靠高超的艺术来打动人。衡量电视剧水准的高低，就是看它能否经得起反复观看；不想看两遍乃至多遍的电视剧，一定不怎么高级。

视觉画面解决问题，不足时解说词辅助之，无法解说时音乐补偿之。听觉高于视觉，更高明者打通声色。

平日说话，有周围大场景做衬托，所以手势与表情可以随意，还会让人觉得自然、生动而有趣，但反映到电视画面上，因为面积有限，关注点少，那么这些不必要的"小动作"就显得太随意、不雅致。现场人不多，反映到照片上显得人多，也是此理。

低俗化不是市场的本质，大众喜欢雅俗共赏，舞台的审美品位和艺术格调需要不断提高。大浪淘沙，寒流过后，健康、善美、文明的文艺春天就会到来。

写实，就是新鲜。

鲁迅赞《红楼梦》"正因写实，转成新鲜"。最好的剧本是生活实情，但是因为真实经历者不能言传，而编剧写作又终隔膜一层。奈何厉害者把假的弄得比真的还真。

好的纪录片是现场的展示，不需要后期制作。后期制作就像贴补丁，总不如当初的原装。当然，摄像技巧要高级，但总也不能像现场观者的眼睛、耳朵那样全方位反映。

人能干让自己快乐的事情，就是有意义的。有意义和有意思，是两回事：意义或许是大家的，意思却是自己的。人总是在想着或等待着要做有意义的事，也正是在这个过程中，荒废掉属于自己的有限光阴。这样说也许还是没有意义，也正是"言不尽意"之一端。

典型化、象征化、符号化、完善化，贯穿于创新的始终。艺术家对新鲜事物要有兴趣，要有上进心与创新的欲望。

很多热闹只是一个小圈子里的事情。你知道，觉得热闹；你不知道，也一点不碍事。我久不读报纸，也没事，一读，觉得热闹，读下去，反而耽误了大好光阴。现在很多所谓"轰动"，是媒体轰动，是新闻的一种表达词而已。

"多见何益？"

应有尽有，不如当无则无。

面面俱到的东西，什么也不是，也不存在。

一言难尽者，人事之复杂也。无须言尽者，存在之事实也。成王败寇之理，多言无益。

一个艺术家或者一个单纯的文化者，可以在自己的内心保持一块净土、一片自己耕种的自留地，但是一旦出于社会的、集体的考虑，便不可以任性，不能为好玩。作为个体的人性，是自由的，但集中到社会的范畴内，头脑中就要有规范、有拘束。

靠职称来支撑自己的面子和生活，简直可怜，但我们生活周围不是有很多这样的人吗？其实，值得庆幸，倘若一个比一个能，不更是争斗与混乱吗？

社会需要更多的安分守己者。

很多人有知识不可怕，可怕的是很多有知识的人聚集在一起，不是共谋一事，而是互相拆台。

"文人相轻"，是文化人或者说艺术界普遍存在的一个现象。"僧赞僧，佛法兴"——佛学之所以兴盛，为大众所普遍接受，与其宣传和流布的无私理念有关系。

传统告诉我们传统是什么，没有告诉我们传统不是什么。

传统告诉我们应该怎么做，但没有告诉我们不应该怎么做。

优秀文化传统，是一个民族的集体记忆。失忆，可怕、可悲。一直掩着不露，很累。

"概念"是一堆基本颜色的碎片，是零碎的砖头、积木块。有了足够的"概念"，才能进行复杂的、层出不穷的思维活动。

昨天正确的，今天未必正确。彼处正确的，此处未必正确。对于我是正确的，对于你未必正确。这就是"方法"这一概念的含义。无法而法，为至法，是应对这一变化的现实。

记忆是生命的一切。人类失去记忆，就消亡了文明。

博物馆是人类记忆文明的实在，强盗喜欢文物收藏是有意思的事，是单纯的战争破坏之外的奇怪现象。

传统不可轻易言入，入则难出矣。我们的传统国学，是以民为本、以土为根的。不懂农学，于国学必有隔膜。

丰富的传统，可以造成保守，也能充满活力，就看你念力如何。

继承本身也是发展。所谓的"反传统"行为，其实也是传统内容的一部分；而完全沿着传统走，其本身就是反传统。中国传统文化里，爷爷的名字，孙子是不能再使用的。

地方文物遗迹具有文明意义，超越了国家和地区泛化的概念。有而不读、不用，也是失忆。

"你想——干啥？""你——想干啥？""我——不想干啥！""我也——不想干啥！"四川人打架，就这么简单地结束了，很文明，确实大家都不想干啥。上海人更实际，因为打架没有一点利益，更打不起来；而且，他不占别人的便宜，别人也占不到他的便宜。

"礼多人不怪"，把它改为"人多礼不怪"，亦特有意味。来人一多，服务者根本无精力顾及更多的礼貌与文明；况且来者参差不齐，有素质不高者，集市、

崔自默 绘

医院等场所，大凡如是，不足为奇。

天下饭店是吃不穷的，越吃越富，还欢迎你浪费。"消费"这概念有意思，但此"消费"不是彼浪费。钱是人家自己挣的，愿意怎么花就怎么花；不符合其他人的消费观念时，就被看作是浪费，其实未必。如果不是这样，情况也许会更糟。试想，天下的钱挣到少数人手里之后，他舍不得花，而是搁起来，发了霉，那么整体的经济行为就停止了，整个消费市场会受到影响。好比水，愿怎么流就怎么流，没事，最可怕的是不四处横流，却只漏到无底洞里，周围还是干燥得厉害，或干脆因不流而腐臭。钱从哪儿挣都是挣，花在哪儿都是花，其道德的差别是以传统的观念为衡量基准的。那么，消费何以被分出好坏呢？消费的，应该是可再生的，如粮食、钱；不该用力消费的，更不能浪费的，是不可再生或不能迅速再生的资源，如石油、煤、森林。

浪费、懒惰与珍惜，有时等价。动作不要完成太快，要不然，会显得不珍贵。也许人家只是顺嘴一说就忘记了，你当真了就会很失望。

没有能量，就没有世界。现代人类的文明是耗能文明。在发明蒸汽机和运用石油以前，石油不是使用和争夺的对象。在法拉第发现电以前，就没有对电的需求。像电一样的能源形式多了，也就没有危机了。

不努力节省并寻找能源，而致力于争夺能源，大概是危机的一大根源。

地球上没有绝对有用的东西。

地球上什么最没用？人。大创造力，也是大破坏力。原子弹有用？看在谁手里，在你手里就是麻烦。没有影响的人，好事、坏事都不会出色。

摄影虽似写实，其实也是写意的。世界上没有绝对的写实，也没有绝对的写意。

在极度快乐的时候，人尤其容易感到巨大伤感。其缘由大致有：一、眼前之乐不能长久；二、本可有如此之乐，却等待多年，得来何其不易；三、社会中的所谓文明之人，为自己制造了那么多障碍，使自己离健康快乐的童年越来越远。

刘禹锡有句云："天之所能者，生万物也；人之所能者，治万物也。"人是地球上最有智力且最应该考虑如何治理地球的，否则就是最有破坏力、最没有用处的。依现在的视觉来看前景，什么是人类的文明？狩猎和采集生存方式——农业文明——工业文明——信息社会和信息经济——生物经济，文明发展的链条和密码，是进步还是退化？谁来判决？

观动物世界，鱼群如黑水，大鱼吃小鱼，飞鸟捉小鱼，真是一个空前的大战争场面。然而，动物之战争，无损于地球及更多其他生物。人则不然，活动范围更广，破坏力更远甚于其他。

什么最有用？要综合考虑、具体分析：钱最有用，因为它可以买很多你喜欢的东西；但东西只有你喜欢，才值得喜欢；还需有用，没有用，不值得一留。喜欢，是感情的东西，因为一些原因而影响自己家庭的亲人感情，这样的东西也没有用处。

一夜暴富的宣传，令人好逸恶劳。

一夜暴富的宣传，虽然可以鼓舞普通人的生活热情与勇气，但的确也扭曲了很多人正常的奋斗秩序。相信了传奇，忽视了努力，于是心猿意马、朝秦暮楚，没有一点服务意识、诚信精神和工作责任感，最终害人害己，与文明社会背道而驰。

一般人只看到成功，却忽视成功路上洒下的汗水和泪水。

一般人，希望上进，故其行为表现颇有素质，只是需要付出成本继续培养。中等人才，好高骛远，好逸恶劳，不思上进，时常跳槽，却也没有实际劳动能力，故无所用，却还须付之高工资。高级人才，是合作伙伴，需要缘分和大资本，初级发展用不起，靠信念又难立刻说服人。招聘工作人员，从低级着眼，反能工作顺利。

真贵族和假贵族，一出手就立见分晓。老贵族极理性、极成熟，那是年代久远的有血统影响和文化担当的结果，有着高尚与高度自律。假贵族根底浅，只做表面文章，讲究奢侈，标新立异，其实没有什么内涵。

"贵族"也是有层次差别的，即便谈钱，好房子、好车能值多少钱？高贵的艺术珍品是无价的。"贵族文化"势必是阳春白雪的东西，比如八大山人、米开朗琪罗，那境界不是一般的暴发户所能轻易触摸到的。有钱拥有，却精神不匹配，也常见。

心性柔和，不着急、不上火、不发脾气，是高贵之人。

自由自在，本身就是智慧。

　　同样的文本，重量感和价值意义来自话语权。同样一个事件、文本，会有不同的解读方法，不到位或者过度都是误解、误读。过度解释是普遍现象。

　　文本既在，见仁见智，能得一自圆其说的解释，为一家言。

　　物必先腐而后虫生。网络之抵抗力如何、生命力如何，大概还要看它自己。很了不起的坏人的掘墓人是他自己周围最亲密的人。

　　社会、历史和文化，很多是一个传统概念，以习惯的形式存在；谁能打破这个"习惯"，就在大家的队伍中向前走了一步，"脱颖而出"。

　　文化像素餐一样，也需要一个具体的形式表现。

文人的痛苦，就是心里放不下。

　　我崇尚文化，也崇尚崇尚文化之人。没文化，但喜欢文化，喜欢表现文化，总比虽然有文化但表现得没有文化要好得多。好面子、懂礼貌就是文化。

　　要学会欣赏俗的东西，就是进步。

　　万象更新——民俗的活力与生机叠加在纯粹文化的上面立即衍生出新色彩。

　　俗文化可以渗透或显露大文化的端倪，但毕竟不能代表文化之根本。文化是什么？俗文化又是什么？代表是什么意思？真正的文化成就在于什么？

　　算账、交钱、买单，其实都是一个意思，而以此来区分地域文化和地位身份，似乎没谱儿。

　　言、意、思、悟，乃双向联络，见出文化发展与文化研究之双层关系。

　　《劝学》中有："登高而招，臂非加长也，而见者远。"居于文化中心，人才有居高临下之势。譬如波的传播，在中心震荡则快速传播四方，偏居一隅则传播缓慢。

　　老朋友刚去世怎么可以办喜事呢？我们一定以为这样不妥，但科学的思维应该是把两件事情分开来谈论。混杂在一起谈论，是把事情复杂化的缘由之一，我们文化传统中的很多东西有这样的意思。

　　儒、释、道三家，对待人生的态度和方法有差别，但殊途同归，都是在有选择和不得已之间决定。中西文化有差异，但一些俗语说的道理是一样的，比如"眼不见，心不烦"，由此可知浅层次的视觉"眼"对深层次的心之"意"的影响。

没有文化的上台表演，有文化的说三道四、品头论足，都是合理的，大概很难反过来。

"你不喜欢，我们喜欢"，这是年轻人的话语，所以应该重视不同年龄、不同层面消费者的心理和兴奋点。

"自组织"，是无为而为，是遵造化、从自然，是物竞天择之道，但也不违背人工。人工胜自然，是科学、理性，得有效而不盲目。

知识分子的无奈，是自己作为旁观者却看清楚了客观的、内在的原因，也认识了主观的责任，但不见得有承担责任的实际机会；即便有了，也不见得能真的承担好。

文化是无奈的。无奈的是文化属于精神消费品，是社会中看不见的存在，不能确切把握却力量巨大。

社会政治的背景与经历，对一个人的作用是巨大的。文人的行为，受客观因素的影响至巨，能不为左右而俯仰沉浮者，鲜矣哉！陈寅恪提出"独立之精神，自由之思想"，与鲁迅悲哀于国民之愚，异曲同工。

"能用众力，则无敌于天下；能用众智，则无畏于圣人。"

懂人懂事，才能整合资源，才能合作。

很多好计划的实施，需要人力，但是要想找到合适的人才去执行，又不是简单的事情。找助手，靠缘分；找到好的合作团队，是一个人的福分。

交流、交往应该有包容、互助、双赢的态度。有资本才能把资源变资产。

能用人之长，整合资源，是干大事的条件。自己本事大的不善用人，不善合作，故反为人所用。

你抬他，他抬你，互相抬，相得益彰。你贬他，他贬你，互相贬，恶性循环。大家各自挖自家一口井，合作是局部的、偶然的。

分工合作，是理想化的劳动方式。善于重构和组合资源，是一种特别需要的社会能力；个体的力量毕竟是有限的。网络经营使消费者变为合作者。

很多东西不属于我们自己，我们能善于使用就足够了。合作，才能做大事业。一口井若清水充足够用，何必再多打几口井呢？多一分拥有，则多一分牵挂，甚至多一分累赘。

见性之人，自是通才。

同因不同果，同果不同因，是值得注意的现象学。

因缘虽然不全由个人主观决定，但的确与自身关系密切。找别人好处，认自己不是，才能心安、发展、受益。

很多大因缘——重要事情的开始，轻易地就开始了。

风水不只是一个简单的勘舆学问题，而是一个综合了精神、心理、象征、寓意、符号等概念的集合体，是全息论。

读画如观花赏乐，声色俱陈，联类通感始妙。

传世的艺术精品，价值大，当然价格也应该高，这是对中国传统民族文化艺术的国际地位的肯定；但古人已经成为古人，价格高低与他们本人的生存状况毫无关系（最多是他们的后人享受到在前人大树底下乘凉的好处）。要想使得中国古代的艺术杰作的价格与国际接轨，并远远超越当代画家，需要多方面的努力，主要是投资总额的大幅度提高。

书法结构、画面布置，也有风水之说。郭熙的《林泉高致》中讲到画也有"相法"，以李成为例，云"李成子孙昌盛，其山脚地面皆浑厚阔大，上秀而下丰，合有后之相也，非特谓相兼，理当如此故也"，玄而亦妙。

中国画如何发展，中西结合的道路到底如何，不是眼前所能回答的，因为它受到参与者的时间和数量、层次等很多客观因素的影响。

再难得的东西，一经过时、过地、过人，就不需要了。过气，也是因为时、地与人的综合条件不足了。

因果关系，是一个无始终的、连续的链条，而任何事物的发生、发展，都不是单一原因在起作用，一定要考虑综合因素，否则就是肤浅。

为了解释人类的复杂行为，很多学人经由自己的分析和思考，确立出很多相关概念。如胡塞尔的"现象学"，考察有关人的一些现象，比康德从道德实践来解释现象就更具体、更本质，似乎更容易打动人。

人的伤感之语，往往属于一种普遍现象，而不是基于一己的小情怀。好的存在，人是不会误读的，比如天上的朗月，永远明亮。心理的黯然只是暂时的，百年一旅而已。

弗洛伊德以"性"的关系与符号特征来扭结很多现象，实际上，还是使用了哲学中普遍联系的原则。除了"性"之外，其实使用其他任何东西作为引子来研究，

崔自默 绘

也都是可以的，只不过"性"字是最容易引发人思考和兴奋的线索罢了。

"咖啡占卜"，根据喝完咖啡杯子底形成的痕迹模样可以预测事物的发生，简直是不可思议，莫名其妙，有点荒唐。当然，根据普遍联系与全息论，任何蛛丝马迹都合理，甚至反推时都能解释得天衣无缝，那需要牵强附会的一套本领。

所谓老司机经验，是预测与觉察危险的能力，而不是处理危险的本事。处理危险，总有处理不了的时候；若能预测到，提前避免，就平安无事。

大批地下文物的发掘和出现证明，中国的丧葬传统和文化习惯值得感激，否则今人无法一睹古人昔日的生活风采。

陵园里扫墓的人，各种表现都有。有的孩子在嬉戏，在墓前倒二锅头酒的家长怒而一巴掌，孩子哭起来。有的在墓前一起吃香蕉，很是轻松。

内涵、修养、高明、品位，都给内行看。若遇外行，则你的礼貌、尊重、客气，可能会被误解为怯懦、无能、虚伪。

对内行不需要细说他就明白，对外行即便细说他也不明白。

科学本身并不科学，所以即便是科学问题，也不能仅仅依靠科学来解决。

从"日心说"到"相对论"，哥白尼、伽利略、开普勒、牛顿和爱因斯坦，五位巨人一起奠定了近现代天文学及物理学大厦的基础。

伽利略创立了对物理现象进行实验研究的思想方法并形成了把实验方法、数学方法与逻辑论证相结合的科学研究方法。经典物理学是由牛顿力学、麦克斯韦电磁理论和经典统计力学来支撑而形成的完整严密的理论体系。

西方的哲学家，多是数学家和物理学家，所以思维是清晰的，采用逻辑体系也是必然的。东方古代的哲学家，多是语言学家和文学家，思维是混沌的，采取诗性的、浪漫的思考模式。两者结合，可以生出硕果。

任何事物的发生与存在，总是多个因素同时起作用，每个因素都是必要而不充分条件。

文化的、历史的价值，与实际的、现实的问题需要关联研究，否则就是"假学究"。

没有绝对真理，只有绝对服从与相信。

关于学问，钱钟书说，"大抵学问是荒江野老屋中二三素心人商量培养之事，朝市之显学必成俗学"，"商量"二字最应着眼。"子贡问曰：'有一言而可以终身行之者乎？'子曰：'其恕乎？己所不欲，勿施于人。'"（《论语·卫灵公》）"其恕乎"，"其"和"乎"显示了孔子对于学问的"商量"态度。

朱熹赠友人联，曰："旧学商量加邃密；新知培养转深沉。"书需要自己去读，道理需要自己去究索；教师之任务，在于做个引路人，后生有疑难处，一同商量。

不关系自身性命和生存状态的东西，都不是真学问。真学问不是纸面文章读着玩的，是需要实际做的。表面上眉飞色舞、夸夸其谈，背后却艰辛无比、痛苦不堪，那他的学问也只是隔靴搔痒。《孝友堂家训》中有："学问须验之人伦事物之间，出入食息之际。试思尔等此番何为而来？能无愧于所来之意，便是学问实际。"

虽或有所学，然不能行之而益生，不算有知。樵者有歌曰："离山十里，柴在家里；离山一里，柴在山里。"远取诸物，近取诸身。"林中不卖薪"亦同理。

学问但求"放心"。更方便生存，是学问之初衷，值得细致分析。"学问之道无他，求其放心而已矣；然则但求放心，可不必于学问乎？"清人顾炎武笔记《日知录》卷七有此一段言语，颇辩证。"放心"，谈何容易？心不至于如死灰，则有挂碍而终于不能放下；至于所谓放心云云，唯假设之情况而已，乃颠倒因果关系也。放心，亦只在当下一刻，永久放心，必无其事。

但求无过，但求无悔，谈何容易？

别忘了蝴蝶也是毛毛虫。

灯质量不好，是你买的不好；邻居不好，是你小区档次不高。放一个不配套的零件在旁边，后面的修理工会判断失误。

很多过去有名的悖论，其实是不合乎逻辑的，只是一些偷换概念或混淆集合之类。

要把学术取向与社会趋向区分对待。要知道目标然后才可以用力，否则致远恐泥。

对于"显学"，因为已知的内涵很丰富，所以未知的外延空间也就越大。只要你有独到的思维，就会发现太多的漏洞与可探讨的余地。

白纸一张署曰："牛吃草"，就是混淆概率与误差积累的典型。

当一个人只能谈文化时，百无一用。

我喜欢"有用的文化"，"公益是新国学"，就是注重学问的个体真实性与文化的大众实用性。古来圣贤善人之嘉言，不是让人用功背诵的；如果有缘人时时处处真心笃行，人就善了，命就好了，家就和了，事就顺了，社会就文明了。

术以学富，方法的产生与实践，总应该围绕"学问"二字，否则都是无益的；学而无益却徒耗时光和身心，则殊为有害。

学有用的文化，知道什么是有用的，才是有文化。弄清楚别人需要什么，是为人处世最重要的。做学问靠的是脑子，而不是头发的黑白与多少。搞学问的应该是什么样子？瘦瘦的、黑黑的、白头发？很多富态的人，不像搞学问的，但因为触及生命的本质，见多识广，有大学问。

学问与学术，是有区别的。艺术、学术、学问，有次第之分。真正称得上学问的，必须涉及人生的命理之学，触及生命的存在，不然，都只是纸面上的文字游戏而已。

博学的基本含义是什么？怎么才能称得上博学？博学有什么价值？

有学而不能移性易习，不算有学；苟一言不如意，即以声色相加，定为匹夫也。

凡事有因果，一切都是应有的结局，快速了缘就是好结果，所以要处之泰然，乐天安命。

胸中学问，要自然流露，而不是竭力晃荡，否则无乐趣而疲累矣。

每个人都有各自的家庭与事情，全身心玩命工作的人少之又少。大成就必须大付出，没有人愿意用代价换成绩。有文化而貌似特别有文化，特别没文化而貌似有文化，都同样可笑。

文化不能安身立命，就是没文化。嘴上说有学问，但表现不出来，就是没学问。有钱不花，或者说花不到位，等于没钱。

有朋友拿出两页诗稿，说前一页是钱钟书作的，后一页是自己作的，结果前一页大受褒扬，而后一页遭到批评。等他改口说是自己弄混了，前一页自己作的，后一页才是钱钟书作的，众人尴尬不堪。其实，这两页诗都是他自己做的，只不过是有意试验一下。

新国学要讲究"有用的文化"，其存在要服务于民族振兴，故以"公益"二字概之。

大师虽然可以很讲究，也可以很将就，但你不能因此而没有恭敬心。谁都难真谦虚，大师也一样。

阅历就是学问，讲究就是文化，认真就是力量。

国学研究的目的是什么？要研究什么？要怎么研究？目的能不能实现？

国学的内容是否应该变、怎么变，都要慎重考虑。推陈出新，不是口头上的事情。

矫枉过正、过犹不及，对于国学研究，应该防止这两种倾向。

国学的任何一种，比如《易经》《论语》《庄子》《坛经》，内容都不是单一的，理解它需要有很多相关的背景知识。中国历代的大文人、大学者中有很多从事艺术实践，尤其是中国书画，对其有所精研与领悟，因为其中融汇了文、史、哲等诸多国学的成分，并涉及性情与命理之学。韩愈、苏东坡、米芾、黄庭坚、赵孟頫、董其昌等是古代的

崔自默 绘

大师级人物，他们的高度今人很难达到，是人生阅历有所不及之故。

司马迁把孔子列进"世家"贵族，以称"至圣"。孔子曰："加我数年，五十以学易，可以无大过矣。"《易经》之精髓，变通随机而已。"五十知天命"，应该有所恐惧，有所不为。

很多研究浮在表面，但炒得很厉害，而真正有意义的东西，却未必受到重视。

文化不是对每个人都立即实用。个人成功的基础，就是群众大多是看客。粉丝经济，就是由虚变实。

知缺点易，懂优点难。一个人懂文化是分内之事。一个人很难知道自己到底会做什么，更难知道到底能为别人做什么。

"温故而知新"，不仅在于全面了解文化传统的博大精深，还在于认识艺术风格的来龙去脉与增强传播学习的自觉自信，更在于充实审美体验与实现市场繁荣。

人为"活着的理由"而活着。

社会是复杂的，人既然在社会中，所有的发生、存在都是必然的，何怪之有？

"道吾恶者是吾师，道吾好者是吾贼"，与道家绝圣弃智，"反者道之动"如出一辙。一切法门，无非用意解脱，般若海阔，入而后悟无边。

佛学与审美、禅宗与审美、理性审美等，都是可以细致研究的空间。

佛学在复杂中有简单性，为善而已。道学在简单中有复杂性，难言而已。

多年后重游龙门石窟，感受大异。水左有香山寺，云有白居易衣冠冢，亦择善而居者。此地人杰地灵。伊河在侧，想当年"伊川先生"程颐，悟得世间法则，岂寻常之人乎？如此规模巨大的石窟造像群，从齐地面到居高俯瞰，从指大到数丈，蔚为壮观，倘非宗教情结而人为组织，难以想象其出现于世。

精神的力量是伟大的。内心的力量是伟大的。精神与内心的需要是什么？舒服、心安、法喜、荣誉等。

抛弃过去，不为别的，有时仅仅是为了摆脱痛苦。

所有反映出的类似动物性的行为，比如食和性，都是可悲的，不仅仅因为其不文明、不高级，而是因为其背后的为生存而进行的斗争。

纯人文学者不知晓科学的基本常识与数理的基本逻辑、原理、公理、公式、方程，所以总说没用的话。

数学不是算术，一抽象一具象。点既然没有大小，何以无数点连接起来就成了线呢？这似乎难解，只能靠数学的抽象思维。

科学认识是不断深入的，比如几何学。几何学最直接的用处不过是丈量土地，苏格拉底这么认为。而他的学生柏拉图十分重视几何学，不懂几何就别进他的门。再往后，柏拉图的学生亚里士多德则有了更广泛、更深层的数学思维。经典几何是欧几里得几何学，他的《几何原本》由中国明代的徐光启与意大利传教士利玛窦一起翻译。经典几何有两大法宝，即毕达哥拉斯定理（勾股定理）和黄金分割。欧几里得之后，经过德国数学家高斯以及非欧几何学的集大成者德国数学家黎曼，终于有了作为爱因斯坦提出广义相对论的基础数学理论。

培根说过，读史使人明智，读诗歌使人灵秀，数学使人周密，科学使人深刻，伦理学使人庄重，逻辑和修辞之学使人善辩。这些都是初级认识，而老庄哲学提出"绝圣弃智"的思想，是因为文化使人受累。

记得陈省身先生在谈论数学问题和一些科学问题时，常用"这问题有意思"或者"这问题没有意思"来作判断，正是前述"意思说"之旁证。

主观意愿和客观科学，要区分对待。你想下楼，要乘电梯，你按向下键，它不动，因为它不知道你想去哪层，你的主观不起作用。按"1"，即便你不按向下键，它也知道客观地向下，这就是科学思维。狂按电梯按键的人是不相信电梯还是不相信人？

科学的地位，最讲究"质"，比"量"重要。

胡适提出"大胆假设，小心求证"之说，大学是假设阶段，社会人生是求证阶段。

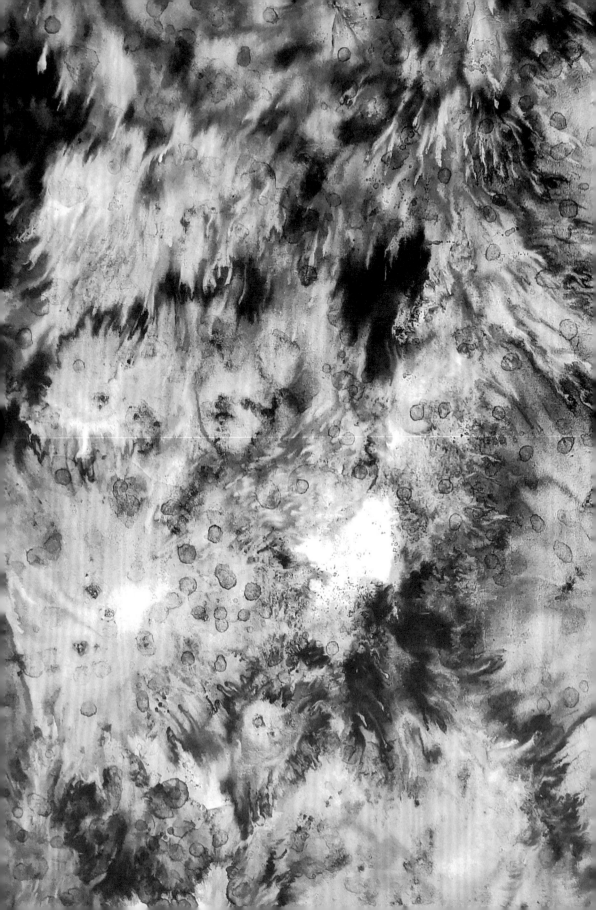

但开风气
不为师

作画妙在似与不似之间。太似为媚俗，不似为欺世。

——中国近现代书画家齐白石

反常的艺术可能是人们所不理解的，但是好的艺术永远是所有人都能理解的。

——俄国作家列夫·托尔斯泰

篇七

微波摇人，稍待即定。

"君子动口不动手"，是浅层次的认识；反之，"君子动手不动口"，是认识的第二个层次。

今天的历史由后来人写。在未来时间面前，任何大英雄都会被击败。

历史是什么，就是现实，就是过去的时间存在。历史虽然是必然的客观存在，但可以不被主观地承认。

反应不能太快，否则麻烦衍生不断。有些病不治而愈，发现了紧急应付，反而如歧路亡羊，捉襟见肘。

历史上人物的真实故事与表面文章、人品有时差异巨大，历史研究需要科学逻辑。民族英雄、仁人义士、叛徒、刽子手等需要耐心辨别。

个人的记忆不能代表历史的真实。文风不能代替人品。

人性与国格、民族主义与世界和平，何者为先？

"君子思不出其位"，然则文人激情，匹夫有责，虽不稳准狠，却往往成为历史变革之星星之火。

中国有屈原，他无条件地爱自己的国家和民族。"无条件"，是感性，是以自己的方式。感性和理性，何者为先？

追求快乐，便是崇高。不看不喜欢的，不听不喜欢的，不吃不喜欢的，不做不喜欢的，不想不喜欢的。

《尚书·虞书·大禹谟》中说"人心惟危，道心惟微；惟精惟一，允执厥中"，可谓国学精粹。《荀子·解蔽篇》中亦云"故《道经》曰：'人心之危，道心之微。'危微之几，惟明君子而后能知之。故人心譬如盘水，正错而勿动，则湛浊在下，而清明

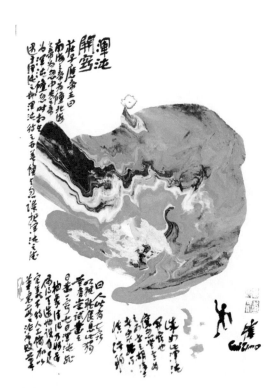

崔自默 绘

在上，则足以见鬓眉而察理矣。微风过之，湛浊动乎下，清明乱于上，则不可以得大形之正也。心亦如是矣"。可见君子与小人的相对位置以及天时地利的客观条件很重要。生活中总会有变故，最是看出人品的时机。君子尚不敢保证，更怎轻言相信新识之人？

文化与艺术的差别来源于人，只是因为人居南北，才有了所谓的南北之别。

大开始能大合，大起方可大落。欲进先退，欲扬先抑，皆类欲擒故纵之兵法。

一方水土一方人，地名如人名，知名度大，便成为资产。一个人、一首诗即可让一个地方家喻户晓。

我们都在一个时间的存在里，但你说"早上好"，我却说"晚上好"，因为我们有时差。时差是什么？它是人根据地域的区分而人为形成的一种认识和概念。不仅是物理上的成因如此，人文的（比如地区的）语言差别，尤其明显。

地域性艺术特征，是一个显见的人文现象。禅分南北宗说，此外，很多类似的论述，都是以地域区别而分析艺术区别为先入之见，虽然可以举出很多正面的证据，但究竟不能全面而辩证地下结论。其实，可以采用更大的视角。

南北地理造就南北人行貌大异。近代大家鲁迅等人均对南北之异有所感发，非为无由。文品与名气、人品不见得严丝合缝。

不同地域的人，气质不同，当然艺术风格也不同。

地理影响人文，古今中外，概莫能外。明时董其昌提出"南北宗"论，乃中国文化发展史以及文人艺术脉络演进的必然环节。禅分南北宗，画也分为南北宗；画以南北而分，其实也是类似论文之法，以南北之别为轻柔、淡远、细缓、秀弱与刚毅、深厚、雄挚、奇古之别，如此之论终是表象，而非气质。

"笔墨一道，各有所长，不必重南宗轻北宗也。南宗渲染之妙，着墨传神；北宗钩斫之精，涉笔成趣。约指定归，则傅墨易，运笔难。墨色浓淡，可倚于法，颖悟者会于临摹，此南宗之所以易于合度。若论笔意，则虽研炼毕生，或姿秀而力不到，或力到而法不精，此北宗之所以难于专长也。"（《画耕偶录》）

"南词主激越，其变也为流丽；北曲主慷慨，其变也为朴实"；"北主劲切雄丽，南主清峭柔远"；"北字多而调促，促处见筋；南字少而调缓，缓处见眼。北辞情少而声情多，南声情少而辞情多。北力在弦，南力在板。北宜和歌，南宜独奏。北气易粗，

南气易弱。"（《曲律》）

"南词重板眼，北词重弦索。"（《顾曲麈谈·中国戏曲概论》）

"书派之分，南北尤显。北以碑著，南以帖名。南帖为圆笔之宗，北碑为方笔之祖。""虽雕虫小技，而与其社会之人物风气，皆一一相肖有如此者，不亦奇哉？"

南碑北帖差异之论，清季以降所论甚夥，若阮元《南北书派论》与《北碑南帖论》、包世臣《艺舟双楫》、康有为《广艺舟双楫》，各有论述。

"大而经济、心性、伦理之精，小而金石、刻画、游戏之末，几无一不与地理有密切之关系。天然力之影响于人事者，不亦伟哉！"（《中国地理大势论》）

钱钟书先生的《管锥编》中所引"温肥者早终，凉瘦者迟竭"出自《全三国文》卷四十八之魏四十八。鲁迅在《南人与北人》中，对南人北人的缺陷、可鄙之处一律不客气地予以痛斥。论人文与地理的关系，中国古人已极完备。观诸世界发展史，更知不同文明与不同地理之人相互冲撞，而后复杂与简单并陈。

沿着黄河岸边行走，我想着黄河的浩浩东去之水，那里承载着多少泥沙，囤积了多少故事，只有大地知道。这样的独特的地貌决定了一个民族的生存状态并由此而引发历史与文化的细节。

纵观历史，大英雄都是功与罪难分。

历史是一层层掩埋着的，是挖掘不透彻的；何况人们的注意力大多集中在地面上，现实才最实在。

历史资料天天产生，又很快被新发生的事件遮蔽，所以被尘封的历史故事不知有多少，即便它很重要。历史资料虽然存在着，但也需要后人来挖掘、发现并重新认识。

认识的尺度，有时是必要的，而不是真实的。别把好事做尽，给后人留点。

中国远古就有了《易经》，而在历史的进程中各个朝代的科技水平并不都是落后的。说《易经》有很大的负作用力，显然荒谬，是论者荒谬，不是《易经》荒谬，总担心语法歧义问题发生。

很多考证是没有意义的。保持一段历史之谜与不断地重新解说它同样有价值。完全而彻底的信史不存在。湮灭就湮灭了，这就是历史的严酷。时间永远向前，它谁也不等；不管是谁，都会被它无情地抛在后面。

物理的空间距离可以如此接近，但时间的、心理的距离却永远那么远。

艺术的普及是文化性质的，但大市场的形成靠市场经济链条。物以稀而众所欲，乃贵。其实艺术品也一样，具有相当的数量之后，才可以成为产业而总值巨大。

你的视野只看光明的一面就是了，历史如此，现实也如此。

胡适说，容忍比自由更重要。我们应该看到历史人物及作品的局限性，不顾历史而妄加批判，就是不容忍，那么每一个人包括批评者本身也会陷入不自由的旋涡中。

挖掘历史，不是个人能完成的事情。当代大规模的建设开发，为全面而深度地挖掘地下、发现资料、认识历史提供了契机。

开封的地下有好几层城，一定掩埋着大量的文物和历史，但怎么挖掘呢？首先把存在的现实移开吗？展示需要空间，现有重要文物已经很多了。

历史就是故事，把故事变成实惠，才是本事。文字史料之可见者，多有不可信者；若是反映当时实况之笔记类，价值反而可观。然而个人笔记也受多方面因素制约，不能畅达内外。人间事，有个人可知而不可言于外人者，有可与言而不可记诸文字者，有可记诸文字而不可印刷流布者。

符合了别人的标准，自己往往失去性格。

光明与黑暗总是并存的，它们是运动的力量，共同推动历史的前进。

诅咒黑暗，等于污蔑光明，因为光明照射物体，使对面产生黑暗。要想没有黑暗，就要没有光明，或者说要想只有光明，就把所有物体取消，换成一个全平全空的世界。这是一个数学和物理的简单模型，在实际世界中不存在。

一想个性，便无个性。

图书出版是文化产业中的一门艺术。柔性的艺术有时比起刚性的方法更有神趣和魅力。

著作即便小，但能写进简历。大吃大喝即便热闹，也只是耳进耳出。

图书封面之设计，要雅致、简洁、干净。既要有视觉冲击力，还要有可以欣赏、品味的内涵。内容与形式应该高度统一，有内外条畅、相映生辉之用。但形式对内容的说明和展示，不应是肤浅的、表层的，应该是深入的、延伸的，有余味的。每一个符号、颜色、位置，都是理性的，而非乱放的。

高水准的装饰，应该既是装饰的一部分，又是内容与形式不可缺少的东西。设计是需要有思想的，而不是简单的机械制作工艺的展示。内容是需要组合技巧的，最后得到的形式应该说有其必然性和理性存在，而不仅仅是内容组成部分的堆积叠加。

艺术狂热与犯病，实质是一样的。只是一般人犯病就是犯病，而艺术家的犯病可以视为对艺术创作的狂热投入。

最简单的、有秩序的东西，如何贯彻到自己个性的实践之中，以表现最有共性的完美，是艺术创作的一个难度所在。

理念先行，对于艺术创作可能是大忌。

写文章讲究简练，做到"词无虚置"，艺术创作与设计也要做到落笔和布局都有用处、意义、想法。

大凡文章、故事，假如只以空想虚构的情节来铺设，而缺少实际生活的文字，般不会打动人心，而且一旦行文不委婉，没有技巧，则"言之无文，行而不远"。

设计者与编辑要有预想的能力。图书排版时，页面若有人物在，一定注意防止把人的脑袋放在装订线内，等出书了才会发觉其荒谬，要以认真与敬业的态度来养成编辑、排版的好习惯。

"为什么要出这本书？"编辑在选题策划时要提出这个问题。好图书一定是有用处的。紧密跟随时尚当然可以，但还要有新思路，要敢于形成反差，打提前量，与流俗拉大距离。

选题的申报要有一个科学的标准，要数字化、表格化、规范化，编辑自认为如何的主观性个人因素减少了，效率和效益都会提高。

做编辑而没有水平，却自以为是，任性、随意地更改或者判断一般作者的稿子，可是遇到所谓名人或名家的稿子则又亦步亦趋、盲目崇拜，这等编辑最为可怜。操作员的素质和文化水平也很重要，不然就等于机器人。

办杂志难。其难有三点：管理、经营、编辑。需要人才，真正的人才大多自己干着或者愿意闲着；要挣钱，光靠发行不可；编辑的难处在于有好稿子，制作也要跟上，真正抓住读者的心。

编辑需要见识广，有社会活动能力，要有大的市场观，要独特、独立，有独创性，走向系统性，要有后续性，有连锁效应，还要有品牌意识。对待编者与作者的关系，要注意抬空轿子和抬累轿子的现象。要出上等的书，要有造势、用势的能力。个人资源总有用尽的时候，要依靠社会力量。所以品牌和地位很重要。

书非买不可读也。

没有付出，得不到真东西。

一本万利，由万本一利中来。没有付出和学费，是没有收获的。

满则溢，势欲作强者，是要付出代价的。

真诚的付出才是真快乐。

要享受一分超然而非凡的人间快乐，一定会付出超常的责任与毅力，那需要具备巨大的精力，拥有不普通的能力。

不要指责贫富不均，因为人与人的付出差距实在是大。

要付出，才有获得。付出劳动的过程中，获取本事。

个人网站的好处在于：一、娱乐；二、搜集相关的个人资料，以便在不同时间、不同场合使用；三、为使资料更新，需要有所完善和发展，这就督促自己进步。

自媒体对所有人都是公平的。传统媒体有局限性，而网络媒体有可贵的新素质，其包容性、娱乐性与平民性，使之有一种"不可抗力"，渗透力强，是不可思议的。

对于读书，有闲而没钱，或者有钱而没闲，都是同样的痛苦。

走进书店既怕见到好书，又怕没有好书。有好书，要花钱买，还得费精力读；没好书，白搭工夫。逛一圈，没好书不失望，而是窃喜，为何？

网络时空的自由度大，但也正因其大不可测，遂有失控与茫然之感。

也谦虚，也狂说。

国学研究要善于使用新出土的地下材料作参证，敦煌、楼兰等西北地区很丰富，有助于研究，但学者须有眼光。

一张脸上，眼睛美不美需要其他部件说了算。中国文化之价值需要国际文化坐标来定位。国学研究要放在世界发展的大背景下来进行，是正确的。

思想方法除了逻辑演绎优势外，就在于勤"捡"：每遇脑际灵光闪现，恐其失落而不复得，即刻记录留存。

问学之大道，在于用心。学问之融会、圆通，在于用心笃勤，如行走街巷，左右贯穿联络，以至于无死角。

一问三不知，符合乎道，才是大学问者的态度？行不言之教，道与教，不是靠有限的言辞能解决的。

庄子说的木人、畸人、至人，是什么样子？痴呆之状？肯定不应该是眼睛灵活、巧舌如簧。大音希声，静水深流。

见了高山，你就不再流连于小丘啦。第一次，你以为那个小丘就是全部，于是你发现自己错了，就成熟一些。如是循环往复，渐次升级。人自以为是，只能自己教训自己。山是山不是山，水是水不是水，见识到观照智慧，就"不一不异"了。

小知识分子，反容易自我拘束。学问大了，修养深了，才能突破局限，通达无碍。

冷暖自知，得失寸心在。知识和学养的体验与生发，必须是个性的体悟，是别人代替不了的，你告诉他也没用。

谦虚是有学问者的专利。学然后知不足，余无学，故不知己之不足，信口开河，好为人师也。余之说也，亦己之思而已。越学习越觉得自己了不起，是糊涂人。不知道谦虚的人，一定是无知的。

谦虚可以成为拒人千里的方法，以谦逊来勉励后学是优异传统，乃为人处世之大智慧。

不言之教，最信之说，是科学、逻辑、客观现实。

余之狂说，非为无意识，乃以保证余之年轻态。谷穗巨大而犹年轻不弯，此理如小松胜大草，显而易见。小缸胜大杯，体积、体态、器形与称呼相应，然均统一于"容器"之谓。

发现人才，改变风气，是国学研究中一个重要的问题。

不要总是想着"拯救"，有生命力的东西不需要刻意拯救。有文化在消失，也有文化在产生。曾经消失的，在适宜状态下还会应运而生。

谁堪称"国学大师"？《康熙字典》里随便捡几个生字未必认识，连字都不认识还敢称国学大师？文、史、哲与儒、释、道不必说，至于中医、书画、武术、京剧等，都应该懂吧？

老大有风险，老二、老三也有机会。前面一旦有闪失，后面的就超越了。

人才是关键，要有才干，学风要正，有实干精神。

但开风气不为师。要推举有成就的人，让青年人知道他们的经历，鼓舞奋斗精神，也为学术研究提供有利的线索，知道学术成果所以然。

国学研究和讲座要吸引人，否则容易打消年轻学者的积极性。

学术有大小，都是"红学家"，差异却大了。难道一本《红楼梦》就有那么大的魅力吗？不要简单地看，因为由这部不同寻常的著作，可以贯通中国文史哲的方方面面，尤其可以品味到儒家文人的处世精髓。个人学术成就如容器之体量，大小不同。

《红楼梦》不是简单的言情，其反叛精神在于反叛假道学，反叛假仁假义。"假作真时真亦假"，就是这意思。

王朝闻谈王熙凤，刘心武谈秦可卿，都能牵扯到社会与政治的大背景，把《红楼梦》很严肃地来读，此一来说明"红学"的精湛，二来说明文学即人学，戴上有色眼镜来看东西总会染着它的色调。

没有所谓的"必读书目"。

试想，有什么书不读就不能过日子呢？恐怕是没有的。

在《文学上的折扣》一文中，鲁迅曾指出有些书"一不小心，就会被它教成后天的低能儿的"，人若不耻于做一个"后天的低能儿"，就没说的了；然单单有好的意愿而无实际的能力，也很可惜。

游学，是一种好的治学之道，多方面的学问含乎其中。"行万里路，读万卷书"之说，非无由也。古人多是一生足不出乡里，至于游历之事非一般人可为。抛家舍业，交通不便，费时良多，耗资不小。至于文人大家，游则有记，得以流传，山水亦因之而名重。

读书之法，在于以一当十，反复咀嚼一种，在实践中验证；也可以读很多书，从侧面"印证"实践之不足。

胡适、鲁迅、钱钟书等人都列过"必读书目"，我不以为然，尤其是以今天的眼光来看更是如此。我想是没有"必读书目"之说的，如果一定要有，那一定是生存和生活之必需。假如我也来列必读书单，也许《孝经》《家训》之类能算上，再进步一点就是《汉语词典》。

过筷子店，读到袁枚《随园杂记》"美食不如美器，斯语是也"之句，可见袁枚尚华丽之趣。美食与美器是两回事，一般不具可比性。若一般人说"夫子庙不如李香君"

崔自默 绘

或"秦淮河不如孔夫子"，则看似荒唐，细思必有他意。

素食主义与厌食思想，是两回事。空腹绝食可以使人清醒。

读不懂钱钟书，至少有两种可能性：一、读者的修养水平实在不高，二、钱氏的表达能力实在不高或太高。语言不让人读懂、听懂，必有原因、意图。

大学生处于知识的积累阶段，看书有限，见识甚少，除了个别有出息的以外，不大可能提出有意思的问题。

看似复杂的提问，其实是条理不清，把不同领域的问题纠缠一团，鸡肉、鸡毛一锅炖。对话类问题本身的内涵尚且简单，假如被提问者的学术之外的人生阅历与思考不曾摸透，不知其前前后后，就难以点中要害。

成人不读书，但望子成龙，逼迫孩子读书，这是儿童图书市场兴旺的一大原因。其实图书买多未必有益，若病重而买贵药未必见效救命。

有编给学者看的书，如《昭明文选》和《古文辞类纂》，而《古文观止》《唐诗三百首》则是编给一般人看的。

"对影丛书"以一种全新的阅读形式来改变读者的阅读习惯和心理感受。改变习惯，体验一种异样于前的感受，是愉快的。处于一册中的两个作者，或画家，或作家，虽然内容或形式不尽贴切，但是，也正是在这"隔"中，触发读者主观地去把它们"合"起来。

本来关联的两个东西放在一起，就没有趣味；把隔膜的两个东西合起来，就有趣味——这种趣味，启发读者的深入思考；思考这种区别，引发更多的想象和问话。不和，会有一种张力。和则平，冲则动，人与人命理同此。

"另一个我"，时刻存在于你自己的身心里。人与人之间为什么会产生这种差别，进而可以问什么是"我"？一个人与他自己为什么会产生很大的变化？

老子说："大道甚夷，而民好径。"信然，应该以此来自勉。高明的东西，一般人（包括有点学问的人）不能领会其大义，何况即便明白的，也可能装糊涂。

我之《为道日损》一书作，不应该热闹起来，因为那本身就是在阐述一个令人安静踏实、省事省心的思想方法。

日记的作用宛如水滴石穿。

日记最能检查一个人能不能坚持做一件事情，即便是无用的事情，坚持用心便可开悟。

知识中的间接经验是重要的，但只是针对聪明人，他必须善于借鉴，否则就是视而不见。

日记的意义本来就是只留给自己的，至于我的"刻意"的日记，只是督促自己想些问题，总结一些规律，以便于更有效率地工作，还可以暗示或者提醒一些活动线索。

网上颇多"江湖中人"，其写作者却多认真于学问者，又每有高见，只是网络浩如烟海，难能遍及，随缘而已。

强制性宣传广告的确令人讨厌。随着互联网的发展，这种现象正在消失，可见自我矫正的力量。

网络时代有相应的传媒规律和现象。网络歌手的出现是必然。网络比纸张媒体存在更长久，累积起来的话，阅读者数量也大；但接下来的问题是目标太多，读者难以记忆，而推广宣传更需花大力气、大成本。

王阳明说，人须在事上磨，方能立得住，方能静亦定、动亦定。只有到了艰难处，才能真正修心，铸成一颗强大的内心。好作品也是历练出来的。我们不缺少网络歌手，缺少的是好作品。所谓"好作品"，是传播出来的；之所以传播，也许有"命运"因素，但人们常常称之为奇迹。

做细致的笔记不易，要实在地记录，每时提醒自己。

这个喧嚣、浮华、虚假的世界，缺少的正是日记中所闪烁的真知、真言、真思、真情。其实我的日记只是想为一年来的行踪梳理资料，见多见少，惑多惑少，各随其便，正如人之所行路径，各取不同。

哪里热闹得很，就说明那个地方一定平庸得很；要不是很多庸俗的人扎堆在一起，怎么可能热闹呢？

两匹马或两个蚂蚱拴在一起会被套牢，人与人也因某种关联而固定在一起。

道不可言，言不尽意，意在言外，得意忘言。

语言与神态、情绪与表情，具有一致性，这是一个普遍的规律。即便接听电话也可感觉到对方的神态和情绪，就像面对面，很难骗人。由此可以设想，要控制自己的情绪，就从控制表情入手，是一种可行的方法，类似于中医的"内病外治"。

道不可言，言不尽意，意在言外，得意忘言。从文字拆解入手，所谓"小学"，是问学之初步。不明乎此，以为文字游戏，是不知文字乃符号也，学问须经由文字也，误解亦因文字概念之不同解释与认同分歧而产生。

动物对自然灾害的超前感应远胜于人，人的原始本能降低并丧失很多。比如地震发生前，已有声波的前奏。

最简最虚的东西，具有符号和形式的意义，可以涵盖丰富的内容，比如数学、化学和物理的公式，那是用日常语言无法陈述的。

儿问："我们为什么学外语？为什么不让外国人学咱的语文？"闻某大学中文考试，外国人竟然得了第一名，有趣。考外语而中国人比外国人成绩还好，也是常有的事。

刘禹锡的《子刘子自传》中有"不夭不贱，天之祺兮。重屯累厄，数之奇兮。天与所长，不使施兮。人或加讪，心无疵兮。寝于北牖，尽所期兮。葬近大墓，如生时兮。魂无不之，庸讵知兮"，多么优游自在，不卑不亢，然而一种沉郁的忧愁隐藏其间。

自媒体时代，产生于信息爆炸的时代。多则惑——正因为多，就等于少。在众多的声音旋涡里，耳朵失去意义，于是，心理、心态、心情、心智、心意发生作用，那便是"自"，是慎独，是自觉。我心即法，我心即世界，亦同此观。

"信友"，即信息时代通过短信息经常保持联系之友，此方式可谓便捷高效。信息时代用在信息上的时光究竟太多了。高效是另一种形式的浪费。我的慢步主义即提倡大家都慢，其极限是老子说的不相往来或庄子说的相忘于江湖。

信息种类很多，很多人发信息来，只是怕你忘记了他，而不是要关心你。更有些人发祝福信息不留姓名，简直是"活雷锋"。

"操作得当""计划周密"等都是有艺术性的表现，人与人的一生之所以不同，大概也是在于能否转换观念。客大欺店与店大欺客，亦是成王败寇之传统反射。

信息心语，以喜情写悲，更觉其悲。心虽能至，身不得已，终不能畅情，奈何？

有时用一个表情，比说一段话要好很多，省力而且免生复杂。

新闻天天有，尤其是在信息爆炸的数秒阅读时代，时间很快会让人忘掉一切。

为自己快乐而写，是高尚的人吗？只为自己创作的画家，有吗？

边哭边叫，境界啊。边哭边下线，有两难之妙趣，亦别开生面。辣椒吃起来使人唏嘘不已，不可录音听之。声音有时胜过文字。

网络对话和网络聊天，随意随便，有时因为是陌生人，所以能说出心里话，而不是表面文章，没有面对面时的尴尬与担忧，看不到脸面上的表情，所以羞涩、羞耻感降低。

古砖非钢胎，不能使劲刷洗，否则字口会损掉甚至消失。青铜器锈迹包浆也不能玩命清洗，否则成新物件了。

众多民族，三里不同音。

中国汉文字的根本太深，所以任何从它演化出的文字的路都不会走太长，比如西夏文字。当然，其中有政权短长这一原因。

语言的表面张力研究、语言的社会流体动力研究、模糊语言的数学分析，这些交叉学科的选题不知道哪个老师的研究生能做。

语言是文化的一切。没了语言，种族生命力少了一半。

不能明言之句，必有所寄托。

借梦、装醉、佯狂、颠疯、胡话，是古代常用的超现实而摆脱现实尴尬的办法和策略。

"不反对"，其言外意思是：一、赞成，二、不见得赞成。

"不耻下问"，"下"有双解：一为比自己地位卑微的人，二为在自己视野范围之外看似简单的问题。

"无价"有双解：一、不值钱，二、价格太高。

游离≠背离。不论≠不能论。"怂恿"与"纵容"有区别。"在乎"与"在意"是不一样的。

说像花，必非花；说不像花，却是真花。——言外意在也。

"还是可以的"，其中"还是"二字很重要，包含着否定的因素。

不错不等于正确。没赔钱不等于挣钱。"就是这种人"不等于"就是这个人"。

有些谦虚的说法，其实欠缺考虑。你其实是很重视的，何必说"随便"？人家花费宝贵时间，你获益良多，怎么能说"耽误了你的时间，对不起"呢？

随便一说之言论，也许只是当时一个特定语境下的结论。引起人注意尤其是争论的言论，一定是带有一定偏激性的，被人断章取义。

"……就不用说了"，此言当深入探讨，怎么就不用说了？就不应说什么了？

"那人有点那个……"，此言当深入探讨，"那个"是什么意思？

双关语有背后的意思，却不知道其真实所指。就像鲁迅先生说过的，能看到有些人的愤怒，但看不出其愤怒的原因。

"他怎么这样呢？"对很多匪夷所思的行为，你有时会直接超越愤怒和大笑，只留下这样冷静的问话。

不好酒的人就要喝好酒。前者是爱好，后者是好坏。

"读出毛病没有？"——可作双解：书里有毛病，人读而为之误。

"嗷嗷的"——东北话很有生趣，像四川菜的辣味一样易于感染人。

所谓"沾包"，就是一接触就增添麻烦。"我的、你的、他的、目的，'目的'是什么意思？""的"是多音字，再次显现出汉字的音、形与意的组合与分离容易引发问题。

破釜沉舟、背水一战，还是有些丧气，不如说勇往直前、势在必得。

"淡薄"不是"淡泊"，前者使朋友疏远，使人锐气全无，后者却可以使人心里宁静，境界至于高远。

汉语回文为对称结构，有妙趣，未必有妙意。"不理"乃"不理解"之缘由所在。

文化的作用是慢慢显现的，早年所读、所感、所喜好终有一天会作用于实际生活与经济行为。"礼失而求诸野"。我家乡读"音乐"之"乐"为"要"音，读"下落"之"落"为"烙"音，读"学习"之"学"为"潇"音。

方言的传承，大概是不易改变的，因为没有大的迁徙与杂合，生于斯、长于斯的农人代代亲授，至今使用。

《石鼓文》中有很多字，欲会其意，也需要实际的生活经验。比如一个由"言""大"和"弋"组合而成的字，若解释为驾车者叱马的口令，那么应该熟悉乡间习俗：左转喊"噫"，右转喊"哦"，前进喊"得——驾"，停止喊"吁——御"，后退喊"靠——尻"。

五里不同音，邻村语言的声调、口吻有所差异，也是值得注意的一个语言现象。

口语留言是省力也是模糊处理的方法，但不如文字简洁、明确。

聪明掩饰不住智慧，不知道什么是谦虚。说虚怀若谷，谷都满了，奈何？"谷满"，好词。谷满犹自谦，谷满而后知。简写的"谷"可有两意：一为山谷之谷，二为稻谷之谷。为前者，则太夸张；为后者，稻谷饱满则低头，呈谦卑之貌。

高个、高大与伟大的区别，是精神成分的逐渐加大。

模糊语音表达可被利用，善意或恶意。边界、辩解、变节、便捷，引诱、因由、隐忧，集会、忌讳、机会、击毁，势力、实力、失礼、事理、事例。

聚会与菊花、寿星与兽性、可以与可疑、首字母一样，用拼音输入法须格外小心！

没有意思的文字，一定出于没有意思的人。

"著述须一副坚贞雄迈心力，始克纵横。"傅山此句真为折肱之语。他少时记忆惊人，背诵《文选》，"栉沐毕诵起，至早饭成唤食，则五十三篇上口，不爽一字"。他认为"金辽元三史之载记，不得作正史读"（《霜红龛集》），可见其态度。

声音不能代表什么准确的意思，但是，声音误听宛如视错觉，有时可以引申、借用而发挥想象。

高贵—搞鬼，景慕—静穆，礼仪—利益，立意—离异。有规矩才能成方圆；刻意标新立异，如果不得其时，便失去。编制—变质—贬值：胡编乱造，没有实际意义，就是变质的东西，这样的东西太多，不贬值才怪呢。

注意—主义—逐一——主意—属意—助益。我总觉得，一些似乎不关联的概念，细加琢磨，就有了密切的关联意义，尤其是一些同音词，甚妙！

笔墨所谓"无理而妙者"。初若唐突、失序之处，多为妙笔，个中三昧，须当了了。艺术劳动者后来居上，不断超越。一味自负者简单地重复，逐渐地退化。不是情绪化批评，而是因热爱而惋惜罢了。

珍异—真意，又一同声佳例。

《郑板桥集》所收《赠袁枚》句，或以为是讽刺袁枚，其实不然，可证之于四川博物馆所藏原迹全诗，句云："晨星断雁几文人，错落江河湖海滨。抹去春秋自花实，逼来霜雪更枯筠。女称绝色邻夸艳，君有奇才我不贫。不买明珠买明镜，爱他光怪是先秦。"内中当蕴藉惺惺相惜之意。

"无歪才难成大事"，余信之，此理一如"人无外财不富"也。歪才＝外财，大妙。

汉字回文结构正反读都有意思，且境界不同。政通人和—和人通政。难得—得难。人生观—观生人。

反映与代表，是两个相去玄远的概念。一直—意志：坚强的意志，最为长久。

急不得—急，不得。慢慢来—慢慢，来。句读不同，境界别开。

半身—半生。上半截—上半身—上半生，可见面子与事实；下半截—下半身—下半生，不可见的奥妙与兴趣所在。

作诗之句意必须有朦胧感，变换、转化词语是一种妙法。扯淡、彻底、赤道、闯荡、场地、出动、垂钓、尺度、长度、长短、纯度、传导、迟到、沉淀、吹打、唱段、传递、程度、承担、超导、充当、传达、传单、仇敌、冲动、查对、拆兑、倡导、肠断、长笛、掣电、承当、充电、触电、朝代、承德、朝顶、插戴、穿戴、绸缎、褫夺、蠢动、触动、颤抖、颤动、岔道、差点、春凳、重叠、插定、床单、产道、畅达、痴呆、迟钝、茶点、成都、抄道、车道、冲淡、尺牍、酬对、称道、诚笃、揣度。ch—d声母相同词竟然有这么多，挑几个词组合成"意识流"的句子，往往自有妙趣。

标榜人总说什么，往往是在意什么或缺少什么。在小人眼里，天下人全是小人。在心地污秽者眼里，君子也是渣滓。不是大丈夫，才会标榜"大丈夫"。

信誉度不高，说服力就不强。

计算机乱码，可能是好的"意识流"文章。有时随便在键盘上敲出的文字，读之，脑子里会产生出一些灵感或想法，似乎有意思，但究竟还需要逻辑的写作，才有意义。

崔自默 绘

烦恼为菩提，不怕烦就进步了。

小说的道理，容纳在简单的故事情节中，比单纯的理论著作容易被理解、记忆与流传。一般读者，只能读小说，读不了哲学。

平时反复地想清楚了，到提笔时才可能写明白。想，在于水滴石穿。

作者往往夹叙夹议，史论结合。史书者有其人未必有其事，小说者有其事未必有其人。

所谓的"可喜可贺"，究竟无益，等同可悲可怜。

"文章本天成，妙手偶得之。"创作重视"即时性"没有错误，但是这"即时性"中一定暗含了平日积累的充盈的修养，于是这"即时性"也就具有"永恒性"，否则这"即时性"没有代表性与普遍性，也就没有任何意思。

雪甚大，迎面飘来，车似乎行走在雾流中。银河百年，蓬山几度？金风玉露，绿水青山。

反映生活苦难的文学，作家本人必须与生活紧密接触；偶尔不是不可以随波逐流，但作品独立是人格独立的象征。

每天写东西，灵感总会有枯竭的时候，所以，就更需要对日常之人情世故细心观察、揣摩，反复咀嚼、品味，便督促自己的思维细腻、深透、升华并归于朴实、平淡、真纯。

"雅"与"鸦"相较，则意思明白，知雅俗不在词语本身，而在乎使用之流变也。蹀躞（音碟谢）、彷徨、徘徊、踯躅、踟蹰等词，见出行路的状态和人生的难度。

想清楚，才能说清楚、写清楚。

很多人因为不想写，所以也就不想。当然，可以说写与不写的最终意义相同，想与不想的结果究竟相差无几，但在起讫之间，在过程中，总是有所差异。

佛家的"不言四众过"与儒家的"君子成人之美"，异曲同工。

毛笔、钢笔与电脑，写作的工具不同竟然能影响文风。习惯固然，但思路亦因材而异。电脑写作因为存储、修改等方便，逻辑易缜密，语句也易精审、简练。

你不能要求融合一种语言形式且被大家都认同，那会改变习惯和记忆，是不可能的。有时讨论不同东西的融合才是不必要的，有时沟通也是不必要的。

极大便极小，极小便极大，物极必反。"God"（上帝）反过来写就是"Dog"（狗），正反可颠倒乎？两极，本是在一起的，原始于一个点。

学写文章，最好先从散文入手，无多关涉人际关系。至于写评人论艺的文章，应该力求戒除浮华不实之词；因为只是着眼于把文章写漂亮，就会夸张、虚誉，词不达意，掩盖了要评论对象的真实水准，偏离了文章的初衷，以至误导读者。小说需要驾驭整体的故事结构，没有思想的故事除外。

真实而纯粹的随笔、散文，不易作，因为那是人生与文化的综合。

我所作评论艺术家的文章，常采用书信体，因其文气自然，可随意吞吐，能达正常文章不能至者。

文句不通而声音好听，京剧有此，现代歌曲也如此。

心如风云，奈何敏感？

打比方不是实指，不会走就想跑也合乎逻辑。

正面描述，语言平平。八面出锋，应接不暇。所以巧设譬喻，联类通感，为愚人解，利智者示。马甲虚名，一层伪装，非不得已，怎期公平？即便名实，小而何益？自作多情，徒增怨尤。"实在些好吗？"是啊，怎么才算实在？还能更实在吗？何为对等？为何对等？

很多作家不会以为书法理论与写作有关系，小作家不知，亦不能知。青年作家等有了丰富的人生阅历和写作技巧，就不年轻了。

经历世事的人，很多好东西都淹灭在了肚子里，偶尔一聊也就罢了。落实到纸面的东西，不见得是最好的东西。有兴趣写作的人，不见得是最理想的人选。

我觉得我有写现代散文诗的才能，只是没发挥出来，也没让自己在这一方面用过心力。散文诗需要心情、心态，修养、修为，自然、自在。

什么样的散文诗是好的？真实的才是好的。真实的指什么？指感受、感情。没有表达技巧，当然不行。

"桓温北征，经金城，见年轻时所种之柳皆已十围，慨然曰：'树犹如此，人何以堪！'攀枝执条，泫然流泪。"（刘义庆《世说新语》）又"昔年种柳，依依汉南。今看摇落，凄怆江潭。树犹如此，人何以堪？"（庾信《枯树赋》）物命岂有偏袒，随之自然而已。其实，人不如一棵树活得无心、自在，即便树不能行走。

搞定、归置、拾掇、整理、收拾、整治、条理，皆借物喻理也。

寒夜拒暖，人心畏寒。

"诗穷而后工"，痛苦出诗人，是指他有切身生存的真实体悟。我们需要有意地设置痛苦和苦难吗？

画得不好的，不是不愿意画好，是画不好，又能埋怨谁？都是搞艺术的，关门在一起谈话时，不必神秘兮兮的。装，也是形式；没形式，不会有内容和结果。

做诗文故作高雅状，反成尖刻、酸腐、寒切、晦气，以至于影响心情，暗示生活状态。要做大气象、大境界之艺术，要积极向上。

余有《读书偶作》："莫怨书中诲盗淫，从来世上此根存。风流到处闲抛掷，寂寞繁华秋复春。"

又得《偶作》两首："危崖花色艳，雷起鸟声迷。雨洗双峰峻，云当远岫稀。长松端且直，幽瀑一何奇。最惬长吟后，诗成露湿衣。""我愿三颗心，多怀两度春。怎堪春易去，更生几多心。"

很多人能背自己写的诗，我却一首也背不下来，甚至不曾认得写过这些诗，奇怪！余在席间忽得句云："秀谷多佳树，闲云展素心。登高生浩气，伫久更沉吟。植竹寻虚意，看兰得在馨。诗成当戏墨，雨落复弹琴。""吾心愧不足，辜负此明月。清晖意正稠，荷风时扑烈。""墙下花新事，再度言肌理。所力当前图，不复计得失。""时时多在意，深恐漏消息。不得渠音讯，更添无数思。"

余偶有朴实好句，乃自心出。晕黄的月亮悬在天空。前进还是后退？"榆林空谷万佛峡，中有冷梅傲雪花，身陷宿因难一见，不妨袖手待鸣沙。"因梦生梦，可了当了。意在言外，心有竟时。"亥时已过，意犹未尽，从寺中出，复携酱（音畅）行至香山，四下静寂，松间有月朦胧，望峰顶如龙脊，灯火数点明灭。转至空地，月竟出，光华如水铺地，适时也，正可言古今之大情，至若不可禁然而不得不禁者，乃悟己身之渺小，人事之必有大悲怀。于是茫然太息，而后复思奇士扬眉，从心所欲，畅此一生而已矣。"此等境界，当依实际经验，乃可品味得之。

我有书斋名"橐（音驼）庵"和"龠（音悦）斋"，出自《老子》中的"天地之间其犹橐龠乎，虚而不屈，动而愈出。多言数穷，不如守中"。河上公曰："橐龠中空虚，故能育声气也。"又所谓"动而愈出"者，是其生生不息也。把天地间喻作风箱，借喻人体心肾炼养神气之要，又以明生死一气，所以不死，死亦不朽之道理。我珍藏着小时候用过的风箱，一握手把便能感觉到当年的情景。

人生一世，忽然而已，易去者光阴，难过者劫数。

语言需要技巧，真与善合体才是美。虽然在心灵中都确信自己是一个杰出诗人，但没有天才的表述，别人怎么知道？

司空图"脱有形似，握手已违"之句，非唯作诗品之论，亦可作人际之观。

"一场游戏一场梦，戏里蜂蝶戏花丛，梦里人花相映红。谁醉理不清。却道是，戏未散，人已醒，台上台下一场空。何处是真诚？""愁肠似转轮，须臾千百周。一日百须臾，忧愁实难量。飞轮向前行，碾我心憔悴。观者虽不忍，行止不由轮。行止若无事，何来惆怅心？""一座旧桥，半孔残砖，但见马嘶车欢，撵过去日影履痕。往来匆匆，晨昏交错，物不移，客常新，总让人依稀忘魂。热闹声中，唯君自知，今朝梦还当往来处寻。"不知谁句，然知乃真情使然。

有情绪，便是好诗。诗意，最适宜于诗人失意之时，以其志气与情绪满怀也；故诗之实意，当从此中释疑与拾遗，否则易失宜而无实益。"诗言志"，志就是偶感而发的情绪。

诗以言志，当言之有物，尤以有意思、有境界为上，陈情叙事者则其次。然既为律诗，押韵平仄诸端须合规矩、法度，乃可称工。诗词之作，入门或易，倘非奋发，尽心苦吟，终难登堂入室、窥其奥妙也。

1931 年，郁达夫游桐庐严子陵钓台时作诗《钓台题壁》："不是樽前爱惜身，佯狂难免假成真。曾因酒醉鞭名马，生怕情多累美人。劫数东南天作孽，鸡鸣风雨海扬尘。悲歌痛哭终何补，义士纷纷说帝秦。"此诗中名联"曾因酒醉鞭名马，生怕情多累美人"历来为人传诵，前半句尚真实，名马不必着鞭而知奋蹄，鞭即后悔；后半句则是假设的真实——那其实既怕情多而累及"美人"，也不必有此自信，更怕累及自己。本为虚幻的"佯狂"，一旦"假成真"，缘何不累？

要往远处看，往大处想，要注重当下却不能执着当下。陶渊明"纵浪大化中，不喜亦不惧，应尽便须尽，无复独多虑"之句，颇入玄通。

见性的尺度需要拿捏得正好，过则有流氓之嫌。

挂一漏万，网漏吞舟，好词。开门揖盗、引狼入室、惹火烧身是一个意思。

"请抛皮布袋，去坐肉蒲团。须及生时悔，休嗟已盖棺。"这是李渔《肉蒲团》一书中括苍山头陀孤峰正一的一首五言四句偈语。俗口讲经，如痴人说梦。凡经忏上的言语，除非见性明心者，否则难能解出。个人形体所可占有者为有限时间与空间，而最难具备者为资质与经验。不知生，焉知死？势欲做真名士者，须读尽天下异书，交尽天下奇士，游尽天下名山，尝尽天下苦痛，然后退藏一室，著书立言，期乎传于后世，然终为一梦，究竟何益哉？

"人间私语，天闻若雷"，凡人若未央生者，听之已然目瞪口呆，遑论印证矣。

西湖马一浮纪念馆面湖而居，远处山影为屏。1952 年，马一浮写给少滨先生的诗中有句："白首相逢重晚情，一年佳节是清明。东风吹遍西湖路，日日披花拂柳行。"斯景物与感想也。纪念馆有数屋用于堆放杂务，可惜大好地界。徘徊庭院中，两侧有百年广玉兰，摘得一叶归。

"君生我未生，我生君已老。君恨我生迟，我恨君生早。恨不生同时，日日与君好。"唐人此等诗句最见真情意。语句虽重复，但更有韵律，可以谱曲传唱。"恨"之情，最有意味，乃至情之所至者。

唐代诗人张籍《节妇吟》："君知妾有夫，赠妾双明珠。感君缠绵意，系在红罗襦。妾家高楼连苑起，良人执戟明光里。知君用心如日月，事夫誓拟同生死。还君明珠双泪垂，恨不相逢未嫁时。"——缠绵悱恻，丝丝入扣，通情达理，而终至于无可奈何之境界，好诗！

飘尔秋风，落叶槿树，远畅芳声，无言佳句。诗之境界，只有读者到了与之协调的境地，才能依稀领略。

没有出世之境界，写不出入世之文章妙句。

迫使平凡的生活唱起歌来，是诗。诗虽讲道德与气格，然诗非文章。诗文传世，载道载德。

"中国人之所以和气一团，也许是津液交流的关系"，王了一先生在《劝菜》文中有此句，亦一时侧影深刻。

"知我者谓我心忧，不知我者谓我何求。"《诗经》中语，皆言志也，"志"者为现实存在之物。"青青子衿，悠悠我心。但为君故，沉吟至今。呦呦鹿鸣，食野之苹。我有嘉宾，鼓瑟吹笙。"

"聪明是糊涂，糊涂是聪明。聪明不糊涂，糊涂不聪明。我不想糊涂，也不想聪明，但愿与君守，淡淡到来生。君心托我身，我身宿君心。款款相依从，凄凄不离分。望君知我心，我力解君心。只求两不伤，欢喜做鸳鸯。世间繁华境，过之望从容。纵不堪免俗，莫可负我行。家本是一巢，何故筑三窟。君是我屋宇，休让风雨驻。"此诗读之，若汉时乐府，直抒胸襟，风格淳然。

杜甫的幸福生活可见于他的精神产品中，如《春夜喜雨》，"好雨知时节，当春乃发生。随风潜入夜，润物细无声"。又如《饮中八仙歌》，"知章骑马似乘船，眼花落井水底眠"。如此浪漫之句，虽自清醒但也崇拜混沌之境界。

杜牧诗多情，且多有不易到处。如《将赴吴兴登乐游原一绝》，"清时有味是无能，闲爱孤云静爱僧。欲把一麾江海去，乐游原上望昭陵"。又如《赠别》，"多情却似总无情，唯觉樽前笑不成。蜡烛有心还惜别，替人垂泪到天明"。

孟浩然《与诸子登岘首山》诗曰："人事有代谢，往来成古今。江山留胜迹，我辈复登临。水落鱼梁浅，天寒梦泽深。羊公碑尚在，读罢泪沾襟。"由宏阔悠远到缠绵悱恻，允为大家手笔。

"飒飒东风细雨来，芙蓉塘外有轻雷。"一说"听轻雷"，主观性大，有我；一说"有轻雷"，客观性大，无我。

读《离骚》不易，因有古音，但以押韵为规律，乃符合音韵法，且韵角诸字的各种念法均可通。若"隘"与"绩"，前者读音"益"而后者读音"机"，可押韵；若前者读音"爱"而后者读音"债"，仍可押韵。

合辙，即容易行走，诗词之适合吟诵，为音韵规律使然。

王国维词《点绛唇》："厚地高天，侧身颇觉平生左。小斋如舸，自许回旋可。聊复浮生，得此须臾我。乾坤大，霜林独坐，红叶纷纷堕。"颇有催人泪下之意。在繁华酒吧之地，闻此声若不合时宜也。闹中取静，静中求动，或为真合？

"斜月远堕余辉"（《夜飞鹊·别情》），"菊花残，梨叶堕"（《更漏子》），"堕"字非唯音韵使然，更觉其风流蕴藉也。宋词人张先有句："云破月来花弄影""娇柔懒起，帘压卷花影""柳径无人，堕絮飞无影"，张先由此得"张三影"之雅号，前人得传，亦后人有兴趣附会之也，有因缘在。

剑法竟与词法通，此说甚异。如李清照词，首下十四个叠字"寻寻觅觅，冷冷清清，凄凄惨惨戚戚"，是公孙大娘舞剑之法，这在明代文学家杨慎的《词品》卷二、清代词人沈雄的《古今词话》词辨下卷、清代词人陈廷焯的《白雨斋词话》卷二、清代名家田雯的《古欢堂杂著》卷三、清末词人朱孝臧辑校的《彊村丛书》跋、清代书画家冯金伯的《词苑萃编》卷四品藻二中都有所言及。

论古叹今，哀怨恨愁，诗词舍此算是失态。1423年，建文帝游汉阳登晴川楼时，有句"江波犹涌憾，林霭欲翻愁"。1427年，他在四川永庆寺题诗："锡杖来游岁月深，山云水月傍闲吟。尘心消尽无些子，不受人间物色侵。"尘心倘使能消尽，世上何来愿怨声？

北宋词人晏几道有"落花人独立，微雨燕双飞"之句，杨万里的《诚斋诗话》

中谓其"好色而不淫矣",可谓点到为止。古人论诗闲话,大多旁敲侧击,亦不得已。

计算机可以作对联吗?

"即墨离朱",是我对的一个对联。

王府井教堂门两侧有对联一副,曰:"庇民大德包中外,尚父宏勋冠古今。"门批四字云"惠我东方"。"宏勋"是我本名,竟赫然于此,乃大惬意、大心动,亦感其吉兆也。

梁晓声先生为余作嵌名联:"崔郎怀才溢自默;常遣笔端润友人。"

范曾先生曾为我作两副嵌名联:"黄钟犹自默,瓦缶竟徒鸣";"举世滔滔能自默,当朝济济仰同和"。此乃对我之鼓励与鞭策也。

有友出一上联,说是一个小姑娘随口说出来的,"说一句,错一句,不如不说"。余对之曰:"看千山,忘千山,难道难看?"上联"说"和"一"字是平声,下联"看"与"忘"均作仄声;"一"是数字,对以"千"字也是数词;"不如"对"难道","说"对"看"。如此,上联是消极、被动之意;下联转换思维,用积极、主动之意。词句对得上,意思还要进一步、深一层,不然太近则合掌而乏趣。

有心留客驻,无奈放春归。

柏林禅寺明海大师赠我句云:"自性本净,一默如雷。"

余回赠云:"见性曰明,悲怀如海。"

密云顺义,平谷怀柔。余用北京郊区县名作对联,有意味。

古董店内有楹联,曰:"碧云怀旧侣,明月定前身";"文章意不浅,礼乐道逾弘"。

又有半联,语出《尚书》,曰:"惟精惟一"。余对之曰:"至慎至诚""乃圣乃神""有物有则"。

"作古文当有生气,遇贤者自无妄言。"此联语甚佳。文章因事而作,故有生气;"无妄言"乃道德所致。

计算机可以作诗、作对联,虽然其灵智与独立之思维不及诗人,但论数量则远远超过任何多产作家。

对酒当歌,对歌当酒。

"事若可传多具癖,人非有品不能贫。"清代书法家王文治此联语颇有辩证与实际思维。

崔自默 绘

古代文人对联言简意赅，与用典有关。郑板桥有联曰："曾三颜四，禹寸陶分"，是 1749 年 57 岁时在潍县知县任上时所作，以劝导修身向善。"曾三"是指孔子的弟子曾参所说的"吾日三省吾身，为人谋而不忠乎？与朋友交而不信乎？传不习乎？"(《论语·学而》)。"颜四"是指颜渊向孔子请教怎样做才能称得上仁，孔子说要做到"非礼勿视，非礼勿听，非礼勿言，非礼勿动"(《论语·颜渊》)。"禹寸"指的是大禹治水时三过家门而不入，珍惜每一寸光阴。"陶分"指的是东晋陶侃，终生精勤吏职，珍惜每一分光阴。"禹寸陶分"典故已深入人心。

文怀沙翁游陕西宝鸡法门寺，尝得"法门"嵌字联，曰："法，非法，非非法，舍非非法；门，无门，无无门，入无无门。""无"读"南无"中"无"之音，即"默"。钱钟书曾有诗赠文怀老，中有"非阡非陌非道路，亦狂亦侠亦温文"句，聂绀弩以"不衫不履不头巾"易下半句，成妙联。明末学者陈子龙的《陈子龙集》中有"绸缪淡思虑，游戏非阡陌"之句，清人钱谦益《牧斋集》中有"有客旁观须着眼，不衫不履定何人？"之句，可为参照。非阡非陌，即似无形之平夷大道也，非俗眼可见之小径小路也；不衫不履，旁若无人，乃狂态也，却有昂然脱尘之概。

莫名其妙，有无穷无尽意。

诗意是什么？就是不怎么合理，但发自性情，出乎意外，让人激动。

"穷理""尽性"与"知人""知言"有密切关系，大抵是穷理以知言、知人、知行，以便用人、用事。"天道即性也，故思知人（者）不可不知天，能知天斯（能）知人矣。（知天）知人，与穷理尽性以至于命同意。"(《张载集·横渠易说·说卦》)"知言之善恶是非，乃可以知人，孟子所谓'知言'是也。必有诸己，然后知言，知之则能格物而穷理。"(《二程外书》)"盖人主之患在不穷理，不穷理则不足以知言，不知言则不足以知人。"(《临川文钞》)"皇上读书穷理，以裕知人之识；清心寡欲，以养坐照之明。"(《清史稿》)

"用人不疑"，这一点很难做到。"人心惟危"，人心难测，人心不古，越是经历复杂的人，其涉世越深，疑心越重，越不会轻易相信人。这些"疑"，来自其经验，因为大多数人是不值得相信的。一花一世界没错，但心思细腻到只感动于花草虫鱼，也就干不成大事了。

有一点值得思考，要相信人的什么？所有人都不可能没有自己的秘密，没有私心，你不可能事事为人家着想，因此不可要求人家事事为你着想。

回忆大学时，经常上火，更不敢沾辣椒，唇、口、舌时时溃烂，乃心火、肺火、胃火旺盛之故，其时忧虑在何也？今思之竟茫然弗知。近年景况稍转，修养稍佳，只是坚持"不着急"三字经难矣。

恭拜求詈。

人性之恶，泛滥于无序的群体氛围之中；法制与秩序，为必然要求。

管理，既管又理，如驾驭，既鞭策又引导。个体不是群体，群体不是团队。个体可以自给自足，群体是临时组合，而团队互相负责。

公众智商远小于个体智商，几乎等于零。群体中的个体互相牵制、拖累、抵消，于是跟风、盲从、无意识。在突发事件时，各自奔命，互相倾轧，如热力运动之分子，只有"精神贵族"才会为"活着的理由"而活着或选择英勇就义。

迪厅的魔舞是郁闷者因地制宜、借机发泄，外行看热闹，或许还会被误导。和平时或许不需要英雄，但危难时没有英雄站出来，是群体的悲哀。有英雄站出来而民众不理解甚至"人血馒头"被哄咬，则悲哀至极。

"恭拜求詈（音立）"，恭敬地一拜，请求被骂一顿，多么谦虚。即便是老师，骂人也是不道德啊，所以谁愿意骂人呢？老师的态度也不是一成不变的，也可能情绪不好。一骂则跑的学生，不能上进，除非他将来可以开宗立派。

教育之形式枯燥与规矩之辛苦，或许其意义在于培养一个人的良好习惯以及应对度过无聊时间的能力。不然的话，精力旺盛的孩子们，没有成人的工作，闲着要去无事生非。

艺术专业学生走向社会，只有在市场大潮里折腾，才能强健脚力，丰满羽毛，拥有自己的天空。

手中有三个杨梅核，问吃了几个杨梅，答案是"不知道"。现象不是本质，因果关系大多是暗寓的。

"师傅领进门，修行在个人。"种子种下去，发芽了，长成什么样子要看很多主观、客观的条件。秋季不丰收的人可能埋怨地不行、种子劣质或化肥不行，不会反省自己糟践了机会。

管理属下，难矣。圣人有明戒："子曰：'唯女子与小人为难养也，近之则不逊，远之则怨。'"（《论语》）"此小人也，亦谓仆隶下人也。君子之于臣妾也，庄以莅之，慈以畜之，则无二者之患也。"（《四书章句集注》）"女子、小人近之则伤亵，远之则寡恩，不逊与怨，皆感之之道有未至耳。其唯严于治己、恕以待人，则不逊与怨庶免乎。"（《朱熹集》）

世间人或受宠而背恩，或无故而叛，故谚有曰"毂千弩，不如养一驴"，然非为无由，人心之微妙如此，察以用之需道术也。"使臣有三品，有可以仁义化者，有可以恩惠驱者，（此二者）不足以导之，则当以刑罚使之，刑罚复不足以率之，则明主所（以）不畜。故唐尧至仁，不能容无益之子，汤武至圣，不能养无益之臣。九折臂知为良医，吾知所以待下矣。"（《曹子建集》）

六艺之御，岂其易哉！人心叵测，其难不在当下，在利益失衡而心态变异时。

诋毁也是赞美。

关注就是生产力。嫉恨源于崇拜，诋毁也是赞美。

"拆了二楼找蛐蛐——玩呗"。荒诞原来寄寓了一个大胸怀。

"问号"，是一个用来产生歧义的暗示性符号，可以善用之，用其两面性：疑问中的肯定，肯定中的疑问。

所谓眼球经济、关注型经济、粉丝经济，都是研究盈利的来源。谁关心谁？声嘶力竭未必有效，何况敷衍了事？所谓烦事只是少耐心罢了。

数学的抽象思维，严谨而自由，难以验证，但不能辩驳。"这样，数学可以定义为如此一种学科，我们既不知道它说的是什么，也不知道它所说的是真还是假。"罗素此言需要辩证而切实的理解。数学可以是假设，但飞机上天，计算机运行，确实都是由数学公式开始的。

数学思维的确需要抽象性、创造性，它拥有自由的空间，但是，因为其存在基础是逻辑，需要精密而可靠的推证，所以，当前不知道"它说的是什么"，也许恰恰反映了自然的某种规律性，这种规律性可沿着数学的推论来按图索骥地研究，正如伽利略所说，"自然这一巨著是用数学符号写成的"。

数学与算术，有别。至于奥数，多为纸上游戏，其意义如耗子挖洞，或许盲目而为，对于很多普通人没有意义。所谓"提高想象力和创造力"，实际呢？

发现兴趣，培养爱好，因势利导，定性成习。

教学相长，光光互映。

教育孩子，千万不能着急。好高骛远，孩子受罪，大人也跟着受罪。受罪，很多是人为的，就不应该了。

读书以明理，明理以启智，启智以利生。学习不是目的，但是必须通过学习才能达到目的。

现在的孩子们学习负担重，作业多，其实，很多作业错误百出，思维混乱，莫名其妙，做了不如不做，瞎耽误工夫，起不到应有的学习效果。好的作业题应该是开启智慧、寓教于乐、一以当十，而不是为作业而作业，增加孩子和家长们的负担。

现在学生的学习，有时竟然是比家长的知识，但是有知识的家长不一定能培养出好学生，读书少的家长也许有很好的孩子。老师无目的，学生、家长盲从并助长时风，可怜了学生们！穷人家的孩子看到家长之苦，往往能发奋用心而成才。

从人生大局着想，从社会功利出发，或许对个人的教育与前途的辩证关系有所启迪。

辩证、相对，往往由时间来验证。时间过得很快，日复一日，所以，才更需要辩证地对待一切。

教育的重要作用在于或许能更改人的命运，但因为社会组成的、运转机理的种种具体原因，很多教育的环节和内容是机械的、无用的，是浪费时间。教育科学应该致力于把教育的内容细加分开，让学生学有所用。当然，这很复杂，宛如科学研究不能仓促下结论哪些方面将来是有用的。

人一生的道路是不容易走的，教育起着一个关键的作用。改变性格、完善修养、培植道德，是教育的根本，需要自学，也需要辅导，更需要主观在客观条件下的历练。在学校的团队里，学生会学到一些与人相处的道理，这在社会现实中更可以学到，但必须付出更大的代价。学校是浪漫的象牙塔，而社会的染缸是残酷的。

培养兴趣，是儿童教育的关键。兴趣有了，等于增加了部分的天才。很多家长刻意培养孩子某方面的爱好，却等于戕害了他们的天性，所以事与愿违。

教育的失败，在于损害学生的兴趣，把学生的时间浪费在没有用途的知识上。让人产生自私心的知识是伪知识，也可以说不是知识。应该节省让学生浪费在无用知识上的时间，把它用在健身上，用在道德与素质培养上，用在与社会接触以提高实际能力上。

将来的社会，是人才竞争的社会，竞争之关键是能力，在于服务社会的能力，在于有建设和谐社会的责任心和实际能力。责任和能力，是一个人在社会中行走并获取自身价值与幸福生活的根本保障。

"子贡问曰：'有一言而可以终身行之者乎？'子曰：'其恕乎！己所不欲，勿施于人。'"《论语》中记述的这段对话，道出了宽容的重要性，还从侧面透露出孔子教育学生时的谦虚态度，那是一种商量切磋的而非武断的方法。儒家之"恕"，同理于道家之"忍"、佛家之"慈"。

文怀沙翁有论"正、清、和"三"气"，余有述"诚、虚、净"三"心"，都是研究与修习儒、道、佛三家三学的纲要与渠道。

安心、用心、放心、注意、满意，是我的问学"三心二意法"。

教师应该善于发现学生的问题，然后因材施教。老师对学生的作用之大，难以想象，虽然苗子有他自己的注定基因，但也需要适时的诱发与培养。

过多的欲望是蒙蔽心灵的尘垢，把它擦去，使智慧之光朗照。人而无私，便心生光明。

上学不是目的，学会才是目的。孩子没有能力，因为他们不知道什么是能力，不知道社会需要什么样的能力；老师和家长既然知道，就应该帮助他们。

孩子的坏习惯，有时是家长纵容的。

《孝经》中云："夫孝，德之本也，教之所由生也。"教，孝文也。教学相长，教者所以长其器，学者所以长其技；然则器与技者犹居下，上者本达乎道也，和谐其德是也。

好胜之心，人皆有之，善利用之，如渠引水。

十次教育，不如一次行动。战场上，战友牺牲了，鲜血洒满地，比什么教育都激发斗志和勇敢。

"进亦忧，退亦忧"，其进退之意为何？"微斯人，吾谁与归？"归于何处？语文课本的讲述，虽然有其内在的社会实际和复杂的现实精神，但不是一般教师可传达的，更不是一般中学生可以深刻理解的。

"大道之行，天下为公。"修一条大道，绝不是为了自己走。大得大失，在此之际。

出国游学的人，最能有机会反思到爱国的滋味。

中国可以进入一个讲究素质教育的新时代了。过去考生人多，升学率不高，需要靠难题来淘汰，但难题没有什么实际用处。素质教育是最有用的，有助于整体文明和个体精神素质的提高，整个社会的祥和与繁荣依赖它。

中西教育，路径有别。西方的小学教育重点在娱乐、素质，打球、弹琴、数学极其简单。如果小学及中学教育题目甚难，忽略了素质教育，此固然与传统模式之不因时而变有关，也与学生多因而需要择优升学有关系。所学难题虽然一时用不上，但潜移默化地影响了一个人将来的思维和行为习惯。当然，不是所有人都能学有所用；用得上的，是智力好的、运气好的、有成就的。

不能人为地设置障碍来感受痛苦。不同的时代有不同的痛苦。即便尝试了痛苦，也不一定能成功。尝试需要成本，慨允便是恩赐。

小孩哭啼甚，家长恐吓说"别哭了，再哭就不要你了"，这没用。这样既缓解不了孩子的痛苦，也没有让他得到正确的认识。

"一切举止都要安详，十差九错只因为慌张。"告诉儿子这个道理，儿子反问，"考试也要不着急吗？"

没有适应力，就没有生存力。我们能做到的，是承前启后，而不是空前绝后。

做人和用人，几乎是事业的全部。

大树底下好乘凉，但大树底下只能长草。自助者多福，任何人都必须认识到这一点。

上山下乡，是另一种形式独特的留学，锻炼人的实际能力。

发展是硬道理，硬发展就没道理。

变化是一定的。变化有个过程。科学发展，首先要判断以谁的标准来判断是否科学。

努力学本事，提高服务的质量，争取被"利用"的阶层不断提升。

进，是最好的攻守之道；退，需要有余地，能有退让的空间时才谈得上。

不能浅尝辄止，挖井，就要在确认之后，在一个地方挖下去，直到出水；否则，半途而废，一事无成。

厘清头绪，去枝节，少做无益之事，少交无益之人，用功于益处，以期事半功倍。战略思想，是长期经营的计划。

你太超前了，群体没有和你在一起，于是你放弃了；等你反省过来想继续下去的时候，发现你反而已经落在了群体的后面。

人大多是自己放倒自己。到了一定的程度，稳定也就是发展。很多人到了一定的程度稳不住，就失败了。

瓶颈过去，就是平静。发展总需要经过无数次这样的过程。

复制别人可悲，复制自己更可悲。

基础上、前提下，建立于松软基础上的构造不牢靠。

一棵树要成材跟什么有关系？跟它脚下的环境有关系，再远一些的，基本没有关系，所以，营造好直接关联的周围生态环境，是发展的必需条件。寻找、选择和变换一个好的圈子，至为重要。

一高兴一百年就过去了，一高兴十年就过去了，一高兴一年就过去了，一高兴一天就过去了，一高兴一小时就过去了，所以，要有长度，也要有密度。

人不但要净化自己，还要争取净化自己的外围环境。

田间禾苗要生长好，需要"间苗"，都留下反而影响整体。人之兴趣与从事专业，也要有"间苗"，分清轻重缓急。

急时不探路。"欲速则不达"，有时为了抄近路而走一条新路，往往失误，不如老老实实地走旧路。重要活动必走熟路，恐有失必先控路。然而，彼一时也，此一时也，路也在变化。总想着走旧路，有时容易犯错误。

芙蕖出淤泥而不染，其所以如此，是因为有了淤泥的营养。芙蕖插于清涟，萎靡而已。在它出泥之前，芙蕖接触泥土是为了吸收营养；在它开放之后，远离泥土才被人发现、认可、称赞。

舟不行于路，车不行于水。推舟于陆，为愚行。行车于水，是愚思；也正是因为有愚思，才有了变革的开始与可能。

识人之难，在于人皆有面具，不似想象之完美。信己之难，在于己心之性质本来常变，不能恒持。吞吐讷言者必有伪诈，结巴也有假的。

很多东西不能假设，社会的存在和发生的条件在变化，过去的大师只能产生于过去，当代的大师只能存在于当代；能跨越时间的大师必然是少数。面对同样一个自然，每个人有各自的感悟，怎样表现出来，怎样掺杂进自己的性情而把自然表现出来，是一个命题。

时过境迁，条件发生了变化，故不可固执地、一厢情愿地以过去的眼光和感觉看人。多年不见的朋友忽然联络，须慎重。

好逸恶劳的坏传统，延续到现代经济的时代，是今天人才匮乏的一大因由。"这孩子运气好，工作不费劲，钱还多。"凭什么？凭老板是冤大头？孩子能一直这么运气好吗？老板能永远不长脑子吗？家长对孩子的教育，要以发展的眼光看，要培养他的实际生存能力，不能光吃一张名牌大学的文凭，不能靠运气，要明白新形势下讲究

效益的经营模式容不得混饭吃。

关系、搭配、管理、组织、秩序……是暗物质，是力。

不要怕参与的人多，水大才能托得住大船，但水永远漫不过船。船长和舵手很重要，把握着前进的方向和行动的章法。

为水为流，其细者不论，至于中流者各自分道奔途，倘能合聚一流，必成大观。

什么都靠别人，弄不好；什么都靠自己，弄不大。

什么都自己干，还不如不干。寻找能按照自己意图实际开展工作的副手，是管理者的主要任务之一。干的目的，最后是不干，而不是长期干下去。失败的成功者与成功的失败者，意思一样。

单打独斗，都似土匪；集合力量，便为运动，最终成事。

非不能也，目不暇接，来不及。逻辑贯通？此冲非彼冲，个体分子脉冲力量集合起来，就是革命运动。

有人没什么大本事，但占据国家资源和权力阵地，能事半功倍。社会闲人有闲工夫参加各种活动，逢迎着玩，也能成事。

找到合适的人，几乎是实行任何计划的全部内容。成功的人，天助是一方面，另一方面一定是有人缘的。可以利用的人越多，其能力越大，则组织起来，成就

崔自默 绘

的事业也越大。才与不才，因其用不同而异也。选拔人才的方法是最为首要的事情。

组装，是学问中的学问。——不仅在文学和艺术作品中如是，你还可以从物理或者化学、数学等自然科学领域中寻找到最好的证据和佳例。现代社会讲究资源整合，也是这个意思。

开锁要找到合适的钥匙。交友如下棋，起初不知某子如何用，等到一定时候，它也许就起到了关键作用。磨砖对缝，把人力资源巧妙组合并应用起来，是本事。玩物丧志，玩人丧德，让大家都说好很难，让大家都得利更难。

管理，就是规范化、具体化、明确化、细致化。管，就是规范之、束缚之、框架之；理，就是条理之、明确之、细致之。一直分化下去，把复杂的系统工作细致到简单的机械劳动。不要人来管，而是用制定好的、十分细致的程序条文来监督执行。

管理，就是层层分化为最基本的简单动作单元。分化，需要下面的任何一个单元独立而完善，然后把各个单元组装起来，就像编一个大程序，先编子程序，再把子程序完善地对接起来。人才的管理，在于指令的明确。你埋怨员工"你都干了些什么？！"时，他可能会问你："你都让我干了些什么？"

皇帝淫威权力之盛大，得之不易，守之尤难。无德无能者，不得善始，不得善终。

执政，关键在于正心。政，正也。格物、致知、诚意、正心、修身、齐家、治国、平天下，儒家把正心视为中间、基础。

首先发展自己，而后重组社会资源，以期最大效能，是现代人和企业的特点。

注重细节，改变操作者的不良习惯，就要从管理抓效益。

每一个零件都必须是牢靠的，以此为基础，所有的零件组装完备，才能高效地工作。零件就是简单的劳动单元，它不需要有个性，但一旦出现问题，可以随时更换，而不影响整体运行。

　　彻头彻尾的创造没有，也不必要。挖掘化用经典，再造革新，就是创造。传统与现代可以跨文化时空对话。传统符号广为人知，毋须重新普及教育。利用传统元素组合重构，艺术与科学思维交织。

　　忽视细节的人，难成大事。什么是人才？首先是学会做人。如果连帮人提包、端茶倒水、察言观色都完成不好，就算你有再高的学历文凭，也难有大成就。大事业，非个人所为。当然，绝对技高之偏才除外，可惜少啊。

地平线不是线。

　　能感知到存在的东西，却未必真有。

　　中医学的经络认识，是一种无形但实际的关联关系，是肌肉、骨骼之间存在的东西，间隙太大则隔膜。通则不痛，痛即不通。人自有寿数，后天保健为一方面。

　　即便不能到达目的地，也要有明确的目标。

　　目标既知，但必须努力才能接近它，有时是需要以生命的代价才能接近的。

　　战略意图的实现与成功，靠确切战术的实施与完成。

　　策划是一事，具体实施又是另一事，需要资金，更需要人才。

　　孔子说"食不厌精"，孟子却讲究"君子远庖厨"，其实，庖厨的整个程序就是组织管理的整个过程，所以老子总结说"治大国若烹小鲜"。

路，必须先走出来。走，是必要性、存在性。

　　过多的理论思考会束缚实践的力量。

　　不怕千招会，最难一招灵。必须先有所不为，积累力量，有属于自己的东西，才可能走进江湖。

　　能解决，不等于能解决好。完成与实现容易，完善与完美难。

　　不必反复计划，只需当机立断。很多事情，只想着要把它做得完美，但没付

崔自默 绘

诸实践，于是浪费掉了很好的计划和机遇，不能成事。

时间、兴趣、精力、能力，是成事必备的条件：没有时间，什么也谈不上；没有兴趣，一定很痛苦；没有精力，身体状况跟不上，一切枉然；没有能力，一切都白谈。

完了，才完美；没完，就不完美。

种玉米、麦子，今年种了明年还得再种，所以是短期战略。种树是大事，很多年可以摘果子，所以是长期战略。但是在能吃上果子以前，还要考虑短期的方法。"奇取而正守"能称作兵法，也是实际需要。

投资多大、时间多长、效益多大、有多大意义、有多大意思，——这些事情，是考虑和讨论时的首要问题。

除了感兴趣的事，"事半功倍"的事才是正经事，很多事不值得细干，点到为止。

寻找并挑选那些起到催化剂作用的事情和环节，首先处理，并处理好。费力的事，不见得有效益。要善于在悠闲的时间创造最大的价值。

用游戏的心态工作，用工作的心态游戏。

童年的信仰

糟粕所传非粹美，丹青难写是精神。

——北宋文学家王安石

艺术是智慧的喜悦，在良知照耀下看清世界，而又重现这个世界的智慧的喜悦。

——法国雕塑艺术家罗丹

篇八

不会当领导的是自己玩命地干活，手下的人玩命地给他捣乱。

文化的意义在于交流，但很多时候需要判断：有交流的必要吗？"默禅"就是主张不说话、不对话，以免事与愿违。

为政者与上游者游玩是佳例，而不是用来处理手边的琐事、问题和矛盾，那总是处理不完的，也没有多少用处，只要不出问题就行。

值不值得做，需要多少时间、精力、费用，效果有多大，都要考虑。

"无利不起早"，办事时要考虑所有环节的利益，才能保证整个过程的推进。

隔行不隔理，在商言商。你可以说不喜欢钱，但你必须遵循钱流动的法则。

你喜欢与否和你赚钱与否是两个概念，要区别对待。你总上当，不见得是品质好，而是眼力问题。

保险等服务业应牢记以服务为宗旨，以客户为亲友，则无不成功。

老陕面馆面对"老陕"，目标顾客的省份区分明确，回头客多，朋友相告，顾客盈门。很多饭馆看似面对广大群众，实则没有目标，人从门前走过亦无必进之可能。

发展客户，有消费群，价值得到认定，是市场经营中很重要的环节。日常执行层是一大关键。

开公司容易，关公司更容易。竞争的最后底线是企业自己，是人的因素，比如是否团结。

不是说人多就能干成事，用得上的人才是人才。安排事情要细腻、具体。

"疑似"之才，令人迷惑。

事本无所谓大小、好坏。好人干的事是好事，坏人干的事是坏事。不是这事不能干，是干这事的人没把它干好。小事能干好，就能成就大人物。

事在人为，日日发生，苟无其人，虽有而不能大。事终成其大者，必得其人焉。

小事就是大事。人都懒惰，解人之急，为人方便，则可结缘。没有人缘，就没有大资本，大事也容易做小。

丞相，便是调羹鼎，协调材料与作料，盛菜上席。

有"疑似"之才，就是看起来像人才的人，最容易迷惑人，他们多是出于幻想而不实用，不是真的人才。人才太多，所以，优先选拔那些"会来事儿的"，是一必然。像样的千里马不需要伯乐，它自己会跑出来。

一人不成，或有善友，多方联络，渐具规模。到了知天命之年，一般人就没兴趣、没能力折腾。最大的风险与最大的收益是并行不悖的。投资于人，是最大的投资，其最大的成功是认人准确，最大的失败是认人失误。

不靠自己干不成事，只靠自己又干不成大事。人需要帮手，但人家为什么跟着你？有才有德的帮手，是因缘所至。

我们精力有限，要想功在千秋、事半功倍，就要高瞻远瞩、高屋建瓴、提纲挈领，要运筹运作好，争取去做一以当百的大事。

善待自己不是偏心眼儿。

如果说童年的信仰只是平凡日子的光景，那就在深秋的梦里尽兴探访落叶的醇黄。

健康的童年信仰是纯洁的、天真的，但世故的、实际的信仰是什么呢？

畏惧麻烦，是最容易令人退却和失约的理由。

等待，是一种奢侈的圆满。

想非非想，见反反见。因梦生梦，不成便成。当了则了，可行即行。

最傻的人是我。我已经做过很多无聊之事，还会继续干无聊之事吗？还在乎继续干很多无聊之事吗？

我必须做有意义的事情，但更愿意做有意思的事情。既有意思又有意义的事情，是什么呢？

闲来作《打油消暑》："暑尽寒，冷后热。浮南海，需养摄。醒复梦，当看破。为利名，谁云阔。孰是身，难守拙。啜陈茗，心气和。山腰坐，林下卧。日正长，水圆活。毋论他，吾丧我。呵呵笑，笑呵呵。"

窗外是戈壁滩，忽有感触："有的人还健在，但已经再见了，因为他的心死了。海枯石烂是什么？不就是戈壁滩吗？"于是把这感悟发信息给诸友，友颇诧异，不知戈壁滩为何所感悟。

雅丹游一日，胜过书斋俗墨三十年。雅丹的眼睛，看到过多少沧海桑田之变，累了，不再发一言。雅丹像海里的船，更像海上仙山，渐行渐远。它的自然素朴与

崔自默 绘

博大恢宏，胜过世界上任何历史的建筑和遗迹。这里有大美，有壮阔，有雄浑。雅丹，是一个个大故事的根。雅丹之美，美得惊人、吓人，是难以言说的，可惜未寻到古代的诗篇。天很蓝，白云如絮，自上而下，牵挂着地上的雅丹地貌。在这里，你会意识到平日触摸到的小情调，原来都是无病呻吟。这里是本性的冲动，埋藏着最原始的真情。

穿越戈壁滩，你可以感受到时间的魅力，那是多久远的造化啊。戈壁滩上，还会长出点点绿草，那是对过去的思念，是对情感的诉说，没有绝对的、空无的面对。

艺术生活等什么？"省着省着，窟窿等着。"冷有身心，得言外意，听弦外音。艺术或许不能解决已有问题，但可能避开问题。因果非梦，现实连续。

风雨之夜容易有不舒适之感，乃原始的对自然的恐惧。

西藏，是一个容易滋生出感情的土地。人与人之间的依存距离容易被拉得很近。感情空虚的男女在这里一拍即合。

俄罗斯的异域风光，一片陌生，但那超凡的境界，你却熟悉。暮色如染，空气如洗，有雪铺地，似乎离天很近。遇到的人都善良，又都是诗人，在每一个角落都是诗一样的地方。

《愚公移山》寓言里提到王屋山。王屋山为天下胜境，此前只闻其名，竟不知在河南地界，惭愧惭愧。"山不在高，有仙则名"，山之名，因仙而名，亦因人而异，因人而重。人谓愚公愚，是俗常之见。愚公之所以有如此之愚行，盖有天授焉。王屋山东西有山环抱，主峰居北如屏列。此山植被保护颇为完好，橡树茂密，鸟鸣山幽。最喜蝉噪，当先于山下村庄者，且其叫声不一，如笑、如弹、如述、如钻，最奇怪者间有发电报之嘀嗒声，圆润而干脆。正欣赏间，忽有一蝉飞离枝间，绕近缆车，乃去，因奇之。荆浩山水气象，当自有此等眼目、胸襟而出。山水之异，不终日浸泡其间者何以读解之？今山仍旧山，今人非昔人，日日烦躁于市井中，偶有机会来此，有何面目以对山林？又有何心境以对云水？索道柱上有音箱，发出萨克斯音乐声，平日以为优美无比，至于此自然山林间，顿觉其忸怩做作、聒噪刺耳，乃悟人声之不及天籁者远甚矣。音乐悦人，蝉声亦悦人，而音乐之作用于蝉者为何？不知之。

有目的地之旅行，一定是疲累的；若任性而行，则随处是风景。

坐怀不乱之境界，与不坐怀而乱者，其相仿佛而后者似稍居上，因其意念之动略大焉。

"你夸我，我还是不满意，因为，你夸得还不到位啊。"

"你别总是夸我。" "你别介意，其实我夸得还很不够。"

"你也提提缺点。" "你的唯一缺点就是没有缺点。"

漫长的旅途，独行着，藏不住一双渴望的眼睛，所思无极的眸子，就挂在微笑的嘴角，那是同在的意义。

若不系之舟，则从流飘荡。

在西藏，人们几百公里一直磕头过去，那必然是一次生命的洗礼。

唾面自干，那是什么境界？如圣人焉，如畸人焉，如至人焉。气质神明，足以令人望峰息心。

人虽有意使坏，我却无私释怀。事有难了，不了了之，不了为法。

请牛来教弹琴与对牛弹琴，其境界或不相仿佛也。

以奔走为锻炼，以案牍为旅行，以烦恼为游戏。无闲烦恼，只有充实。

"我们进步了！"这话很鼓舞士气。"正在进步"，此语似很谦虚，实亦进取。

随缘，才能遂愿。

你为某事物所感动，那个事物只是一个契机，不全是它感动了你，更多的是你感动了自己，即你认可了它。

春日，紫丁香发，流光铺地，碎影飞花。忽忽去矣，我思横斜。多少重来，让人空嗟。

为了明天更好，而失去今天的好，是不好，是背道而驰。

就在不经意之间，我们错过了最美好的瞬间，那是不能补偿的。

年轻时的自我是肤浅的，人届不惑之年，很多事情明白了，浮薄的东西渐渐剥落而去，开始找回自我，这时的"自我"才是真正的生存本态。

把一己之精神，置于无限虚空的物质空间，始得以摆脱有限的、绝对的烦恼，实现无限的、相对的永恒。

南方，是让人浸泡在水里的感觉，一切都是有色彩的、轻柔。北方却大异，虽然生在北方、喜欢北方，但我欣赏并留恋南方。这样的句子似乎不是我的，有点"矫情"，但这也是"当下"。

很多事情，过去了就过去了。你曾经难过，难过那么多，那么多，但今天你还记得吗？

时光销蚀一切痕迹。在当时认为有用而执着地固守的东西，刹那之间就过去了，什么也不再是。

有风扶月，无意作诗。曾经着相，偶尔经心。本来有假，岂可当真？不能离谱，权且正经。

"崔自默"只是代表我的一个符号，并不是"我"。我是谁？悟此，方可望实现"无我"的境界，去除"我执"的缠绕。

稳定有动态和静态两种模式。疏雨相过，荷叶一滴坠露，用以阐释禅定、当下、动中静、如不动、临界、瞬间、永恒等概念。摄氏零度定义为常温常压下冰水混合物的温度，但冰与水的比例不确定。静中动，更可靠。

崔自默 绘

根据经验，急事必须缓办，以免仓促之间漏洞百出。

年轻人想成功并不复杂，宛如摸石头过河，看前面人怎么走就是了。不要只注意他们外表风光的一面，尤其需要体察内心付出和心底委屈。事在人为，不研究人，就是脱离实际。能促使人走向成功的重要人物，正如关键路口的路标，并不多。

"跷二郎腿"，我曾经不自觉地总是如此，倒是没有考虑是否有失礼数，后来听医家说那样会影响腿部血脉流通，乃罢。当然，安全和健康是第一位的，除非你没有意识到。

不要误解前沿阵地上的战士，他们有时根本无法接听你的"慰问电话"。

无端的、过分的恭敬与尊奉，出奇制胜，成就了别人的排位，也成就了自己的事业。近处的则"英雄见惯皆凡人"，你想利用他，他想折服你，最终彼此摩擦，耗费能量。"时无英雄，使竖子成名"，渔翁得利，也是常有的。

现代包装设计要以民族工艺为基础，具有现代感，还要有气质，字体和位置

崔自默 绘

搭配等细节都需要认真打磨，达到国际范儿。设计图片要有经典性、目的性，与内涵商品（比如刺绣手包）的图案风格有所关联。

影视作品是一群人的集体合作，结果好坏不是单方面能决定的，还包括运气等非主观因素。如果追究责任，也不是单方面的。艺术片较易于把握，主要从艺术角度和美学品位出发即可。商业片则复杂，有投资、剧本、演员、摄制、制作、播出、宣传、市场等很多环节，哪个环节短板都不行。

你若非唯一选择，做不到无竞争状态，就不能自以为是、沾沾自喜、居功自傲。

自重，则受人尊重。

会说话可以走遍天下，仪表堂堂也可以发家致富。很多人没有太大的本事，只是一副郑重其事的严肃样子。

庙堂造像讲究法相庄严。一分恭敬，一分功德，让人看了心生虔敬。

没有绝对的尊重，就没有很强的合作基础与执行力，就很难收获。尊重，因被尊敬而重要起来。

富人没有远见，文人没有良知，有人以为此是社会两大祸患，其实更是遗憾。有时并非没有认知，而是不敢表现。历史告诉人们，当时积极进取，明辨是非，思出其位，往往风险很大。

罗隐有诗句："若教解语应倾国，任是无情亦动人。"是退而求其次，即便其次也实属高级。

聪明的鱼吃到鱼饵就走，不会去咬鱼钩。有智慧的鱼甚至不吃鱼饵。在社会江湖，人是有智慧的鱼，需要自己放生自己。

过分求信，是不自信，是奢求，总会失望。

无我无人，既是自信，也是他信。信是内心的波动，带有能量，可以改变物。

虽说无信不立，但不求人知，不求人信，是自信。不要攀缘，不能奢望，不可贪念，不求多得。

寻求知音，也是为道日损的吗？过度寻求知音，是不自信，也是一种贪欲。

王樽的影评文字有魔力，有强烈的镜头感，他能感知到椅子的"神态"，浸着一股神秘感。我画过漂浮的椅子，那么陌生。细心观察，各种灯具、门窗、器具之类，只要有一些对称分布的因素，就都显现出一种"神态"。在美国佛罗里达州的奥兰多迪士尼乐园，我曾拍摄下数百张各类"面具"图片，除了门窗，还包括石头、栏杆、帽子、屋顶等。

过度自信也容易失去警惕。

"人从巧计夸伶俐，天自从容定主张。"（憨山大师《醒世歌》）底蕴深时堪把持，真情咳唾是文章。"室藏美妇邻夸艳，君有奇才我不贫。"（郑板桥《赠袁枚》）俗雅谁曾分确切，知音蝶梦笑无痕。

把东西收拾、放置在平时注意不到的地方，就等于把它藏起来，如果是茅台酒陈酿还好，但若是新鲜香椿就糟糕了。藏在不注意的地方等于埋下犯错的线索。

我的"匆忙"是内心的思维，与时间和效率有关，与"从容"不对立。

非洲杀人蜂是草原真正的王者，再凶猛强悍的动物（比如大象）也无可奈何。大象的弱点在耳朵和鼻子，而杀人蜂的集体力量几乎无懈可击，但单个杀人蜂对善于特技飞行的蜂虎鸟而言，只能是美食。

独自伴随艺术，可以使我进入更孤寂、更静默的境界。那种感觉，有时极抑郁，几乎接近崩溃的边缘。

热极生风，闷极生雨，寒暑交替，均在极而生变。润之又润，及至于涸；虽语之涸，及时复润。春风化雨，有干裂秋风之效。

假如相当理性，就是过于自信自大，认定所作所为是有价值、有意义的。

失信与失败相伴。自信与自私为伍。自信于与他人的友情或关系，要么是自私的、贪婪的占有，要么是自大地以为自己已经付出了很多。

天气晚来秋。秋高气爽，是最好的时光，也是最容易过去的时光。

人若不俗，野草亦如幽兰也。

不在乎周围如何说长道短，才是强大；当然，无耻、无畏者除外。

有时过度考虑别人，就是自作多情，就是不自信、能力匮乏。

"听其言也厉"的孔子看到弟子白天睡大觉，不好直接怒骂一番，于是摇头来一句"朽木不可雕也"，可谓指桑骂槐。朽木，除了用作柴火，基本没有什么大用处，除非被"化腐朽为神奇"。"雕朽"，就是把朽木改造成艺术作品。龙虫并雕，天下没有绝对的废物。废物利用，需要换个手法。能不能"化"，需要巧思。倘若结果神奇至于"朽木不可思议也"，那就不仅仅是艺术作者的事情，还需要读者、观众的高明参与。

所谓自强不息，就是天人合一，针对自己，不断努力，改造自身，完善自我，修养自心；厚德载物则是世界观，针对社会群体，有胸襟，有抱负，有理想。

有时不是你主观上愿意说话不算数，而是因为客观条件发生变化，促使你不得不没谱。给别人台阶下，或成人之美，退而求其次，都需要一定程度地放弃自己的立场。

生命在呼吸间，呼吸之外无一累，所以，随遇而安，来之安之，如土委地，自然而然。

当年感慨，今日尤然，唯自觉自信者可以自策自强，自立立人。

要努力去干不可思议却合情合理的事情。

不能沉默，就是另一种不能自拔。耳鸣或失眠，也许就是忏悔或赎罪。知是陷阱，行是绳索。不能控制大脑，多么悲哀。抬头或低头，噘起嘴或眯起眼，不是得意或失意，也不是骄傲或谦虚，只是下意识、忘情。容止若思，走神，为了谨慎而竭力地捕捉那瞬间的灵光一闪，让思维之刀磨得更加细密。这时，虽然伴随着一丝烦躁，却也痛快而酥麻。究竟是什么挠到了意识的痒处，不得而知。

好东西并非唾手可得，清晰肯定的思绪会忽然像捆绑好的肥猪一样挣脱，令人情绪大坏。对于灵感不能抱一点奢求，否则就可能像是总觉得有人在敲门，跑过去打开门，没任何动静还算好，撞进一个疯子就糟糕了。

好东西，是受累才能得到的，比如挫折、经验、思想、智慧、善心。真正的好东西，是偷不走的，也是不怕被人偷的，因为它只属于它属于的人。水、阳光、空气等好东西，总是不花钱的自然存在，却被忽视。

天理、道理、情理皆备，自然空中妙有，喜事连连。

一同学问个人发展秘诀，答曰："同舟共济、利益共同体、整合资源、同道、同志、盟友、战友、朋友、知音、知己、合作、助手、团队、队伍、集体。"其意思是对方想什么、说什么、做什么，你也跟随去想、去说、去做就是了。虽说不能自以为是、另起炉灶、夜郎自大，但以为自己人微言轻、无所谓，也是愚昧的，因为众擎易举、海纳百川、集腋成裘。一棵硕果累累的大树，需要不自私、不懒惰的无数粗细根系来共同滋养。战士，即便不能上前线，也要主动工作，不要消极等待前线胜利的消息，当然更不能愚蠢添乱。

天可以给人超人的悟性，但不能授人以娴熟的技法。即便游刃有余的庖丁，其解牛也必须"依乎天理""因其固然"，可见，再大的天才，其创造力也摆脱不了实在的自然。

"男怕选错行，女怕嫁错郎"，虽是一句简单的俗语，但可以看出人世间关于男女生存的本质问题。男期得良女而娶，女欲遇好夫而嫁。

人性永远臣服于天性。人类的行为并不因为其完成效率的提高而使事情变少。

我的脑子是空的，可以感受到风儿穿过。身体每个细胞能穿过风，不挂碍，就空了。

有与空，是大自然的呈现，两者的关系是相互含容、相互共存，是同根一体、同本而分，是有无相生。

人算不如天算。天道如此，人事几何？不能精密细致，就成不了事，但过于精密，又容易破损。圈套圈，其大者胜。

学问用以检点自己，而不是评判别人。

艺术首先是自娱，其次才是娱人。收藏是因为自己喜欢，而不是投人所好或看利行事。

如果你感觉周围人对你不好，而且又确实不是你自作多情或自以为是，那么就是你面对的人群不高级，因为高人总会善待和尊重别人，于是你就应该考虑提升自己所处的圈子。如果你的圈子其实还不算低，你就应该继续考虑道行深、德配位。总之，真正自觉自信者知道自己需要什么，不为他人的标准所左右，只求坚持内心平和，快乐永恒。

不是绝对可以厘清的概念，说绝对的有与说绝对的无，都是不正确的。

为什么很多人总是有困难时才想到你？仅仅因为你是一个好人吗？其实，你有很多重要事情要做，更需要很多人的悉心关照和真诚帮助。我除了学术情结，本质上属于艺术家，很容易情绪化。我不愿意再花时间去评论别人。

崔自默 绘

没人骗你是你还不值得骗、没可骗的，不代表你聪明。

只有想不到的，没有做不到的；也有想不到的，也有做不到的。没有做到，是因为没有想到如何做到的好办法。

不把自己当人，能把别人当人吗？不要看人如何对待你，只要看他如何对待别人，就能知道其人的本性。好人看人都是好人，坏人看人都是坏人。

文明的标志是路标。

交通道路什么时候有了明确的标志，就代表了文明程度的升级。路标不清晰的地方谈不上文明。

各行其道，是秩序。慢车走快车道，不是占便宜，走自己的慢车道不丢人，也不吃亏。庄严与美好，需要文明与修养来维系。

你刻意炫耀的东西，也许正是你的劣点，因为大家都重视，何以你能得手？得便宜卖乖就是对上、对下都不真诚。

路怒症者，乃不知宽容、宽让，不能设身处地对待他人，工作不如意、心态亦大不平衡之故。

"偷梁换柱"有"坐标移动"之妙。

没有GPS，很难在陌生的地方行走，更别谈在大海、沙漠、森林中行走了。

笛卡儿说，知识等于确切，于是他发明了坐标系。坐标系的产生，使彼此相对位置的确定成为可能。不确切，就不是好的知识。如是说，不是蔑视混沌的知识，只是目前还难以揣摩出其内部确切的行为机理，就像对宇宙的外部探索和对原子内部的研究。

没有参照系的批评论判，等于梦呓。

物以类聚，人以群分，分析一个人所关注的东西，也可以从侧面了解他。骗子善于利用周围人，用障眼法来骗第三者。

我的左边如何、右边何如的说法，很幼稚。以自我为中心的定位，没有意义。

零件不在整体上发挥作用，就是废物。人才除了自我把控，还须有组织能力。关系是生产力。我们的位置由他人决定。不关注别人，就无法摆正自己的位置。

选择自己的道路，定位为艺术家还是理论家，需要判断。做实践家最为有益，而且不排除理论。当然，不可做一般的画家，而应做学者型的，集其大成，若黄宾虹辈，然殊不易也。

人贵有自知之明。自知，就是认清自己是块什么料、能吃几碗饭，自己能干什么、不能干什么，该干什么、不该干什么。

"定位效应"：人总是选择自己坐过的凳子。这些生活现象都很有启发性。从平常着手发现道理、规律，是最方便的法门。

不建立坐标，数量的正负、大小都是没法衡量的。坐标是可以移动的，一旦移动，正数可以成为负数，负数也可以成为正数。代数几何上，"坐标移动"是一个很高明的办法，因为距离永远是相对的。数学，是讲究逻辑的，也追求相对，可见，现实中更应该注意转移、位移。

外物波及内心，内心状态显露于外，内外表里，岂可不慎？不形于色，可成大事，但应该心存欢喜，才不至于生病。

人之心理素质，表现在定力，需有心力基础，大慈悲、大宽容、大仁义乃生发大英勇。心中偶起波澜，但不待影响到外部表情与动作，已然复归心中平静状态，这是修炼或培养成的好习性。"每临大事有静气，不信今时无古贤。"绝对的平静既然不可能，那快速复归平静是修养的可行目标。

欲望横流的时代，影响了所有人。没有定力的人，首先欲火中烧、心急如焚、毒气攻心，然后毁掉自己。其他一些有自制能力的人，开始互相倾轧，弱肉强食，互相伤害。

心可以为地狱，也可以为天堂。在晴朗的日子，要看天空明媚的阳光，而不是地上投下的阴影。

文化，就是一幅地图。

文化就是地图。是否空前绝后，需要察往知来。

吾当面壁，唯在思理。无有四围，一向而已。壁有藤蔓，不见真趣。经夏而秋，众叶当去。时光如水，水落石出。自在随缘，默然以仁。谷静松风远，楼高月色浓。

今朝披发去，路远卧云回。

看窗外薄雾笼罩远近楼头，这就是现代的大都市。胸中有层云鼓荡，吞吐而有大气象焉，方可以于此中立定精神而不随之逐流沉浮。

捧一卷线装书，沏一杯清茶，慢慢地，静静地，影如镜，此时，便可以清醒地察往知来。

转识成智，"转"需要胆识与力量。"诸法因缘生"，知识、见解不会自己忽然冒出来。

古代对触犯者有"诛灭九族"的严重处置，上下四代及自己，受牵连者往往百千，故师者择弟子，家长教子，岂敢不慎？处政事者又岂敢随意疏忽、怠慢？

抬头看路，近处疏忽，便有错出。

宁可植一棵远树，不栽一片近草。树能长栋梁，即便自己不用，亦有成就感。

要么不收学生，一旦有学生，应该设身处地，看如何相处。没有求知欲和上进心的学生无法教。

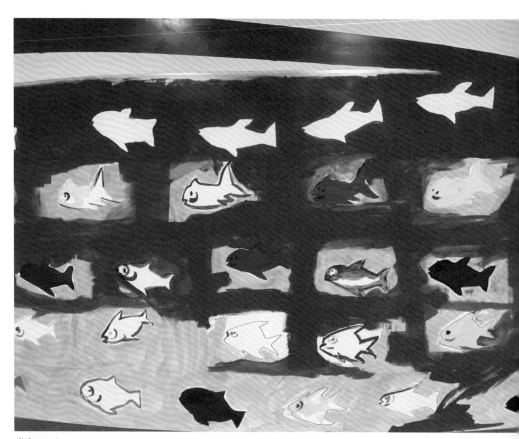

崔自默 绘

喜闻乐见、通俗易懂的教育方法，值得使用。点、线、面的策略，值得思考。

对比强烈的协调，是高层次的。

白与白和谐，黑与黑和谐，而白与黑是更高级的和谐，是在矛盾中对立并存的和谐。

矛盾性、冲突性和戏剧性，都是人制造的。让每个人都说好，不可能，也大可不必。让每一笔都精彩，有必要但不可能。方圆、长短、高低、阴阳、曲直等，矛盾中见戏剧性、艺术性。

置之死地而后生，敢于下死棋，然后再救活。死去活来，见功夫。四平八稳，即落俗套，虽生犹死。

所喜之物，退而求其次，也比没有好。所憎之物，一点没有才好。美化所喜之物，丑化所憎之物，大抵如是。

情节所表现的离开生活越远，越没有吸引力。表现，不是想象。应该表现的，是生活中的戏剧性，是难以克服的矛盾、冲突，其中没有什么明显的社会角度上的善或恶，大多的是属于人性固有的东西。人的能力是有限的，是不可以按照想象而变化的。哀其不幸，怒其不争，无可奈何，莫名其妙，都是自然的本态。在这当中，时间过去，人也随之衰老。路还是要走下去，不变的也许仅仅是一颗希望向上的心。

人生最好的感悟，恰恰在得意与失意的转换之间，在明知而难能的矛盾冲突之际。

游戏，想要得到更多人的关注，就要闹动静，所以发生一波三折、平地起波澜的现象，戏剧性、矛盾性增强其趣味性。

悲剧美深刻，在于大脑思维、心里激动。喜剧美则容易化作小脑和肌肉运动，稍纵即逝。笑与泪组合，须细致辨认。专博有别，行业精英与时代人物大相径庭。乐意回忆的却是当时最痛苦难受的经历，至于舒服顺畅的环节全忘却了；即便试图回味，也勉强不得。

真实的痛苦与虚幻的快乐，哪一个更容易被接受呢？鹤立鸡群，鸡立鹤群，有同等的对比效果。"不经常做"，与"经常不做"，旨趣大殊。虚其心，实其体。

大相对于小为大，大相对于更大则为小。集合元素矛盾之关系亦为相对，若跳出圈圈拘束，到一个更大集合里，会暂时自在起来，"人挪活"即此理。

艺术的真实不等同于生活的真实。

　　艺术需要创造性，包括歪曲、误解、错觉。艺术家令错觉产生美。生活里有所谓的真相，但真与假有相对性。相对性就是量化、次第、阶层。从量变到质变，于是真假难辨，矛盾、对立、冲突，戏剧性在焉。生活是艺术的源泉，艺术是生活的佐料。美是杂合体。

　　一般风格的绘画与音乐不搭调，容易形成拉郎配、两张皮。音乐是抽象的艺术表达形式，是时间与空间的凝结与延展。绘画与音乐合作表演时，其语言形象同样需要写意性、符号性、现代性，打通视听系统。旋律是传统绘画的弱项，只有把视觉节奏提出来，重组并加强其隐相，才能相得益彰、绘声绘色，移情与怡情并举。

　　艺术提醒人，美好就在身边。当然，在普通景象中发现惊喜，体会温情、温馨，需要时刻呵护这一颗温暖的心。

崔自默 绘

　　空间感：前后远近有之，粗细长短无之。

　　小海棠花蕾虽小，似未发育丰满，然至凋谢犹不显著，故觉其能久；牡丹花朵甚盛大，丰腴而艳丽，至于萎败则不堪入目，更觉其短暂。

　　事情的大小本来是客观的存在，但因为视角不同而可大可小。小东西，近看也会很大；大东西，远看也会很小。不在于其大，而在于其不小；不在于其好，而在于其不坏。

　　小船好掉头，大船抗风波。小大由之。

不高兴，便是罪。不认因果，更是罪。

家庭少老伦常，各司其职，各得其所，如果能更进一步，精益求精，和谐上下，圆融全局，便是福禄寿喜，吉星高照。

装神弄鬼，神出鬼没；见性明心，性乐心安。发挥主观能动性，念力转化，心想事成。

转念，傲慢战胜忐忑。信念，来自科学逻辑。

天道无亲，悲欢离合总无情，如果天人合一，人也应该无情，一厢情愿或自作多情就是自寻烦恼。

都说生命最宝贵，但忽视健康总因恶习惰性。荣华花上露，富贵草头霜。感恩有福报，贪欲是苦海，止戒贪欲，离苦得乐。

你的成绩大，是因为你投资大，时间和精力、交游等都是投资。

正知生正信，对自己，也对别人。

故事是给别人欣赏的，后人怎能体验当时的甘苦？

批评和抱怨别人，是一种愚昧。有多少善意而有效的批评呢？

不要怨人，人与人之间的差距是巨大的。天才者是其他人难以企及的，"望尘莫及"就是专门为这种现象设计的词语。

王阳明说过："无善无恶心之体，有善有恶意之动，知善知恶是良知，为善去恶是格物。"天地间万物存在，本没差别，也无所谓善恶。善恶之概念区分，是因人类各自有了念想和欲求，而这些行为会受到社会众人的评判；至于评判标准，无论多么民主集中，也具有主观性，不可能做到彻底的客观。话语强权当然掌握一时主动，也便注定了历史的故事。

胜者为王，这一逻辑虽似原始粗糙，但的确是文明发展史。我们寻求民主、独立、自由、公正、法治、平等，条分缕析，事无巨细，以期达到科学的思想。尽管科学还不甚科学，但它是迄今为止我们能依赖的唯一标准。良知是我们共同的科学，不需要再做连篇累牍的讨论；人类一旦失去它，就立即沦为普通动物。有良知的个体组合成文明的社会。

前贤说："人不敬我，是我无才；我不敬人，是我无德。人不容我，是我无能；

我不容人,是我无量。"怨天尤人,最为愚蠢。怨气伤人,首伤自己。

懂人性、懂浪漫、懂幽默、懂道理,才能懂深情、懂牺牲、懂豁达、懂信念。战斗力,不是空空洞洞、冷冷冰冰的说服,而是实实在在、大大方方、明明白白、真真正正的经历。

酒精刺激敢死队,但义士赴死靠信念。

人生与艺术之发展,百花齐放,殊途同归,循序渐进,水到渠成。有自小路出发,几经曲折而上大路者;有本处大路,然多年蹉跎而一事无成者,甚至钻入牛角尖、死胡同的。

古来文艺佳作,必因事而成,心志寄托,瞬间不朽;后来效学者,浅吟低唱,或可打发时光,然更当以务实为上。倘无病呻吟,强说惆怅,去之慈悲济世者,其价值则远矣。吾辈不可不思。

诉苦与眼泪容易被误解为"弱者"。埋怨自己如何"不招人待见",不仅自我贬低,还引起人戒备,破坏感情。然而,鼓吹自己如何受欢迎、如何运气好,也有问题。

幽默和自嘲是一种宽容和大度。玩笑不可过分,以免变质。道歉不分情况就会贬值,日后授人以柄。糊里糊涂承认错误,白纸黑字,就不好挽回了。

不冷不热,是预留宽裕的时间和自出的生活。一旦觉得付出太多,应该拥有更多,就产生怨恨。

你现在觉得自己最想要的,也许不能直接得到,但也许可以开始另一种你想不到的生活。满意或不满意、是非、去留,不容易仓促判断。大多情况是变化的。所以,最需要的是一颗素心,是自己对自己的选择无怨无悔。

人类很荒谬。电影《铁蹄下的英雄》(*One step to freedom*)反映了生与死、善与恶、自由与监禁、人情与法律、虚伪与真实、个人与集体,都在一步之遥。警察局长牺牲自我而成就别人,却不被国家机器所宽恕,令人感叹。

时时警惕不能用言语或行为伤人,也时时感激所有伤害你以促发你进步的人,他们磨炼你的心志,增长你的智慧,使你自立。

世事微茫多等闲,难过最觉续前缘。

如果你觉得世界上最害怕的东西是"麻烦",就容易吃亏。你会超前地、一厢情愿地为别人着想，成人之美。

麻烦，或许就是生活的大部分内容。躲避麻烦，或许是另一种懒惰或看不破、放不下。身心自在，随缘应物。

石涛说的"在混沌中放出光明"虽然是针对绘画艺术的，但对于其他也一律，那是很难实现的境界。在混沌中，魔佛同窟，沉沦是容易的，清醒是困难的。要么死去，要么再生，大彻大悟在即。

应该相信什么？应该相信时间。然而过去、未来与现在之心，均不可得，奈何？

不受约束，风筝就飞不了那么高。吃饱了，没事，什么事也没有，舒服。想更舒服，就束缚了。

能静则静。当不动则不动。不动则无以发生变故，因以求平安乃延福之方。

是否合法，全在手续。由内转外，再由外转内，手续正规，利可得矣。

突如其来的变故，能验证一个人的内心素质。

梦幻无边，现实有涯。

财富的终极目标只能是与人分享，还有其他珍贵的东西，比如阳光、水、空气，

崔自默 绘

那么爱呢?

人吃第三个烧饼饱了,虽然前两个烧饼也起了作用,但容易记住第三个烧饼。

方梦方醒,庄子等先贤所云不知梦幻之为现实抑或现实之为梦幻,实概念之辩。梦幻必为梦幻,因为:一、梦境不能连续,醒后即止,复做亦不能继续;二、梦境所见,每每时空颠倒,人物错杂,了无秩序。

现实必为现实:一、连续不可否认、不可躲避,即便醉酒,但愿如梦,待醒来必须重新面对;二、时间、空间、人物、事情井然有序,一一推进,因果有定律。

我怎么就学不会拒绝人呢?即便是打进来的电话,没有见到人,应该是好拒绝的,我还是经常答应各种推销和要求。这样是不对的,要多快好省地发展和建设,以后要注意。

令惊喜战胜孤独。

如果你喜欢阳光,说明你是一棵好苗子;如果你讨厌阳光,说明你是细菌。

改变性格,难似上青天。正因为化性很难,所以要下狠心立志。有时,你还会突然抱怨、生气、上火,坏脾气卷土重来。的确,劣根性会反复,但是不要气馁,要相信自己能够战胜自我,最终超凡脱俗。就在不断监督、鞭策自我的过程中,水到渠成,最终实现了你人生命运的改变与完善。

人之所以不能为所欲为,其束缚不仅仅来自周围客观的、群体的、社会的、传统的环境、观念、条件,更来自自己的身与心。最难战胜的是你自己,最应该埋怨的也是你自己。

我似乎对崇拜没有什么敏感。我知道只要战胜此时的自己,日有进境,自己便是最值得庆幸的。自己似乎最难克制自己,尤其是战胜非理智的自己。

关心自我,才能成就自我。天下人很多,但很多人跟你没有任何关系,也不需要你去战胜。天下只有一个人要你去战胜,那就是你自己。只有正视自己,才能战胜自己。

我没有见过绝对的谦虚者。被人夸赞而感觉舒服是找到知音了吗?我被夸赞时总是芒刺在背,汗流在背,怕别人另有企图。

在一个单位,即便其一般,只要不内耗,就有长足发展之机会。鸡中凤,凤中鸡,再鸡中凤,如此即进步。在一个长队里死排着,也许永无出头之日。

进入无竞争状态，就是要目光与心态独到，选择占有一个独到的经营空间。当然，这是妄想，人慢慢会明白的。

选择平庸的正确，没有什么意思；有意地选择有发展前途的错误，需要资格和胆识。

我本事不大，却贪心不小，所涉领域又多，无暇细致考虑属于自己的东西，又无德无能，没有得到有能力的人来专为我的发展考虑，来的大多是求我帮忙或闲聊的人，于是因为贪玩而浪费了很多时间。我盖的是大厦、社区，而不是一间房子，所以一定会慢、累。

一亩地能干什么？能盖摩天大楼，能栽摇钱树。

一定要系统全面地进展，如盖楼，不能一间间地盖，而是要砌好地基，一层层地上去。

有了正确而稳定的大方向，在局部就不会太拘泥或犹豫。

"以野兽的速度和态度干活吧"。论身体状况可以，论思想行为未必。

做减法，至简斯大。

减法的智慧，可以发挥。既然直接回答"是什么"很难，就回答"不是什么"。A+B=C，A=C-B。中国哲学是负的方法，虽不能绝对知道是什么，但可以相对知道不是什么。

不贪、不争，无相、无念。一也。余人生十二字"知生死，轻荣辱，忘得失，少是非"之"知生死"是总开关，统领其余。守约、知止、进退诸说，亦合于荣辱、得失、是非三端。

计算不规则形物体的体积，既然直接测量不易，就间接，使用"负的方法"：把它放进水里，计算排除水的体积。

"为道日损"的损，就是简化的过程，其中可行的方法之一就是"证伪"，即排除错误。证伪，是在"为学日益"，即分析基础上的综合。经过了"日益"和"日损"这两个过程，认识才能达到第二次飞跃。

塑像用泥巴，逐渐增加形体，最后达到丰满、完型、完善。雕刻则是把一块石头不断缩小，剔除那些不该有的部分，留下最有生命力的部分。

罗丹的情人卡米耶·克洛岱尔是天赐给他的礼物。好的雕塑，人体宛如有体温。在冰冷的石头内，人体被禁锢着，等待着匠心妙手的"释放"。那体温，是用一颗心来赋予的。当然，没有技巧是枉然。

放空自己。不要只注意那些与你最直接关联的东西。如下围棋，要注意空地。

虚数，也是数，有实数不能有的用途。

时机不到，不等于没有机会。

过河不用桥，是因为人不想用桥，或者河太浅、太窄，或者乘船、骑马，或者桥根本不能用。

表都不准，还用来计时，可怕。伞遮雨，为其用，伞下火，岂容之？

依靠理想来挣脱现实的泥沼，是追逐生存的浪漫。

空调，是用来在夏天不受热的，但绝不是用来在夏天受冻的。

是金子就得了，何必要求一定要发光呢。发光可以，耀人眼，就遭嫉恨了。

人间到处，加减乘除。你自诩为司空见惯或莫名其妙，那是因为见识寡陋。

先天之觉，经过知识见解，最后落实于决定，即命中注定。

禁不住诱惑，是没有经历过诱惑。不惑之前，我被人骗，我亦骗人；不惑之后，我不骗人，人亦难骗我。

习性害人，知止至善。"乖僻自是，悔误必多；颓惰自甘，家道难成"；"凡事当留余地，得意不宜再往"；"善欲人见，不是真善；恶恐人知，便是大恶"。朱柏庐的《朱子家训》读来最可养人。

"马太效应"的主要内涵是名人效应，与"天之道，损有余而补不足"似乎相反，但是形式后面的内容则仍然一律。

人之生年难测，在此有限时间中，包含实现欲望之可能，是众人孜孜勤奋而情不自禁之所由也。

有人一生没说过什么错话，但一生也没说过什么真话。

要有民族责任感，因为无论哪寸土地，生命的本质、本真状态是一样的。

人一生之中，有宁可抛开性命而不忍舍弃的东西，其为何物？气节乎，责任乎，道义乎？

为了解决问题，人善于使用问答的方式，苏格拉底如此，现代印度的奥修亦然。奥修的思想有两个显著特征：一是在提问和解答中诠

崔自默 绘

释他的思想；二是反对过分依赖于理性（头脑），提倡关注经验（心的体验过程）。在他看来，现代人都是"问题中人"，而提问和解答是现代人的重要生存方式。他坚持人们要自己去体验真理，而不是从别人那里获得知识和信念。对经验的"体验"来源于人的静心，"静心"思想则既带有西方存在主义的烙印，又根植于东方神秘主义思想，尤其是中国的老庄思想。

对现实的压力与痛苦的承担，达到一定的级别，可以安然泰然，似乎精神麻木，甚而行为似乎有了堕落之感，但从道的境界看，这也是一个阶段和过程，不啻为一个生命的升华，那是人性智慧的欢歌。

忘掉"什么是必要的"，去道日远。

什么都必要，等于什么都不必要。审美需要情绪的落差，主观能动地创造、设置、制作，宛如音乐的节奏旋律。个人喜好与特别权力可能影响流行风尚，然而可怕在于既成事实，无人问津。

在画面上，多加一笔，未必多出一分可以欣赏的韵味。于生活，多一分事情，未必增一分精彩。

"变转虚实须留神，气遍身躯不少滞。静中能动动犹静，因敌变化示神奇。"拳法之如此口诀，不亦书法、画法乎？用意用法、用劲用力，中国之拳法、医术、唱腔，与书画之艺，皆如出一辙，异曲同工也。

《林泉高致》中云："远山无皴，远水无波，远人无目；非无也，皆如无耳。"不是真的没有，是"如"，看上去好像没有；画论艺语，可参于生活。

人需养得胸中宽快，意思悦适，乃自然布列心中，不觉见之笔下，而后乃可取赏于潇洒，见情于高大，此经验语，令人神盘意豁。

巧法都是不得已被逼迫出来的。在有限的平地上造景，宜先起小土丘，置观赏石，而后栽竹植花于其间，则有纤馀委曲之形、掩映参差之态，此小中见大之法。

哪些是必要的？哪些是不必要的？必要与不必要的区别在哪里？设 A= 必要，B= 不必要，C= 全部存在，则基本可知 A+B=C；又因为 A=C-B，B=C-A，而 A 或 B 未知，C 基本已知，那么 A 或 B 不可求。可见，哪些是必要的、哪些是不必要的，不可得解，何况 A 与 B 两集合为动态，因人而异，欲随境迁，故其间的区别，界限模糊。

常常在心里与另一个我自己辩论。"什么是必要的？""我不觉得任何事物是必要的。"镇静如此，的确让人震惊。心外无物的境界，需要反复体验、揣摩、品味。

自然界中的物质元素，几乎全部以化合物的形式存在着，而不是单独存在，这值得思考。单独存在的欲望，有意义吗？没有食蚁兽，蚂蚁照样活着——蚂蚁不是为了让食蚁兽活着而存在的。

自生自灭，就是自然而然。比如松茸，它在成熟之后，没有任何适宜它的保鲜条件，如果不能很快食用，就只有浪费掉。人之存在的条件，不能要求太苛刻，否则总是左右为难。

自然造化给每个人启迪悟性的机会是一样的。

窗外有蝉鸣声。忆少时居小院西屋时，北屋外土堆上有榆树数株，夏季中午暑甚，知了长噪不歇，助人睡意。

无用处与无处用，一也。

虚实相应，可为器重；纯虚纯实，究竟无用。

人家乐此不疲的，却未必适合你，所以不要无端羡慕。

问："你总在学习，究竟得到了什么呢？"

答："我没有得到什么，却丢掉很多。"

问："那你还学它做什么呢？"

答："我失去的是妒、恼、怨、恨，是贪、嗔、痴，是不知足，是无知，是走弯路、犯错的机会。"

宇宙是四方上下、古往今来的，是没有方向的，所以，顾此则失彼。

"为学日益"，你知道的越多，可能烦恼疑惑越多；"为道日损"，你清楚哪些东西应该舍掉之后，用于快乐和幸福的时间就越多。"损之又损，以至于无为，无为而无不为也"，最后，面对一切就不再强作分辨，顺理成章，左右逢源，自然而然了。

打铁还需自身硬。谁也不能总围绕对方转。两条大河不大可能合流，除非你是大海洋，可以汇合之。海洋因为低，人则因为高，如良禽择木而栖。

荷花作品风格分期的探索：初为拟古期，为积累传统工夫，为随心所欲之境界作物质准备；而后进入泼彩期，融合中西之法，其实更是抵绘画本性，反映荷花、荷叶远近参差、光影披拂之妙；最后进入构成与符号期，仍有传统之造型与笔触，有色墨融合之趣味，给人以视觉的震撼，继而感染精神层面。

释家讲的"见性明心"与道家讲的"为道日损"，以及儒家孟子讲的"反身而诚，万物皆备于我"，其实是一个理路。

艺术是什么？艺术不是什么？

艺术是什么，难以回答。艺术不是什么，似乎也不易回答。"艺术是什么"难以回答，是因为"艺术不是什么"难以清晰。

回答什么是好，不易，就回答什么是不好。不好，是主观感受或客观统计。

"赋诗必此诗，定知非诗人。"苏东坡的诗句说明联想的重要性。普遍联系是哲学常识，意在言外是文艺常识。令人害怕的不是完全无知者，也不是彻底明白的通人，而是"半瓶醋"，胡思乱想瞎猜忌。

由此及彼，才不单薄。发明创造大多起于早年的兴趣和想法。厚积薄发、触类旁通、水到渠成，所以，做事情不必目的性太强，完全可以误入桃花源。当然，终日蹉跎、漫无目的，是另外一回事。

作家可穷，学者不可穷。作家穷而身心疲、灵肉显、现实具、思想出，作诗尤工；学者若穷，则无阅历、无收藏、无见识、无胸襟，天真幼稚，胡说八道。

装帧形式是对内容的升华、象征、抽象、夸张与符号化，是高浓度的缩影。至于装饰部分应该适可而止、恰如其分，要锦上添花而不能狗尾续貂，要画龙点睛而不能画蛇添足。

对比发现差距，交流刺激新知。

宋人袁采的《袁氏世范》论事说理，睦亲、处己、治家等方面，皆具体而微、辩证而细腻、妥帖。例如"处己"篇有云："亲戚故旧人情厚密之时，不可尽以密私之事语之，恐一旦失欢则前日所言皆他人所凭以为争讼之资。"此比之《颜氏家训》毫不逊色。家训亦艺训也，论笔墨具体而微的艺术家特少，是怕人学艺？

评价艺术家，其交际圈子为参照尺码。故步自封、信息闭塞的空间伴随偏见、懒惰、退步，必与大师无缘。利害相较，轻重区别。外行参与胜过内行疏远。推广不易，需要的不仅仅是金钱与精力，更重要的是头脑、脸皮和心态。工人有上岗证，有资格证书，艺术家谁来发资格证书？

个人工作虽然是因为社会分工之不同，但的确有着不小的差异。文艺界人士出名当然不容易，但一旦成名，只要不是欲望无边，其生活状态总是比一般人要好得多，所以要惜福，更要惜名，不要因为愚弄别人而愚弄了自己，丑态百出。

真正的大艺术家，是不着外相的，甚至有些不像艺术家，但其胸襟气味、见识修养是超凡的。

不尊重人性的艺术家，不是好艺术家。

一通百通，为艺者，一行不精通，其他也不会很精通。

小时候偶尔玩乐之事，也许就成了长大之后的事业，岂偶然哉？

少年的爱好与追求发自天性本能，只要坚持下去，经历一段艰苦的日子，就能走出一条精彩的路。小时候吃什么，长大也爱吃，因为胃有习惯与记忆，人之于文化艺术的喜好，亦如是。

大师也是被鼓励起来的。兴趣开始萌芽时，需要鼓励，以焕发天才和动力，坚持下去，就有成果，就能成功。

成就一个旷古的艺术天才，是奇迹。天才之谓，在于天造地设，非唯人力可成。

心里立志成为大画家者多矣，但真正的大画家鲜矣，何也？不能具体实现耳。

"惟精惟一"。人以为其不变化，正是为其一以贯之的精神所打动而已，不思其内理品质之

崔自默 绘

恒常，徒说其外表模样之一律。一般画家，一个精确、稳定的造型都没有，或者说，一个像样的作品都没有，忽东忽西，莫衷一是，画面形象不能打动人，人亦不能记忆其个性化与符号化之特征，却反认为其有善于变化之精神，有艺术创新之才能，非但不知画为何物，亦真荒谬之事也。

不期而遇的境界，有时远胜苦心经营。

什么是完美？机缘凑泊，偶然如此，不期而遇才完美。计划好了，其实永远也计划不好，等到的却只是缺憾。

刻意，不如随意。教育如治病，要留有余地，病则靠对象自身的抵抗力解决，最后结果还要靠诸多因缘决定。《黄帝内经》中有云："大毒治病，十去其六；常毒治病，十去其七；小毒治病，十去其八；无毒治病，十去其九。""药以祛之，食以随之。""谷肉果菜，食养尽之。"量与度本身是器，随时调整、注意当下、随缘自在，此过程即道法中庸。教育不能用尽力，否则学生会被培养歪。思维运行在脑袋，高明、高效、深邃、深远，所以不需要物质的大空间、大面积。

运气、人品、本事，靠什么吃饭？哪个最长久？

好画的每个局部都是美的。"此石似罗汉，更有不坏身。"偶然也是必然。现代新彩之美，在有意无意，在无限遐想，在主动穿越。

放弃有限、追求无限，是一个理想。弘一大师的"悲欣交集"四字即例证。

精神性获得的重要性在于提升精神性的经验和能力，然后作为修养崇高境界的便捷之路；因为其难能，所以才可贵。高，难以攀爬，也最是风光无限之所在；要抵达之，需要耐力、坚持。

仰望天际，悠远无限。小园中草木葳蕤，氧气充足。忽想起秦观的《鹊桥仙》："纤云弄巧，飞星传恨，银汉迢迢暗度。金风玉露一相逢，便胜却人间无数。柔情似水，佳期如梦，忍顾鹊桥归路。两情若是久长时，又岂在朝朝暮暮。"人与自然之景物，其情当亦如是。

很多情况下人以为自己受到伤害，其实是自私和自负的表现。所谓的"伤害"，有时是不期而遇的。人与人的交往应该是彼此愉快的，如果彼此认为是互相伤害，则完全没有必要继续下去。

崔自默 绘

湿地与干地交，其干者湿而湿者不易干也，人与人交往亦类此。

与别人交往，要让人家感觉舒服，否则，这一次也许人家给你面子，下一次就没有见面机会了。

人生如梦寐，笔墨是文章。举手投足、一笔一画的优劣，不要急于判断，可以对比、转念。

言外之意、象外之象，是思维活跃的中间地带。似不经意，似有不能，却暗含大机巧，需要大技巧。"意造"与"意象"，是画那种难以捉摸的东西，画那种意外的东西。

反差总是在看似不经意时被加强的。猴子穿上人的衣服时最像猴子。

凡人争名争利，圣人争罪争过。

　　肉身就是病灶，心火就是病源。"上工治未病"，只有时刻防病如防贼，排除诱引病根复发的各种因缘，才能祛病。

　　《道德经》中说"名可名，非常名"，意味丰赡。如果一定需要争名的话，那应该是非凡的、不朽的万世之名，而不是轻易白来的小玩意。"不争"，是不争必争，而大概只有为百姓利、为天下利、大公无私，是大多人不愿争的吧。

　　绘画艺术的雅俗，所要表现的内容题材是基本，其次则是创作技法。当然，任何画面内容皆源于生活，本质上是无所谓轻重或雅俗的。决定艺术层次和境界高低的，是形体、笔墨、色彩等躯壳背后的灵魂与思想，然而那又是不可见的。于是，对作者和作品的最后认识、阐释与赋予，至关重要。

大地有多远？似乎不在脚下。

　　思想，只有付费时，才显出价值。付费，包括学费、吃亏、代价、痛苦体验。

　　好种子可以吃，但最有价值的是播种它；播种，不是因为喜欢种子繁衍后代，而是要秋收粮丰，用来吃的。

崔自默　绘

人喂驴豆子，不是因为爱驴，而是要驴有劲拉磨子。

郊野有自然气息，逢风霜雨雪，则更容易接近大地。门外又闻池中蛙声，真天籁也，顿有乡野之思。

密切接触过土地的人，对大地有一种天生的依赖感。大地，是寄托与羁绊的所在。

没有大的自然水土环境，长出来的东西一定变味，比如冬天的西红柿一定不如夏天的好吃。可惜，有时别无选择。

高贵的自尊伤害自己，卑贱的自信伤害别人。

行在路上，天上有冬云，舒卷其态。清亮的空气，不唯使人心情舒畅，心态和缓，更在于使人意识到自己生存空间的真实，意识到个人的渺小。思考人生在自然世界中的短暂存在，可以促发人与自然进而人与人之间和谐相处。

在谁让谁的问题上，不该有无聊的自尊与无谓的自强，大家都应该有绅士的礼让与幽默的谈吐。

世人多是听骗不听劝的。

在生活中被骗久了，就彼此不信任了。"一块黄铜一块金，拿到街前试人心；黄铜卖了金还在，世人信假不信真。"

听骗不听劝，对敌慈悲对友刃，是上下之间处世时的尴尬状态之一。

一个时代的历史大事与文化大业，除了天时地利之外，往往与某些个人的信念与交情紧密相连，所谓事在人为。

历史悠久的大地上，没人愿意承认自己落后。

思想往往不是没有，而是没有土壤让它长出来。思想的行走者，注定是孤独的。

道贵法则，无亲强弱。仁在主动，知礼不怪人。

轮子无须有灯泡的功能。审美个性和共性，能普遍始大。崇高心灵靠持久沉积，不是靠偶然努力攀爬。一次简单随意的会面都猜疑，何来信念融合与生命寄托？你在半透明时，总会与人擦肩而过。

文化是奢侈的，因为除了物质基础的需求，还有精神崇高的追求。拥有了艺术，就找到了自由，可以知足自娱，也可以精进利他。

行为受心志控制，故一切思考以攻心为上。虽德贵直心，然道在委曲，急取则易失本心，也伤人心。

很多事情莫名其妙，我不愿多想，更不愿在闹闹哄哄中老去。

冲击极限，就伟大吗？所谓"极限"，也一定是冲击者自己设定的可以达到的目标，而绝对不是人类所达不到的目标。

自以为是，要在实事求是的制约下。讨论之后，如何实践到自己的生活里，有益于自己的日子？孔子说的"吾道一以贯之"就是这个意思，要习惯到习惯中，便自然了，便可以称"是"了。

"从心所欲而不逾矩"之"欲"是什么呢？合理性有多大呢？

经过多年的行走，一个人形成了适合自己的最惬意的生存习惯，别人可能会感到滑稽，但其有由然也。

可以先选择一门理工科来学，但不可太专而没有共通性。有了理工科的逻辑思维和科学的治学方法，转而用以文科研究，容易有创造性成果。从文到文，缺乏确切思维，语言一般感性而不深入，也不具备普遍性和深透力。

物之始，虽蒙而壮；及其已壮，衰微可见矣。人之性命，亦如是，至不惑与知天命之年，能不慨叹？故老子有云"知其雄，守其雌"。

一以贯之，坚持下去，养成习惯，就是命运。然而一生冷静、不为无益之事，又有何意思？不知之。

一个沉溺于文字万花筒的人不能自拔，痛并快乐着。

本来可以窗明几净，可是总有霾，怎敢开窗户？漫天飞舞的杨柳絮，记忆中是浪漫如雪的，但伴随着风，也的确讨厌。可没有了风，霾又无法驱散，真矛盾。

桌子上的书总是蒙尘，不是因为我懒于擦拭。前沿阵地的战士，没有那么多时间打扫战场。拿起带着灰尘的书，手里会感觉有些酥麻。据说干净招财，又为什么说土生金呢？

我讨厌匆忙，但似乎也喜欢仓促上马的事情，否则，拖拖拉拉，很多年华就过去了，很多好事就黄了。"匆忙"需要瞬间启动很大能量。手下键盘总跟不上思维，语无伦次还是其次，或许还伴随着有所失、言不及义的担忧。

大美无尽藏，对自然造化之认识供养，来日方长。勤奋至极，愈感孤独。对立而共生，刺激而活跃。"阴阳表里寒热虚实，升降出入聚散交合。"修养好以保障高度与速度之需。

查找"自默"二字，得六十六条，选录若干佳句，如下：

"不乐其名，处道自默，风韵高标，依于盛德。"（《唐代墓志汇编》）

"修德断当自默始，凡行有未至，不可徒说；即所行已至，又何待说，故善行为善言之证，不在说上。"（《二曲集》）

"默是自默不言，是不待他人之言。"（《榕村续语录》）

"寒夕聊危坐，幽怀自默存。"（《晚晴簃（音移）诗汇》）

"窃怀愚悃，不敢自默，谨条利害以闻。"（《金史》）

"根深苗长，世载明德。文林大器，质非雕刻。学术钩深，风鉴诣极。代公耿光，乔元藻识。施不求报，退身自默。""为君颂德，穆如清风。日月运安，江汉流东。不闭其文，永昭文雄。"（《全唐文》）

"今迫以恳悃，不能自默。"（《与执政书》）

"此篇与著者数年前之论相反对，所谓我操我矛以伐我者也。今是昨非，不敢自默。其为思想之进步乎，抑退步乎？吾欲以读者思想之进退决之。"（《梁启超集》）

"杜注中师曰者，亦坡曰之类，但其间半伪半真，尤为淆乱惑人，此深可叹。然具眼者，自默识之耳。"（《沧浪诗话》《诗人玉屑》）

"原夫不皎不昧，无失无得，宁在阳而必迁？曷处阴而自默？罔言成象，合庄叟之深衷；责影辨疑，异田巴之见惑。岂徒饰词比事？所以尊道贵德。增于物或有知其长短，察于人孰可分其白黑。"（《全唐文》）

"盖天下不知道，圣贤不得不托于象；天下不知象，圣贤不得不详于言。于是始抉天地之秘以泄之，自文王已不能无言。而易有太极，孔子亦不能自默于韦编三绝之余矣。"（《归有光集》）

"详至感慨，真所谓诲人不倦也。感佩无已。然弟茅塞之胸，终有未明，不能自默，非敢与长者辨难，如金溪之与建安也。"（《黄梨洲诗文集》）

"既承诏颁行，学者颇谓所改未安。窃惟陛下欲以经术造成人材，而职业其事，在臣所见，小有未尽，义难自默，所有经置局改定诸篇，谨依圣旨具录新旧本进呈。"（《王安石集》）

"虽竭其虑思，莫称万一，而无益圣朝，尤难自默也。"（《陈子龙集》《陈忠裕公全集》）

"臣豫蒙顾待，自殊凡隶，苟有所怀，不敢自默。"（《全宋文》）

"庶令日新之美，敞于当时；福祚之兴，垂于来叶。挺以微缘，豫参听末。欣遇之诚，窃不自默，粗例时事，以贻来哲。"（《出三藏记集》《全宋文》）

"陆展尽质复灼然，便同之巨逆，于事为重。臣豫蒙顾待，自殊凡隶，苟有所怀，不敢自默。"（《宋书》）

"信落魄而无产，终长对于短生。饥虚表于徐步，逃责显于疾行。子比我于叔则，又方余于耀卿。心照情交，流言靡惑。万类暗求，千里悬得。言象可废，蹄筌自默。"（《梁书》《全梁文》《艺文类聚》）

"不曰即学即达，不曰离学而达，亦不曰学以求达，而但曰下学而上达，何其意圆语圆，令人心领神会而自默识于言意之中也。"（《焚书》）

"臣与苏轼皆蜀人，而不避乡曲之嫌，极论本末，既备位台职，而辄纠谏官之失当，二罪皆不胜诛。然喋喋不敢自默者，非独为一苏轼，盖为朝廷救朋党之弊也。"（《续资治通鉴长编》）

"上穆三能，下敷五典，辟元闱以阐化，寝鸣钟以体国，翼亮孝治，缉熙中教，夺金耻讼，蹊田自默，不雕其朴，用晦其明。"（《全梁文》）

"睹陛下致兴复之艰难，至今追思，犹为心悸，所以畏覆车而骇惧，虑毁室而悲鸣，盖情激于中，虽欲罢而不能自默也。"（《全唐文》）

依此，或默或语，是不待言，是不必言，亦是不敢不言，独善与兼济，辩证观照，可以督促、激励、警策、觉悟也。

要做一个好作家，给自己编织一个好故事，从中经历一个不同而愉悦的人生。

艺

术

沉

思

录